Maurice Renard

# Le Docteur Lerne, sous-dieu

*Roman*

ISBN : 9782379760990

10  9  8  7  6  5  4  3  2  1

Maurice Renard

# Le Docteur Lerne, sous-dieu

Roman

# Table de Matières

# PRÉLIMINAIRE

Ceci arriva certain soir d'hiver, il y a plus d'un an. C'était après le dernier dîner que j'offris à mes camarades avenue Victor-Hugo, dans ce petit hôtel que j'avais loué tout meublé.

Rien d'autre que mon humeur vagabonde n'ayant motivé ce changement de domicile, on avait dépendu ma crémaillère nomade aussi joyeusement que nous l'avions accrochée naguère à ce même foyer, et, le temps des liqueurs étant venu avec celui des boutades, chacun de nous s'ingéniait à briller, surtout, naturellement, ce grivois de Gilbert, Marlotte, — l'homme aux paradoxes, le Triboulet de la bande, — et Cardaillac, notre mystificateur attitré.

Je ne sais plus très bien comment il se fit qu'au bout d'une heure de fumoir, quelqu'un éteignit l'électricité, exprima l'urgence de faire tourner une table et nous groupa dans l'ombre autour d'un guéridon. Ce quelqu'un — remarquez-le — n'était pas Cardaillac. Mais peut-être Cardaillac l'avait-il pris pour compère, si toutefois Cardaillac fut coupable.

Nous étions donc huit hommes, exactement, huit incrédules contre un petit guéridon de rien du tout, dont l'unique support se divisait en trépied et de qui la tablette ronde ployait sous nos seize mains, réunies selon les rites de l'occultisme.

Ces rites, ce fut Marlotte qui nous les enseigna. Il avait été jadis curieux d'incantations et familier des meubles giratoires, mais en profane, et, comme il était notre bouffon habituel, quand on le vit, d'autorité, s'arroger le gouvernement de la séance, tout le monde se laissa faire de bonne grâce en prévision d'une excellente pitrerie.

Cardaillac se trouvait mon voisin de droite. Je l'entendis étrangler un rire dans sa gorge et tousser.

Cependant la table tourna.

Puis Gilbert l'interrogea, et, à la stupeur manifeste de Marlotte, elle répondit par des craquements secs, analogues à ceux des bois qui travaillent, et correspondant à l'alphabet ésotérique.

Marlotte traduisit d'une voix mal affermie.

Chacun voulut alors questionner le guéridon, qui prouva dans ses répliques une grande sagacité. L'assistance devint grave ; on ne savait plus que penser. Les demandes se pressèrent à nos lèvres et les ripostes dans le pied de la table, un peu plus de mon côté, il me sembla, et vers ma droite.

— Qui habitera cette maison dans un an ? fit, à son tour, celui qui avait proposé la récréation spirite.

— Oh ! si vous l'interviewez sur l'avenir, s'écria Marlotte, vous n'obtiendrez que des bourdes, ou bien elle se taira.

— Laissez donc ! intervint Cardaillac.

On répéta :

— Qui habitera cette maison dans un an ?

La table craqua.

— Personne, dit l'interprète.

— Et dans deux ans ?

— Nicolas Vermont.

— Tous entendaient ce nom pour la première fois.

— Que fera-t-il à cette heure, le jour anniversaire de celui-ci ?... Voyons, que fait-il ?... Parlez !

— Il commence... à écrire sur moi... ses aventures.

— Pouvez-vous lire ce qu'il écrit ?

— Oui, et ce qu'il écrira dans la suite, également.

— Dites-le-nous... Le début, rien que le début...

— Fatiguée. Alphabet... trop long. Donnez machine à écrire, inspirerai dactylographe.

Un murmure courut dans l'obscurité. Je me levai et j'allai chercher ma machine à écrire qui fut posée sur le guéridon.

— C'est une Watson, dit la table. N'en veux pas. Suis Française, veux une machine française, veux une Durand.

— Une Durand ? fit mon voisin de gauche sur un ton déçu. Est-ce que cette marque existe ? Je ne la connais pas.

— Moi non plus.

— Ni moi.

— Ni moi.

Nous étions fort navrés de cette déconvenue, quand la voix de Cardaillac prononça lentement :

— Je ne me sers que d'une machine Durand. Voulez-vous que je l'apporte ?

— Saurez-vous écrire sans y voir ?

— Dans un quart d'heure je serai de retour, fit l'autre. — Et il sortit sans répondre.

— Si Cardaillac s'en mêle, dit un convive, nous allons nous amuser.

Toutefois, le lustre rallumé montra des visages plus sévères que de raison. Marlotte, même, était blafard.

Cardaillac revint au bout d'un laps de temps très court, — on pourrait dire : étonnamment court. — Il s'assit devant le guéridon en face de sa machine Durand, on refit la nuit, et à l'improviste la table déclara :

— Plus besoin des autres. Mettez vos pieds sur les miens. Écrivez.

On entendit le pianotement des doigts sur les touches.

— C'est extraordinaire ! s'exclama le typewriter-médium, c'est extraordinaire ! mes mains s'agitent toutes seules…

— Pfft ! quelle blague… chuchota Marlotte.

— Je vous jure, je vous jure… reprit Cardaillac.

Nous restâmes longtemps à écouter le bruit du télégraphe, coupé à tout instant par la sonnerie des fins de lignes et le raclement du traîneau. De cinq minutes en cinq minutes un feuillet nous était livré. Nous prîmes la décision de nous retirer au salon et de les lire tout haut à mesure que Gilbert, les ayant recus de Cardaillac, me les remettrait.

La page 79 fut déchiffrée à la clarté du matin. La machine venait de s'arrêter.

Mais ce qu'elle avait imprimé nous parut assez captivant pour prier Cardaillac de vouloir bien nous en fournir la suite.

Il s'exécuta. Et quand il eut passé maintes nuits attablé devant le guéridon, à son clavecin graphique, nous possédâmes les aventures complètes du nommé Vermont

Le lecteur en prendra ci-après connaissance.

Elles sont bizarres et scabreuses. Leur futur écrivain ne *doit* pas les destiner à l'impression. *Il les brûlera* aussitôt qu'achevées ; de sorte que, n'était la complaisance du guéridon, personne jamais ne les eût feuilletées. C'est pourquoi, convaincu de leur authenticité, j'estime piquant de les publier par anticipation.

Car je les tiens pour véridiques, bien qu'elles offrent un caractère outré de caricature et qu'elles ressemblent assez à une pochade de carabin, crayonnée à la manière des remarques, en marge d'une gravure qui serait la Science elle-même.

Seraient-elles apocryphes ? les fables ont réputation d'être plus séduisantes que l'Histoire, et celle de Cardaillac ne paraîtra pas inférieure à tant d'autres.

Je souhaite néanmoins que le *Docteur Lerne* soit La relation fidèle de véritables vicissitudes, car, dans cette conjoncture, puisque le guéridon a prophétisé, les tribulations du héros n'ont pas encore commencé, et elles se dérouleront sans doute dans le temps même que ce livre les divulguera, — circonstance étrangement palpitante.

Au surplus, je saurai bien, dans deux ans, si M. Nicolas Vermont occupe le petit hôtel de l'avenue Victor-Hugo. Quelque chose me l'affirme d'avance : comment accepter de Cardaillac, — un garçon sérieux et intelligent, — qu'il ait perdu tant d'heures à composer une pareille folie ?… C'est mon argument principal en faveur de sa sincérité.

Toutefois, quelque lecteur pointilleux veut-il éclairer sa religion ? qu'il se rende à Grey-l'Abbaye. Là, on le renseignera sur l'existence du professeur Lerne et sur ses habitudes. Pour moi, je n'en ai pas loisir, mais je prie ce chercheur éventuel de me faire connaître la vérité, fort désireux moi-même de tirer la chose au clair et de savoir si le suivant récit est encore une mystification de Cardaillac, ou si réellement il a été dactylographié par une table tournante.

## I. NOCTURNE

Ce premier dimanche de juin finissait. L'ombre de l'automobile, précédée de la mienne comme d'un éperon, courait devant moi, plus longue à chaque moment.

Depuis le matin, les gens, faces anxieuses, me regardaient passer comme on regarde une scène de mélodrame. Avec le casque de cuir qui me faisait un crâne chauve et mes lunettes en hublots pareilles aux orbites d'un squelette, le corps vêtu de peau tannée, je devais leur sembler quelque phoque infernal et macabre, quelque démon de saint Antoine, fuyant le soleil et volant à la rencontre de la nuit afin d'y rentrer plus tôt.

Et tout de bon, j'avais presque l'âme d'un réprouvé, car telle est celle d'un voyageur solitaire, demeuré sept heures durant sur une voiture de course. Son esprit tient du cauchemar ; en guise de pensée l'obsession s'y obstine. La mienne était une petite phrase impérative : « *viens seul et préviens* », qui, lutin tenace, harcelait ma solitude, énervée de trépidations et de rapidité.

Pourtant cette injonction bizarre : « *viens seul et préviens* », deux fois soulignée par mon oncle Lerne dans sa lettre, ne m'avait pas frappé d'abord outre mesure. Mais à présent que m'y conformant — tout seul et après avoir prévenu — je roulais vers le château de Fonval, l'ordre inexplicable s'acharnait, pour ainsi dire, à m'étaler son étrangeté. Et mes yeux d'en poser partout les termes fatidiques, et mes oreilles de les faire sonner dans tous les bruits, en dépit de mes efforts pour chasser l'idée fixe. Voulais-je savoir le nom d'un village ? la plaque indicatrice m'annonçait : « *viens seul* ». « *Préviens* », traçait le vol des oiseaux. Et le moteur, infatigable, exaspérant, répétait mille et mille fois : « *viens seul, viens seul, viens seul, préviens, préviens, préviens* »... Alors, je me demandais pourquoi cette volonté de mon oncle et, n'en pouvant trouver la raison, je souhaitais ardemment l'arrivée qui percerait le mystère, moins curieux en réalité d'une réponse banale sans doute qu'excédé par une question si despotique.

Par bonheur j'approchais, et le pays, de plus en plus familier, me parla si bien d'autrefois que la hantise en vint à se relâcher. — La ville de Nanthel, populeuse et affairée, me retarda, mais au sortir du faubourg j'aperçus enfin, nuée vague et très éloignée, les hauteurs de l'Ardenne.

Le soir tombe. Voulant toucher le but avant la nuit, je donne tout le gaz. L'automobile ronfle, et sous lui la route s'engouffre vertigineusement ; elle me semble entrer dans la voiture pour s'y enrouler, comme les mètres de ruban souple se bobinent dans leur barillet. La vitesse fait siffler à mes oreilles son vent de rafale ; un essaim de moustiques me crible le visage, en grains de plomb, et toutes sortes de petites choses crépitent sur mes lunettes. J'ai maintenant le soleil à droite. Il est sur l'horizon ; les côtes de la route, m'abîmant puis me rehaussant très vite, l'obligent plusieurs fois de suite à se coucher puis à se relever pour moi. Il disparaît. Je file sous la brune tant que ma brave machine peut tourner, — et je ne crois pas que la 234-XY ait jamais été dépassée. — Cette allure met l'Ardenne à une demi-heure. La nuée prend déjà une teinte verte ; une couleur de forêt, et mon cœur à sursauté. Quinze ans ! voilà quinze ans que je ne les ai pas vus, les chers grands bois ! mes vieux amis de vacances !

Car c'est là, c'est dans leur ombre que le château se dissimule au fond de sa cuve énorme… Je me la rappelle fort nettement, cette cuve, et j'en distingue déjà l'emplacement : une tache sombre l'indique. En vérité, c'est le ravin le plus extraordinaire ! Feu Lidivine Lerne, ma tante, éprise de légendes, voulait que Satan, furieux de quelque mécompte, l'eût creusé d'un seul coup de son gigantesque talon. Cette origine est contestée. En tout cas, l'image peint assez vivement le lieu : un cirque aux murailles abruptes, sans autre issue qu'un défilé très vaste, ouvert sur les champs. La plaine, autrement dit, pénètre dans la montagne à la façon d'un golfe terrestre ; elle y taille un cul-de-sac dont les parois à pic s'élèvent à mesure qu il s'étend et dont le bout s'arrondit largement. Si bien qu'on accède à Fonval sans gravir la moindre pente, de plain-pied, malgré qu'il soit fort avant au sein de la montagne. Le parc, c'est le fond du cirque, ef la falaise lui sert de muraille, sauf du côté de la gorge. Celle-ci est séparée du domaine par un mur où s'enchâsse le portail. Une longue avenue la suit, toute droite et bordée de tilleuls. Dans quelques minutes je m'y engagerai… et peu de temps après, je saurai pourquoi nul ne doit me suivre à Fonval. « *Viens seul et préviens !* » Pourquoi ces mesures ?

Patience. La masse des Ardennes se découpe en massifs. Au train dont je fuis, chacun paraît en mouvement : rapides, en glissant, les croupes passent les unes derrière les autres, s'éloignent ou se rapprochent, s'abaissent pour monter ensuite avec une majesté de vagues, el le spectacle en varie incessamment comme celui d'une mer titanique.

Un virage démasque une bourgade. Elle m'est bien connue. Jadis, chaque année, au mois d'août, c'est devant cette gare que la voiture de l'oncle, attelée du cheval Biribi, nous attendait, ma mère et moi. On nous y ramenait pour la rentrée… Salut, salut, Grey-l'Abbaye ! Fonval n'est plus qu'à trois kilomètres. J'irais sans yeux ! En voici le chemin, direct, ce même chemin qui bientôt s'enfoncera sous bois et prendra le nom d'avenue…

Il fait presque nuit. Un paysan me vocifère… des insultes probablement. J'ai l'habitude. Ma sirène lui répond de son cri menaçant et douloureux.

La forêt ! Ah ! son arome puissant ! le parfum des congés d'antan ! Leur souvenance peut-elle sentir autre chose que la forêt ?… C'est exquis… Je voudrais prolonger cette fête de mes narines…

Ralenti, l'automobile s'avance doucement. Son bruit devient un murmure. À droite et à gauche, les murailles du large couloir commencent à s'élever. S'il faisait plus clair, j'apercevrais déjà Fonval au bout de l'avenue rectiligne. Holà ! qu'est-ce à dire ?…

J'avais failli culbuter : contre mon attente le chemin tournait.

Je ralentis encore.

Un peu plus loin, nouveau coude, puis un autre…

J'arrêtai.

Les étoiles perlaient une à une, comme, goutte à goutte, une rosée lumineuse. La nuit de printemps me permit de voir au-dessus de moi les crêtes escarpées, et la direction de leur pente m'étonna. Je voulus revenir en arrière et découvris une bifurcation que je n'avais pas remarquée en passant. Ayant pris la voie de droite, après plusieurs détours elle m'offrit un nouvel embranchement comme on propose un logogriphe : là, je me guidai dans le sens de Fonval d'après l'orientation des falaises montant vers le château, mais un nouveau carrefour m'embarrassa. Où donc avait passé l'avenue droite ? L'aventure me confondait.

J'allumai les projecteurs. Longtemps je parcourus à leur clarté l'enchevêtrement des allées sans pouvoir m'y reconnaitre, tant les pattes d'oie s'alliaient aux ronds-points et se renforçaient d'impasses. Il me parut que j'avais déjà rencontré certain bouleau. Du reste, les murailles avaient toujours la même hauteur. Je tournais donc en un véritable labyrinthe et n'avançais point. Le paysan de Grey avait-il tenté de m'avertir ? c'était probable.

Néanmoins, comptant sur le hasard et piqué de l'épisode, je poursuivis mon exploration. Trois fois le même croisement se présenta dans le champ radieux des lanternes, et trois fois j'y débouchai par des voies différentes en face du même bouleau.

Je voulus appeler. Malheureusement la sirène se détraqua et je n'avais pas de trompe ; quant à ma voix, la distance qui me séparait de Grey par ici et, par là, de Fonval, empêchait qu'on l'entendît.

Une crainte me vint alors : — si l'essence allait manquer ?... Je fis halte au milieu du carrefour et vérifiai le niveau. Mon réservoir était presque vide. À quoi bon le tarir en de vaines évolutions ? Après tout, il me semblait facile de gagner le château à pied, à travers bois... Je l'entrepris. Mais un grillage, dissimulé dans les buissons, m'empêcha de passer.

À coup sûr ce dédale n'était pas une combinaison machinée par jeu à l'entrée d'un jardin, mais l'ouvrage défensif compliquant à dessein l'abord d'une retraite.

Fort décontenancé, je me pris à réfléchir :

« Lerne, mon oncle, je ne vous comprends plus du tout, pensai-je. Vous avez reçu ce matin l'avis de mon arrivée, et me voici détenu dans la plus fourbe des architectures paysagistes... Quelle idée fantasque vous l'a fait agencer ? Avez-vous donc changé plus encore que je ne le supposais ? Vous n'auriez guère songé à de telles fortifications, il y a quinze ans...

» ... Il y a quinze ans, la nuit, sans doute, ressemblait à celle-ci. Le ciel vivait du même scintillement, et déjà les crapauds étoilaient le silence de leurs cris clairs, brefs, purs et doux. Un rossignol roulait les trilles de celui-là. Mon oncle, cette vieille soirée était délicieuse, elle aussi. Cependant ma tante et ma mère venaient de mourir toutes les deux, à huit jours d'intervalle, et, les sœurs disparues, nous restions seuls face à face, l'un veuf, l'autre orphelin, vous, mon oncle, et moi. »

Et l'homme de cette époque vint se camper dans mon souvenir ainsi que Nanthel le connut alors, lui, le chirurgien déjà célèbre à trente-cinq ans pour la dextérité de sa main et le bonheur de son audace, et qui, malgré sa renommée, demeurait fidèle à sa ville natale : le docteur Frédéric Lerne, professeur de clinique à l'École de Médecine, membre correspondant de nombreuses sociétés savantes, décoré d'ordres multiples et, pour ne rien oublier, tuteur de son neveu Nicolas Vermont.

Ce nouveau père que la loi m'imposait, je l'avais en somme peu fréquenté, car il ne prenait pas de vacances et ne passait à Fonval que ses dimanches : d'été. Encore les employait-il à travailler sans trêve, à l'écart. Ces jours-là, en effet, sa passion pour l'horticulture, refrénée toute la semaine, le claquemurait dans la petite serre avec ses tulipes et ses orchidées.

Cependant, malgré la rareté de nos réunions, je le connaissais bien et je l'aimais beaucoup.

C'était un robuste gaillard, calme et sobre, un peu froid peut-être, mais si bon ! Irrévérencieux, j'appelais son visage tout rasé une figure de vieille bonne femme, et mes railleries touchaient bien à faux, car tantôt il le composait à l'antique : haut et grave, et tantôt finement rieur : à la Régence ; parmi les modernes imberbes, mon oncle était de ces quelques-uns dont la tête légitime par sa noblesse l'ancêtre drapé de la toge, le grand-père vêtu de satin, et permettrait au rejeton de porter sans leur nuire les costumes de ses aïeux.

Pour l'instant, Lerne m'apparaissait affublé d'une redingote noire assez mal coupée, dans laquelle je l'avais vu pour la dernière fois, — quand je partis pour l'Espagne. Étant riche et me voulant comme lui, mon oncle m'y envoyait trafiquer du liège, en qualité d'employé de la maison Gomez, à Badajoz.

Et mon exil avait duré quinze années, pendant lesquelles la situation du professeur s'était sûrement améliorée, à la juger d'après les opérations sensationnelles qu'il avait pratiquées et dont le bruit m'était parvenu jusqu'au fond de l'Estrémadure.

Quant à moi, mes affaires avaient périclité. Au bout de quinze ans, désespérant de jamais vendre en mon nom ceintures de sauvetage et bouchons, je venais de rentrer en France pour y chercher un autre état, quand le sort me procura celui de rentier : c'est moi qui gagnai ce lot d'un million dont le bénéficiaire voulut garder l'incognito.

À Paris, je m'installai confortablement, sans luxe. Mon appartement fut commode et simple. J'eus le nécessaire, plus, toutefois, un automobile, et moins une famille.

Mais avant que d'en fonder une nouvelle, il me sembla correct de renouer avec l'ancienne, c'est-à-dire avec Lerne. Et je lui écrivis.

Ce n'est pas, depuis notre séparation, qu'une correspondance assez suivie ne se fût établie entre nous. Au début, il m'y avait donné de sages conseils et s'était montré gentiment paternel. Sa première lettre contenait même l'annonce d'un testament en ma faveur, caché dans le tiroir secret d'un meuble, à Fonval. Après la reddition des comptes de tutelle, nos relations étaient restées les mêmes. Puis, brusquement, les messages se modifièrent, s'espacèrent, le ton en devint comme ennuyé puis hargneux, le fond banal puis vulgaire, la phrase gauche ; et l'écriture même parut s'altérer. De missive en missive ces choses-là s'étant accentuées, je dus me borner, chaque premier de l'an, à l'envoi de mes souhaits. L'oncle me répondait quatre mots griffonnés... Blessé dans ma seule tendresse, j'étais désolé.

Qu'était-il survenu ?

Une année avant ce changement subit, — cinq années avant mon retour à Fonval et ma perte dans le labyrinthe, — j'avais lu dans la *Epoca* :

« On nous écrit de Paris que le professeur Lerne dit adieu à ses clients pour se livrer à des recherches scientifiques déjà commencées à l'hôpital de Nanthel. Dans ce but, l'excellent praticien se retire aux environs de la ville ardennaise, dans son château de Fonval aménagé *ad hoc*. Il s'est adjoint quelques collaborateurs éclairés, entre autres le Dr Klotz, de Mannheim, et les trois préparateurs de l'*Anatomisches Institut* fondé par ce dernier, Friedrichstrasse, 22, et qui vient de fermer ses portes. — À quand les résultats ? »

Lerne m'avait confirmé l'événement par un billet enthousiaste qui, du reste, n'ajoutait rien à l'insuffisance de l'entrefilet. Et c'est un an plus tard, je le répète, que s'était produit ce bouleversement de lui-même. Douze mois de travail avaient-ils abouti à un échec ? Une amère déconvenue avait-elle affecté assez gravement le professeur pour qu'il me traitât comme un étranger, presque en fâcheux ?...

Au mépris de son hostilité, c'est respectueusement, avec le plus d'affection possible, que j'avais écrit de Paris cette lettre où je lui faisais part de ma bonne fortune et lui demandais licence d'aller le voir.

Jamais invitation ne fut moins engageante que la sienne. Il me priait de l'avertir de ma venue afin qu'il pût commander une voiture pour m'aller quérir à la station : « Tu resteras sans doute peu de temps, ajoutait-il, car le séjour de Fonval n'est pas gai. On y travaille beaucoup. *Viens seul et préviens.* »

Mais sapristi ! j'avais prévenu et j'étais seul ! Moi qui avais considéré ma visite comme un devoir ! Ah, bien oui ! une stupidité, tout simplement !…

Et je regardais avec mauvaise humeur l'étoile des chemins où les projecteurs épuisés ne jetaient plus qu'une lueur de veilleuse.

Certainement j'allais passer la nuit dans cette geôle sylvestre ; rien ne m'en tirerait avant le jour. Les crapauds de l'étang, vers Fonval, avaient beau m'appeler ; en vain la cloche de Grey tintait les heures pour m'indiquer l'autre gîte — car les clochers sont vraiment des phares sonores —, j'étais captif.

Captif. Cela me fit sourire. Autrefois, comme j'aurais eu peur ! Prisonnier de l'Ardenne ! À la merci de Brocéliande, la forêt monstrueuse qui, de son ombre de caverne, obscurcissait un monde entre ses deux lisières, l'une passant à Blois, l'autre à Constantinople ! Brocéliande ! théâtre des contes épiques et des légendes puériles, patrie des quatre fils Aymon et du petit Poucet, la forêt des druides et des gobelins, le bois où s'endormit la Belle-au-Bois-dormant tandis que veillait Charlemagne ! Quelle histoire un peu fantastique n'eut pas ses futaies pour décor, lorsque les arbres n'étaient pas eux-mêmes des personnages ? — « Ah ! ma tante Lidivine, murmurai-je, que vous saviez animer toutes ces sornettes, chaque soir, après diner… Brave femme ! A-t-elle jamais soupçonné l'influence de ses récits ?… Ma tante, saviez-vous que toutes vos poupées mirobolantes envahissaient ma vie en passant par mes songes ? Savez-vous qu'une fanfare enchantée me sonne encore aux oreilles, parfois, vous qui fites retentir dans mes nuits de Fonval l'oliphan de Roland et le cor d'Obéron ? »

À cet instant, je ne pus me défendre d'un mouvement de contrariété : les projecteurs venaient de s'éteindre après un sursaut d'agonie. Pendant une seconde, l'obscurité fut totale, et, en même temps, il y eut un si profond silence que je pus me croire tout à coup aveugle et sourd.

Puis mes yeux se dessillèrent peu à peu, et bientôt le croissant lunaire apparut, neigeant sur la nuit froide. La forêt s'éclaira d'une blancheur glacée. Je frissonnai. Du vivant de ma tante, c'eût été de terreur ; j'aurais vu, dans le noir où rampaient des vapeurs, se vautrer des dragons et glisser des serpents. Un hibou s'envola. J'en eusse fait le casque ailé d'un paladin, — ensorcelé. Le bouleau, planté droit, luisait d'un reflet de lance. Fils peut-être de l'arbre magique, époux de la princesse Léélina, certain chêne frémit. Il était énorme et druidique ; une boule de gui pendait à sa maîtresse branche, et la lune la traversa d'une faucille reluisante et sacrée.

Certes, le paysage nocturne était hallucinant. — Faute de mieux, j'y méditai. — Sans comprendre pourquoi aussi bien qu'aujourd'hui, J'en ressentais naguère toute la suggestion, et, le soir venu, je ne m'aventurais au dehors qu'à regret. Fonval lui-même était, je crois, malgré ses fleurs innombrables et ses belles allées sinueuses, l'endroit le plus rébarbatif. Ancienne abbaye transformée en château, ses fenêtres ogivales, son parc centenaire habité de statues, l'eau morte de son étang, ce précipice qui l'étreignait, cette entrée d'Enfer, tout cela le rendait singulier, même à l'aurore, et l'on n'aurait pas été surpris que chacun s'y fît comprendre au moyen de fables. C'eût été le vrai langage.

De moins, c'est ainsi que je parlais et, mieux encore, que j'agissais, aux vacances. Elles étaient pour moi une longue féerie que je jouais avec des comparses imaginaires ou figurés, vivant sur l'eau, dans les arbres, et sous terre plus souvent que dessus. Si je passais la pelouse au galop de mes mollets nus, on voyait bien, à mon air, que des escadrons de chevaliers chargeaient derrière moi, en illusion. Et la vieille barque ! Mâtée pour la circonstance de trois balais où se gonflaient des voiles hétéroclites, elle me servait de nef, et l'étang devenait la Méditerranée portant la flotte des Croisés ! Pensif et regardant les îles-nénuphars et les péninsules de gazon, je proclamais : « Voici la Corse et la Sardaigne !… L'Italie est en vue !… Nous doublons Malte ! » Au bout d'une minute : « Terre ! » On abordait en Palestine : « Montjoie et saint Denis ! » — J'ai souffert, là-dessus, le mal de mer et celui du pays ; la guerre sainte m'enivra ; j'y appris l'enthousiasme et la géographie…

Mais le plus souvent, les autres acteurs étaient simulés. C'était plus réel. Il me souvint alors — car tout enfant recèle un Don Quichotte — il me souvint d'un géant Briarée que fut le pavillon rustique, et surtout d'une futaille devenue le dragon d'Andromède. Ah ! cette futaille ! Je lui avais confectionné une tête à l'aide d'un potiron qui louchait, et des ailes de vampire avec deux parapluies. L'appareil embusqué au détour d'une allée contre une Nymphe de terre cuite, je partis *à sa recherche*, plus vaillant que le véritable Persée, armé d'un échalas et caracolant sur un hippogriffe invisible. Mais, quand je le *découvris*, la citrouille me darda un regard si étrange, que Persée faillit prendre la fuite et que les parapluies durent à son émotion d'être mis en pièces dans le sang jaune du facétieux légume.

Mes mannequins, en effet, m'impressionnaient par le rôle que je leur donnais à tenir. Comme je me réservais toujours celui de protagoniste, de héros, de vainqueur, je surmontais facilement cette crainte, le jour ; mais, la nuit, si le preux redevenait le petit Nicolas Vermont, un gamin, la futaille demeurait tarasque. Blotti sous mes draps, l'esprit tourmenté par l'histoire que ma tante venait de finir, je *savais* le jardin peuplé de mes fantaisies redoutables, et que Briarée y montait la garde, toujours, et que l'épouvantable tonneau, ressuscité, crispant les griffes de ses ailes, surveillait de loin ma fenêtre.

À cet âge-là, je désespérais d'être plus tard comme tout le monde et de pouvoir jamais affronter les ténèbres. Et pourtant mes frayeurs s'étaient évanouies, me laissant impressionnable, certes, mais non poltron ; et c'était bien moi qui me trouvais sans inquiétude égaré dans la forêt déserte, — trop vide, hélas ! de fées ou d'enchanteurs,

J'en étais là de mes rêvasseries quand une sorte de rumeur indécise s'éleva du côté de Fonval : un bœuf mugit, quelque chose comme le hurlement d'un chien pleura longuement… Ce fut tout ; le calme se rendormit.

Plusieurs minutes s'écoulèrent, et j'entendis une chouette tutuber entre le château et moi ; une autre, moins éloignée, s'enleva ; puis d'autres s'enfuirent de proche en proche. On eût dit que le passage d'un être quelconque les effarait.

En effet, un léger brait de pas, — le trot répété d'un quadrupède, — naquit et se rapprocha, frappant le sol du chemin. J'écoutai quelque temps la bête aller et venir à travers le dédale, s'y fourvoyant peut-être aussi ; et tout à coup elle surgit devant mes yeux.

À sa grande ramure éployée, la fierté de son col et la finesse de ses oreilles, on ne pouvait se méprendre : c'était un cerf dix cors. Mais à peine l'avais-je pensé qu'il me découvrit et s'esquiva dans une prompte volteface. Alors — s'était-il ramassé pour bondir ? — son corps me sembla curieusement bas et chétif, et — fut-ce un reflet ?

— me fit la mine d'être blanc. L'animal disparut en un clin d'œil et son galop menu s'éloigna rapidement.

Avais-je pris d'abord une chèvre pour un cerf, ou bien ensuite un cerf pour une chèvre ?... Il faut l'avouer : ceci m'intrigua violemment ; à ce point que je me demandai si je n'allais pas retrouver à Fonval cette âme enfantine que j'y avais laissée. Mais un peu de réflexion me fit sentir que la faim, la fatigue et le sommeil aidés d'un clair de lune peuvent aisément tromper la vue, et qu'un rayon sur une posture n'est pas un phénomène.

Je le regrettai, du reste. Car l'épouvante du merveilleux étant passée, j'en avais gardé l'amour.

Il m'a sans cesse captivé. Enfant, je l'ai vu partout ; jeune homme, je me suis complu à le supposer dans l'inexpliqué, présumant volontiers surnaturel l'effet bizarre d'une cause inconnue. Pour reprendre l'idée du philosophe, « quand l'eau courbe un bâton », il m'est désagréable que « ma raison le redresse », et je voudrais ignorer que sans la décomposition de la lumière solaire, l'archer Phœbus ne banderait pas son arc-en-ciel formidable et charmant.

Et cependant, parmi tout ce qui tend à dissiper l'illusion du merveilleux, ne faut-il pas noter son attrait lui-même ? On se dit : « Il est là, peut-être ; mais ce n'est qu'une conjecture ; je veux, pour en jouir davantage, le voir mieux, avec certitude... » On approche, la vérité se précise et le prodige s'éclipse. — Ainsi, comme tous mes semblables, devant le mystère le plus séduisant par son voile même, au risque des pires déceptions, je n'aspire qu'à le dévoiler...

...En définitive cet animal était vraiment extraordinaire...

...Vaguant à travers l'incompréhensible labyrinthe, il me paraissait une énigme en fuite dans un problème, et ma curiosité s'en irrita.

Mais, tombant de lassitude, je m'endormis bientôt, en ruminant des tours de policier et les méthodes subtiles d'une investigation logique.

\*\*\*

Je m'éveillai au petit jour. Et tout de suite, j'entrevis la fin de ma claustration.

Non loin de moi, en effet, des hommes, cachés par le fourré, causaient en marchant. Ils allaient et venaient, comme le cerf (?), parcourant, à n'en pas douter, les voies entortillées. Un moment, toujours dissimulés, ils passèrent à quelques mètres de la voiture, mais je ne compris pas leur colloque. Il me sembla qu'ils s'entretenaient en allemand.

Enfin ils m'apparurent à la même place que l'animal, trois, penchés sur le sol, avec l'air de suivre une piste. À l'endroit où la bête avait fait demi-tour, l'un d'eux poussa une exclamation et montra qu'il fallait revenir en arrière. Mais ils m'avaient aperçu et je m'avançai vers eux :

— Messieurs, dis-je en souriant de mon mieux, aurez-vous la bonté de m'indiquer le chemin de Fonval ? Je me suis perdu…

Les trois hommes me considéraient sans répondre, inquisiteurs et sournois.

Ce trio n'était pas commun.

Le premier, sur un corps massif et courtaud, arrondissait une face injustement plate, dont le nez mince et pointu, comme fiché dans ce disque, en faisait un cadran solaire.

Le second, de militaire prestance, retroussait du pouce une moustache à l'impériale germanique, et, rostral, son menton proéminait, plus qu'en galoche : à la poulaine.

Un grand vieillard à lunettes d'or, la chevelure grise et bouclée, la barbe inculte, faisait le troisième. Il mangeait des cerises avec fracas, ainsi que le rustre mâche des tripes.

C'étaient bien des Allemands, sans doute les trois préparateurs de l'ex-*Analomisches Institut*.

Le grand vieux cracha de mon côté une salve de noyaux et, vers ses camarades, l'une de ces phrases tudesques où se décharge la mitraille des mots avec tant d'autres vacarmes innommables. Ils échangèrent ainsi quelques propos, comme autant de bordées, sans s'occupe de moi, puis, ayant imité assez adroitement avec leur bouche le bruit d'un combat livré près d'une cataracte — ayant tenu conseil —, ils tournèrent les talons et me laissèrent abasourdi de leur grossièreté.

Il fallait pourtant bien sortir de là ! Cette expédition devenait d'heure en heure plus ridicule ! Qu'est-ce que tout cela signifiait ? Quelle était cette comédie ? À la fin, on se moquait de moi ! — J'étais furieux. Les prétendus secrets que j'avais cru flairer me semblaient à présent de purs enfantillages, produits de l'énervement et de l'ombre. M'en aller ! m'en aller sur-le-champ !

Rageusement, sans réfléchir, je poussai le contact qui suffisait à la mise en marche de l'automobile, et les quatre-vingts chevaux-vapeur s'activèrent dans le capot avec le bourdonnement de quelques abeilles au sein d'une ruche. Je saisis le levier de départ, — et, sur ces entrefaites, un gros éclat de rire me fit retourner.

Le képi sur l'oreille, en blouse bleue, son sac de lettres à l'épaule, hilare et triomphal, un facteur survenait.

— Ha ! ha ! je vous l'avais bien dit, hier au soir, que vous vous tromperiez de chemin ! fit-il d'une voix traînante.

Je reconnus mon villageois de Grey-l'Abbaye, et la mauvaise humeur m'empêcha de répondre.

— C'est bien à Fonval que vous allez ? reprit-il.

Je fulminai contre Fonval je ne sais plus quel anathème laïque, où il était question de l'envoyer, lui et ses hôtes, à tous les diables.

— Parce que, poursuivit le postier, si vous vous y rendez, moi je vous y mènerai. J'y vais porter le courrier. Seulement, dépêchez-vous. Il est double aujourd'hui : c'est lundi et je ne viens pas ici le dimanche.

Ce disant, il avait tiré des lettres de sa gibecière et les classait dans sa main.

— Montrez-moi ça ! m'écriai je vivement. Oui, cette enveloppe jaune…

Il me toisa d'un air méfiant et me la fit voir à distance.

C'était ma lettre ! l'annonce de mon arrivée, qui la suivait d'une nuit au lieu de la devancer d'un jour !

Cette malencontre disculpait mon oncle et chassa ma rancune.

— Montez, dis-je. Vous me conduirez, et puis… nous causerons…

La voiture démarra dans la nouvelle matinée.

Une brume achevait de fondre, comme si le soleil, après avoir blanchi les ténèbres, avait encore à les dissoudre, et que cette buée, presque nulle déjà, fût de l'ombre attardée en brouillard, un reste vaporeux de la nuit dans le jour, le spectre s'effaçant d'un fantôme effacé.

## II. AU MILIEU DES SPHINX

L'automobile évoluait lentement aux méandres du labyrinthe. Parfois, en présence d'un nœud de chemins, le facteur lui-mème hésitait un instant.

— Depuis combien de temps ces zigzags remplacent-ils l'avenue droite ? demandai-je.

— Quatre ans, monsieur, une année environ après l'installation définitive de M. Lerne au château.

— Savez-vous leur but ?… Vous pouvez parler : je suis le neveu du professeur,

— Bah ! C'est… enfin, c'est un original.

— Qu'est-ce qu'il fait donc de si extraordinaire ?

— Oh ! mon Dieu, rien… On ne le voit presque jamais. C'est justement cela qui est drôle. Avant qu'il n'eût le caprice de cet embrouillamini, on le rencontrait souvent, il se promenait dans la campagne, mais depuis… c'est tout juste s'il va prendre le train à Grey, une fois par mois.

En somme, toutes les excentricités de mon oncle débutaient à la même époque : le dédale et le style différent des lettres coïncidaient pour la date. Quelque chose alors avait influencé profondément son esprit.

— Et ses compagnons ? repris-je, les Allemands ?

— Oh ! ceux-là, monsieur, invisibles ! Au surplus, si je vous disais que moi, qui vais à Fonval six fois la semaine, je ne me rappelle pas quand j'ai jeté sur le parc un dernier coup d'œil ! C'est M. Lerne lui-même qui vient à la porte chercher les plis ! Ah ! quel changement ! Avez-vous connu le vieux Jean ? Eh bien, il est parti, et sa femme aussi, C'est comme je vous le dis, monsieur, plus de cocher, plus de gouvernante… plus de cheval !

— Depuis quatre ans, n'est-il pas vrai ?

— Oui, monsieur.

— Dites-moi, facteur, c'est giboyeux par ici, n'est-ce pas ?

— Ma foi, non. Quelques lapins, deux ou trois lièvres… Mais il y a trop de renards.

— Quoi, pas de chevreuils ? de cerfs ?

— Jamais.

Une joie étrange me fit tressaillir.

— Nous y voilà, monsieur.

En effet, après un dernier crochet, la route s'abouchait à l'ancienne avenue dont Lerne avait gardé ce tronçon. Deux files de tilleuls jalonnaient ses bordures et, tout au bout de leurs alignements, la porte de Fonval sembla venir à nous. Devant elle, une esplanade en forme de demi-lune élargissait l'avenue, et derrière, on voyait le château profiler son toit bleu sur le vert des arbres, puis les arbres ressortir eux-mêmes sur le flanc sombre du gouffre.

Au milieu de son mur joignant les falaises, toujours coiffée de son auvent de tuiles, la porte avait vieilli ; la pierre du chambranle s'effritait ; le bois des vantaux, vermoulu, s'en allait en poudre, par place ; mais la sonnette n'avait pas changé. Elle sonna du fond de ma jeunesse, si gai, si clair, et si loin… que j'en aurais pleuré.

Nous attendîmes quelques instants.

Enfin des sabots clapotèrent.

— C'est vous, Guilloteaux ? fit une voix avec l'accent d'outre-Rhin.

— Oui, monsieur Lerne.

M. Lerne ? — Je regardai mon guide, les yeux écarquillés. — Quoi ! c'était mon oncle qui parlait de la sorte ?…

— Vous êtes en avance, reprit la voix.

Des verrous ferraillèrent, puis, par l'entrebâillement, une main passa.

— Donnez…

— Voilà, monsieur Lerne, mais… il y a quelqu'un avec moi, insinua le facteur soudain timide.

— Qui donc ? s'écria l'autre. — Et, dans la fente de l'huis à peine entr'ouvert, il apparut.

C'était bien mon oncle Lerne. Mais la vie, curieusement, l'avait touché, mûri, jusqu'à faire de lui cet individu farouche et mal soigné, dont les cheveux gris et trop longs encrassaient la défroque, flétri d'une vieillesse prématurée, et qui me fixait en ennemi, les sourcils froncés sur les yeux méchants.

— Que voulez-vous ? me demanda-t-il rudement. Il prononçait : *que foulez-fous.*

J'eus un instant d'hésitation. C'est qu'il n'était plus guère comparable au visage d'une vieille bonne femme, ce masque de Sioux, glabre et cruel, et j'éprouvais à à sa vue cette sensation contradictoire que je le reconnaissais et qu'il était pourtant méconnaissable.

— Mais, mon oncle, bredouillai-je à la fin, c'est moi… Je viens vous voir… suivant votre permission. Je vous ai écrit : seulement, ma lettre… la voici… nous arrivons ensemble. Excusez mon étourderie…

— Ah ! bien. Il fallait le dire. C'est moi qui vous demande pardon, mon cher neveu !

Revirement subit. Lerne s'empressait, rougissant, confus, presque servile. Cet embarras, déplacé à mon égard, me choqua.

— Ha ! ha ! vous êtes venu avec une voiture mécanique, ajouta-t-il. Hum ! il y a lieu de la rentrer, n'est-ce pas ?

Il ouvrit les deux battants.

— Ici, on est souvent son propre domestique, dit-il tandis que grinçaient les vieux gonds.

Et mon oncle de s'esclaffer lourdement. — J'aurais bien parié, à sa mine perplexe, qu'il n'en avait nulle envie et que sa pensée était ailleurs qu'aux frivolités.

Le facteur avait pris congé.

— Est-ce que la remise est toujours là ? fis-je en désignant, à droite, le chalet de briques.

— Oui, oui… Je ne vous avais pas reconnu à cause de votre moustache, hum !… oui… votre moustache ; vous n'en aviez pas autrefois, hé, hé ?… Quel âge maintenant ?

— Trente et un ans, mon oncle.

À l'aspect de la remise, mon cœur se serra. La tapissière y moisissait, ensevelie à moitié sous des bûches, et là, comme dans l'écurie voisine, remplie pêle-mêle d'un bric-à-brac, la toile d'araignée pendait ses loques et suspendait ses rosaces.

— Trente et un ans, déjà ! poursuivit Lerne sans conviction et l'esprit ostensiblement distrait.

— Mais, mon oncle, tutoyez-moi donc comme autrefois.

— Eh ! c'est juste, mon cher… euh… Nicolas, hein ?

J'étais fort gêné, mais il n'avait pas l'air plus à son aise que moi. Ma présence, assurément, l'importunait.

Il est toujours captivant pour un intrus de savoir pourquoi il l'est :
— j'empoignai ma valise.

Lerne remarqua le geste et sembla prendre une soudaine résolution.

— Laissez cela !… Laisse, Nicolas ! commanda-t-il assez impérieusement. Tout à l'heure j'enverrai chercher ton bagage. Auparavant, nous avons à causer. Viens faire une promenade.

Il me prit le bras et m'entraîna vers le parc.

Cependant il réfléchissait encore.

Nous passâmes près du château. À quelques-unes près, les persiennes étaient closes. La toiture, en maint endroit, s'affaissait, parfois même crevée, et les murailles lépreuses, décrépies sur de larges plaques, montraient de-ci de-là leur maçonnerie. Les arbustes en caisse encadraient toujours l'édifice, mais sans contredit, au cours de plusieurs hivers, on avait négligé de mettre au chaud verveines, grenadiers, orangers et lauriers. Debout dans leur coffres éventrés et pourris, tous étaient morts. Le parvis de sable, naguère soigneusement ratissé, pouvait se croire une mauvaise prairie, tant l'herbe y foisonnait, mêlée d'orties et de ciguës. On eût dit le manoir de la Belle-au-Bois-dormant, à l'arrivée du Prince.

Lerne, à mon bras, marchait sans parler davantage.

Nous contournâmes la triste demeure, et le parc s'offrit à mes yeux : un fouillis. Plus de corbeilles fleuries ni de larges rubans sablés et flexueux. Sauf, devant le château, la pelouse, — qu'on avait métamorphosée en pâturage, enclose de fils de fer, et donnée à tondre à quelques bestiaux, — le val avait repris son état sauvage. Les allées s'y marquaient bien encore à de faibles dépressions, mais de jeunes baliveaux y poussaient dans le gazon. Ce jardin ne formait plus qu'un grand bois semé de clairières et parcouru de sentes vertes. L'Ardenne était redescendue à sa place usurpée.

Lerne, soucieux, bourra d'un doigt fébrile une pipe considérable, l'alluma, et nous pénétrâmes sous bois, dans l'une de ces allées pareilles à des grottes.

Je revis au passage, et d'un œil désabusé, les statues. Un ancien propriétaire de Fonval les avait érigées à profusion. Ces comparses magnifiques de mes drames étaient, en somme, de pauvres moulages modernes, commercialement inspirés de Rome ou de la Grèce à quelque industriel du second Empire. Les péplums de béton se gonflaient en crinolines, le drapage des chlamydes était celui d'un schall, et ces divinités bocagères : Écho, Syrinx, Aréthuse, portaient le chignon bas gorgeant la bourse d'une résille, — à la Benoiton. Aujourd'hui, ces vilains simulacres d'exquises fantaisies, charmes forestiers mués en Dryades, étaient plus opportuns sous leurs manteaux de vigne vierge et de clématite, encore que certains héros ne fussent plus que des bonshommes de lierre, et qu'une attitude moussue représentât Diane.

Après avoir marché quelque temps, mon oncle me fit asseoir sur un banc de pierre couvert d'une housse de lichens, à l'ombre d'exubérants noisetiers.

Un petit craquement se produisit dans leur berceau, juste au-dessus de nous.

Lerne sursauta convulsivement et leva la tête.

Il y avait là, simplement, un écureuil qui nous observait du haut d'une branche.

Mon oncle l'inspecta d'un regard féroce qu'il braquait sur lui de l'air dont on vise ; puis il se mit à rire d'une façon rassurée.

— Ha ! ha ! ha ! ce n'est qu'un petit… chose, dit-il sans trouver le mot.

« En vérité, pensais-je avec mélancolie, comme on peut devenir baroque en vieillissant ! Le milieu, je le sais, justifie bien des évolutions : on adopte malgré soi les allures et même l'accent de ses familiers ; l'entourage de Lerne suffirait à expliquer pourquoi mon oncle est malpropre, s'exprime sans recherche, prononce à l'allemande et fume cette pipe considérable… Mais il a cessé d'aimer les fleurs, il ne veille plus à son domaine et paraît, à cette heure, étonnamment nerveux et préoccupé… Ajoutons-y les incidents de cette nuit ; tout cela est moins naturel. »

Cependant le professeur me dévisageait d'un œil déconcertant et me détaillait comme s'il eût évalué ma personne et qu'il ne l'eût jamais aperçue. Je perdais contenance. Une vive délibération s'agitait en lui, reflétée à sa physionomie en alternatives de résolutions diverses. À chaque instant nos regards se croisaient, enfin ils se lièrent, et mon oncle, ne pouvant se taire plus longtemps, parut se décider pour la deuxième fois.

— Nicolas, me dit-il en me tapant la cuisse, je suis ruiné, tu sais !

Je compris son plan et me révoltai :

— Mon oncle, soyez franc, vous désirez mon départ !

— Moi ? Quelle idée, mon enfant !…

— Parfaitement. J'en suis sûr. Votre invitation était assez décourageante, et votre accueil n'est guère hospitalier. Mais, mon oncle, vous avez la mémoire bien courte si vous me croyez cupide au point de n'être ici que pour votre héritage. Je vois que vous n'êtes plus le même — vos lettres, d'ailleurs, me l'avaient fait pressentir —, et pourtant, que vous ayez inventé ce gros subterfuge destiné à me chasser, cela me surpasse ! Car je n'ai pas varié, moi, depuis quinze ans ! je n'ai pas cessé de vous vénérer de tout mon cœur, et de mieux mériter que ces épîtres glaciales et surtout, grands dieux ! que cet affront !

— Là ! là ! doucement… fit Lerne très ennuyé.

— Au surplus, continuai-je, souhaitez-vous que je parte ? dites-le tout bonnement, et adieu ! Vous n'êtes plus mon oncle.

— Ne prononce jamais de pareils blasphèmes, Nicolas !

Il avait dit cela d'un ton si effrayé, que j'essayai de l'intimidation :

— Et je vous dénoncerai, mon oncle : vous et vos acolytes et vos mystères !

— Tu es fou ! tu es fou ! Veux-tu bien te taire ! En voilà une imagination !…

Lerne se mit à rire aux éclats, mais, je ne sais pourquoi, ses yeux me firent peur et je déplorai ma phrase. — Il reprit :

— Voyons, Nicolas, ne te monte pas la tête. Tu es un bon garçon. Donne-moi la main. Tu trouveras toujours en moi ton vieil oncle qui t'aime. Écoute, ce n'est pas vrai, non, je ne suis pas ruiné, et mon héritier recueillera sûrement quelque chose… s'il agit selon mes vœux. Mais… justement, il me semble qu'il ferait mieux de ne pas séjourner ici… Rien n'y peut divertir un homme de ton âge, Nicolas ; moi-même je suis occupé toute la journée…

Le professeur pouvait parler, maintenant. L'hypocrisie perçait sous chacun de ses mots, il n'était plus qu'un Tartuffe indigne de ménagements et bon à duper : je ne m'en irais pas avant la complète satisfaction de ma curiosité. Aussi l'interrompant :

— Voilà, dis-je comme un homme accablé, voilà que vous jouez encore de la succession pour me déterminer à quitter Fonval. Vous n'avez plus confiance, décidément.

D'un geste, il s'en défendit. Je poursuivis :

— Permettez-moi de rester, au contraire, mon oncle, afin que nous puissions renouer connaissance. Nous en avons besoin tous les deux.

Lerne fronça les sourcils, puis il plaisanta :

— Tu persistes à me renier, galopin ?

— Non ; mais gardez-moi près de vous, sinon vous me ferez beaucoup de peine, et, franchement, dis-je sur un ton badin, je ne saurai que croire.

— Halte ! riposta mon oncle énergiquement, il n'y a rien de mal à supposer, loin de là !

— Bien sûr. Néanmoins vous avez des secrets, et c'est votre droit. Si je vous en parle, c'est qu'il faut bien m'y résoudre pour vous assurer que je les respecterai.

— Il n'y en a qu'un ! Un seul secret ! Et son but est noble et salutaire ! scanda mon oncle en s'animant. Un seul, entends-tu ! celui de nos travaux : un bienfait, de la gloire aussi, et de l'or !... Mais il faut encore du silence autour de nous...

» Des secrets ? Tout le monde sait que nous sommes ici ! que nous travaillons ! Les journaux l'ont dit : ça n'est pas des secrets, ça !

— Calmez-vous, mon oncle, et réglez ma conduite chez vous. Je suis à votre discrétion.

Lerne reprit ses raisonnements intérieurs,

— Eh bien ! dit-il en relevant le front, c'est entendu. Un oncle tel que je me suis toujours montré envers toi ne saurait te repousser. Ce serait là mentir à tout mon passé. Reste donc, mais aux conditions suvantes :

» Nous poursuivons ici des recherches près d'aboutir. Quand notre découverte sera un fait accompli, le public l'apprendra d'un seul coup. Jusqu'alors, je ne veux pas qu'il soit informé d'incertaines tentatives dont la révélation pourrait susciter, sur notre chemin, des concurrents capables de nous devancer. Je ne doute pas de ta discrétion ; je préfère toutefois de ne pas l'éprouver, et je te prie, dans ton intérêt, de ne rien surprendre plutôt que d'avoir à le dissimuler.

» Je dis : dans ton intérêt. Ce n'est pas seulement parce qu'il est plus facile de ne pas fureter que de se taire, mais aussi pour d'autres raisons, que voici :

» Notre affaire est une affaire de commerce, au fond. Un négociant de ta trempe me sera fort utile. Nous deviendrons riches, mon neveu, riches à milliards. Mais il faut me laisser en paix forger l'instrument de ta fortune, il faut te montrer dès aujourd'hui l'homme de tact, respectueux de mes ordres, que je désire comme associé.

» Par ailleurs, je ne suis pas seul dans cette entreprise. On pourrait te faire repentir de tes actes, s'ils transgressaient la règle que je t'impose…, repentir… cruellement…, plus cruellement que tu ne l'imagines.

» Pratique donc l'indifférence, mon cher neveu. Ne vois rien, n'entends rien, ne comprends rien, afin de devenir richissime… et de rester… vivant.

» Oh ! l'indifférence n'est pas une vertu si aisée, du moins à Fonval… Il y a justement dehors, depuis cette nuit, des choses qui ne devraient pas y être et ne se trouvent là que par inadvertance…

À ces mots, une colère inopinée s'était emparée de Lerne. Il tendit les poings dans le vide et grommela :

— Wilhelm ! imbécile bourrique !

Ce dont j'étais assuré, à présent, c'est que les secrets étaient de taille et me donneraient de belles surprises, une fois dénichés. Quant aux promesses du docteur, à ses menaces, je n'y croyais pas, et son discours ne m'avait ému ni de cette convoitise ni de cette frayeur entre lesquelles mon oncle aurait voulu me tenir dans l'obéissance.

Je repartis froidement :

— Est-ce là tout ce que vous me demandez ?

— Non. Mais cette… prohibition est d'un autre genre, Nicolas. Tout à l'heure, au château, je te présenterai à quelqu'un. C'est une personne que j'ai recueillie… une jeune fille.

Je fis un mouvement de surprise et Lerne devina mes imputations.

— Oh ! se récria-t-il, c'est une amie filiale, et rien d'autre. Malgré tout, cette amitié m'est précieuse, et il me serait douloureux de la voir amoindrie par un sentiment que je ne peux plus inspirer. Bref, Nicolas, — dit-il très vite, avec une sorte de honte, — j'exige de toi le serment de ne pas courtiser ma protégée.

Consterné d'un tel avilissement et, davantage encore, d'un pareil manque de délicatesse, je songeais cependant qu'il n'est pas de jalousie sans amour plus que de fumée sans feu.

— Pour qui me prenez-vous ? mon oncle. Il suffit que je sois votre hôte…

— C'est bon, je connais ma physiologie et la manière de s'en servir. Puis-je compter sur toi ?… Tu le jures ?… Bien.

» Quant à elle, ajouta-t-il dans un sourire entendu, suis tranquille pour le quart d'heure. Elle a vu dernièrement ma façon de traiter les galants… Je ne te conseille pas d'en essayer.

S'étant levé, les mains aux poches, la pipe aux dents, Lerne me dévisageait, goguenard et provocant. — Ce physiologiste m'inspirait une indomptable aversion.

Nous poursuivîmes notre tour du parc.

— À propos, parles-tu l'allemand ? fit le professeur.

— Non, mon oncle, je ne comprends que le français et l'espagnol.

— Pas d'anglais non plus ?… C'est maigre pour un futur souverain du négoce ! On ne t'a pas enseigné grand'chose.

À d'autres, mon oncle, à d'autres ! J'avais commencé à tenir grands ouverts ces yeux que vous m'ordonniez de fermer et je vis alors que ce blâme, votre physionomie satisfaite le démentait.

Nous arrivions, en côtoyant les falaises, à l'extrémité du parc, en face du château qu'on apercevait de là tendant vers nous ses deux corps latéraux et dominant la brousse de son délabrement.

Et c'est à cette minute exacte que mon regard fut attiré par l'oiseau anormal : un pigeon, qui décrivait des ronds à tire-d'aile et, sur des cercles sans cesse rétrécis, précipitait son vol vertigineusement.

— Vois donc ces roses par terre, à cette longue tige de ronce : jolies et intéressantes, dit mon oncle. Sans culture, elles sont redevenues églantines…

— Quel singulier pigeon ! remarquai-je.

— Regarde donc ces fleurs, insista Lerne.

— On dirait qu'il a dans la tête un grain de plomb… Cela se produit quelquefois à la chasse. Il montera, montera, et succombera le plus haut possible.

— Si tu ne surveilles pas tes pieds, tu vas trébucher dans les épines. Casse-cou, mon ami !

Cet avertissement serviable avait été grogné d'un ton menaçant tout à fait hors de saison.

Là-dessus, l'oiseau atteignit le centre de sa spirale et se mit non pas à monter, mais à descendre avec de folles culbutes, en tourbillonnant sur lui-même. Il vint frapper le roc non loin de nous et s'abattit, chose inerte, dans le fourré.

Pourquoi le professeur devint-il subitement plus inquiet ? Quelle raison le fit accélérer sa marche ? C'est ce que je me demandais quand la pipe considérable tomba de sa bouche. M'étant précipité pour la ramasser, je ne pus retenir une marque de stupéfaction : — il l'avait coupée net, d'un coup de dent rageur.

Cela se termina sur un mot allemand, un juron sans doute.

En revenant du côté du château, nous vîmes accourir une grosse femme débordant de son tablier bleu.

Le pas gymnastique lui était visiblement exceptionnel et contraire, car il la secouait dangereusement et, en trottant, elle se maintenait elle-même des bras et des mains, avec l'air de serrer contre soi quelque fardeau précieux, récalcitrant et démesuré. À notre vue, elle s'arrêta d'une seule pièce — ce qui semblait impossible — puis elle parut vouloir rétrograder. Pourtant elle continua son chemin, toute penaude, avec, sur sa bonne figure, l'expression d'une écolière prise en faute. — Elle pressentait son lot.

Lerne l'invectiva :

— Barbe ! Qu'est-ce que vous faites par ici ? Vous l'avez oublié, je vous ai défendu d'aller au delà du pâturage ! Je finirai par vous flanquer dehors, Barbe ! après vous avoir corrigée, vous savez !

La grosse femme avait très peur. Elle s'efforça de minauder, fit une bouche prête à pondre, semblait-il, et s'excusa : elle avait, de sa cuisine, vu tomber le pigeon et pensé qu'elle en pourrait renouveler le menu. « On mangeait toujours les mêmes plats… »

— …Et puis, ajouta-t-elle stupidement, je ne croyais pas que vous étiez dans le jardin, je vous croyais au au lab…

Un soufflet brutal l'interrompit sur cette syllabe, la première de
« labyrinthe », à ce que j'inférai.

— Oh ! mon oncle ! m'écriai-je indigné.

— Vous ! fichez-moi la paix ou fichez-moi le camp ! c'est bien
simple, eh ?…

Barbe, terrifiée, ne pleurait même pas. Ses sanglots retenus la faisaient hoqueter. Elle était fort pâle, et sur sa joue, la main osseuse
de Lerne restait imprimée en rouge.

— Allez prendre le bagage de monsieur, dans la remise, et mon-
tez-le dans la chambre aux lions !

(Cette pièce occupait le premier étage de l'aile occidentale).

— Ne voulez-vous pas me rendre mon ancienne chambre, mon
oncle ?

— Laquelle ?

— Laquelle ? Mais… celle du rez-de-chaussée, la jaune, dans l'aile
du Levant, vous savez bien…

— Non. Celle-là, je m'en sers, trancha-t-il sèchement. Allez,
Barbe !

La cuisinière décampa devant nous aussi vite qu'elle put, ramas-
sant à pleines brassées le recto de sa personne, tandis que l'envers,
confié au Destin versatile, balottait en liberté.

À droite, l'étang stagnait. Notre passage taciturne y coula son reflet comme un songe dans une léthargie.

De plus en plus j'étais la proie de l'ébahissement.

Toutefois je me gardai bien de sembler trop surpris à la vue d'un
bâtiment de pierre grise adossé à la falaise, spacieux et nouveau.
Il comprenait deux corps de logis séparés par une cour ; un mur
élevé, percé d'une porte cochère actuellement close, la dérobait
aux regards, mais des gloussements de volailles s'en échappaient
et, nous ayant éventés, un chien donna de la voix.

Je risquai témérairement un coup de sonde :

— Vous me ferez bien visiter votre ferme ?

Lerne haussa les épaules.

— Peut-être, fit-il. — Puis, tourné vers la maison, il appela :

— Wilhelm ! Wilhelm !

L'Allemand à la figure de cadran solaire ouvrit une lucarne, et le professeur l'apostropha dans sa langue maternelle, si violemment, que le pauvre homme en tremblait de tout le corps.

« Parbleu ! me dis-je, c'est grâce à lui, *à son inadvertance, qu'il y a dehors, depuis cette nuit, des choses qui ne devraient pas y être*, c'est certain. »

Quand l'exécution fut consommée, nous longeâmes la pâture. Elle contenait un taureau noir et quatre vaches diverses, dont le troupeau, sans raison, nous fit escorte. Mon terrible parent s'égaya :

— Nicolas, je te présente Jupiter ; et voici la blanche Europe, Io la rousse, Athor la blonde, et Pasiphaé qu'habille une robe complaisante, soit de lait taché. d'encre, soit de charbon plaqué de craie, à ta volonté, mon ami.

Ce rappel de la mythologie libertine me fit sourire. À la vérité, j'aurais saisi le premier prétexte venu pour me dérider quelque peu ; j'en avais le besoin physique. J'éprouvais aussi une telle faim, que l'assouvir devint bientôt la seule question intéressante. Le château m'attirait uniquement : c'est là que je mangerais ! Et son attraction faillit soustraire à mon examen la serre, sa voisine.

C'eût été dommage. On avait agrandi l'ancienne maison des fleurs par l'adjonction de deux halls qui flanquaient de leurs nefs bombées la rotonde originelle. Sous le caparaçon des stores abaissés, l'ouvrage me parut constituer « ce qui se fait de mieux dans le genre ». Cela tenait, à la fois, du palais et de la cloche à melon ; cela vous avait, si j'ose dire, un petit air grandiose des plus inattendus.

Une pareille serre dans ce maquis !… J'aurais découvert avec moins d'ahurissement un philtre d'amour au fond d'un monastère !

\*\*\*

Du temps regretté de ma tante, la chambre aux lions recevait les amis. Elle avait — elle a toujours — trois fenêtres, aux embrasures profondes comme des alcôves. L'une donne du côté de la serre et accède à un balcon. Une deuxième ouvre sur le parc ; j'y aperçus le pâturage puis, plus loin, l'étang et, entre les deux, ce kiosque champêtre qui fut Briarée. La troisième croisée fait face à l'aile du Levant ; de là, je vis la fenêtre de mon ancienne chambre — fermée — et toute la façade du château, en perspective, obstruant la vue à gauche.

Je me trouvai dans cette pièce comme à l'hôtel. Rien ne m'y rappelait quelque chose. Une toile de Jouy, marbrée de sueur murale et déclouée dans une encoignure, la tapissait d'une foule de lions rouges immobilisant un boulet sous leur patte. Les rideaux du lit et des croisées déformaient dans leurs plis les mêmes images. Deux gravures en pendants : l'*Éducation d'Achille* et l'*Enlèvement de Déjanire*, où l'humidité tachait de rousseur le visage des quatre sujets et pommelait la croupe des Centaures Chiron et Nessus ; une assez belle horloge normande, cercueil dressé, à la fois emblème et mesure du Temps, — tout cela quelconque et suranné.

Je m'ébrouai dans une eau rude et passai voluptueusement du linge frais. — Barbe m'apporta, sans frapper, une assiette d'une soupe villageoise, ne répondit rien à mes condoléances touchant sa joue embrasée, et, sylphe énorme, s'escamota péniblement derrière la porte.

Il n'y avait personne au salon, — à moins que des ombres ne soient quelqu'un.

Petit fauteuil de velours noir aux deux glands jaunes, informe bouffissure accroupie, traitée si heureusement de crapaud, pouvais-je te retrouver tel que jadis sans évoquer sur ton siège batracien l'ombre conteuse de ma tante ? Et celle de ma mère, — plus austère et dont je ne saurais plaisanter, — est-ce que dans mon souvenir elle ne sera pas toujours accoudée à ton dossier, tant que tu seras fauteuil, si jamais tu le fus vraiment ?

Pas un détail n'avait bougé. Depuis l'ineffable papier blanc des murailles, sur quoi descendaient des guirlandes de fleurs tressées en boudin, jusqu'aux lambrequins de damas soufre drapant côte à côte leurs basques à franges, l'œuvre du châtelain précédent — le contemporain des crinolines — avait admirablement résisté. Une enflure capitonnée tuméfiait toujours sophas et causeuses, et rien n'avait réussi à dégonfler les chaises-fluxions ni les poufs-emphysèmes.

Au long des panneaux, souriait toute ma famille éteinte, mes aïeux, pastels ; mes grands-pères, miniatures ; mon père en collégien, daguerréotype ; et sur la cheminée, dûment enjuponnée de paniers bouffants avec leurs effilés, quelques photographies s'accotaient à la glace. Un groupe, grand format, sollicita mon attention. Je m'en saisis pour le regarder plus à l'aise. Il représentait mon oncle entouré de cinq messieurs, près d'un gros chien du Saint-Bernard. Cette vue avait été prise à Fonval : le mur du château en faisait le fond, et un laurier-rose en caisse y figurait. Épreuve d'amateur, sans nom. Lerne, là-dessus, rayonnait de bonté, de force et d'esprit, semblable, pour tout dire, au savant que j'aurais cru retrouver. Des cinq messieurs, trois m'étaient connus : les Allemands ; je n'avais jamais vu les deux autres.

Sur ces entrefaites, la porte s'ouvrit si brusquement que je n'eus pas le temps de remettre le groupe à sa place. Lerne poussait devant lui une jeune femme.

— Mon neveu, Nicolas Vermont — Mademoiselle Emma Bourdichet.

M$^{lle}$ Emma, selon toute conjecture, venait d'essuyer l'une de ces vertes semonces que Lerne distribuait en prodigue. Son expression égarée le certifiait. Elle n'eut même pas le courage de la grimace mondaine usitée dans les cas d'amabilité contrainte et esquissa gauchement un signe de tête.

Pour moi, m'étant incliné, je n'osais pas lever les yeux, de peur que mon oncle n'y lût mon âme.

Mon âme ? — Si l'on entend par là, comme à l'ordinaire, cet ensemble de facultés d'où il résulterait que l'homme est le seul animal un peu supérieur aux autres, il vaut mieux, je pense, ne point compromettre mon âme en cette affaire.

Oh ! je ne l'ignore pas : si toutes les amours, même les plus pures, ne sont à l'origine que le rut bestial des sexes, l'estime et l'amitié viennent parfois s'y ajouter pour ennoblir les unions de l'homme.

Hélas ! ma passion pour Emma en est toujours restée à la forme primordiale ; et si quelque Fragonard tenait à commémorer notre première entrevue, et qu'il voulût, dans la manière du dix-huitième, peindre l'Amour y présidant, je lui conseillerais d'étudier un petit Éros à pieds de bouc haut chaussés, un Cupidon faunesque sans sourire et sans ailes ; ses flèches seraient de bois dans un carquois d'écorce et saigneraient ; il pourrait sans inconvénient se nommer Pan. C'est l'Amour universel, le Plaisir fécond sans le vouloir, le Vice promoteur captieux des enfantements et des paternités, le Maître sensuel de la Vie, qui se préoccupe, avec une égale sollicitude, des bauges et des aires, des terriers et des lits de milieu, et poussa l'un vers l'autre, pareils à deux lapins folâtres, M^{lle} Bourdichet et moi.

Y a-t-il des degrés dans la féminité ? En ce cas, je n'ai jamais vu de femme plus femme qu'Emma. Je ne la décrirai pas, n'ayant guère remarqué en elle qu'un état et non pas un objet. Belle ? sans doute ; désirable, à coup sûr.

Pourtant je me souviens de ses cheveux — ils étaient couleur de feu, rouge assombri, teints peut-être ; — et l'image de son corps vient de passer dans mon désir moribond. Il avait, épanouis dans une rare perfection, juste à point, ces galbes séducteurs dont la Nature avisée, soucieuse de sélection, mit le goût dans les cervelles masculines, au détriment des dames plates. Les robes d'Emma ne les empâtaient nullement, ces galbes, et, animées d'un scrupule méritoire, elles laissaient transparaître que certains d'entre eux sont réellement doubles, ainsi que les sculpteurs et les peintres s'évertuent à le démontrer en dépit des couturières.

Or c'était le plus beau moment de cette adorable créature.

Le choc du sang heurta mon crâne, et, tout à coup, une jalousie enragée s'empara de moi. En vérité, j'aurais volontiers renoncé à cette jeune femme pourvu que nul n'y touchât désormais. De déplaisant, Lerne me devint odieux. Maintenant, je resterais, — à tout prix.

Cependant nous ne savions que dire. Désemparé par la soudaineté de l'incident et voulant déguiser mon trouble, je balbutiai à la désespérée :

— Vous voyez, mon oncle, j'étais en train de regarder cette photographie…

— Ah ! oui ! moi et mes aides : Wilhelm, Karl, Johann. Et voici M. Mac-Bell, mon élève ! Il est très ressemblant, qu'en dites-vous, Emma ?

Il avait mis le carton sous le nez de sa pupille et lui montrait un homme complètement rasé à la mode américaine, mince, petit et jeune, au maintien distingué, qui s'appuyait sur le Saint-Bernard,

— Un beau et spirituel garçon, hein ? fit railleusement le professeur. La crème des Écossais !

Emma ne bronchait pas, toujours épouvantée. Elle articula seulement avec difficulté :

— Sa Nelly était bien amusante avec ses tours de chien savant...

— Et Mac-Bell ? gouailla mon oncle. Est-ce qu'il était amusant, lui ?

Symptôme des larmes prochaines, je vis s'agiter le menton d'Emma. Elle murmura :

— Malheureux Mac-Bell !...

— Oui, me dit Lerne en répondant à mon air déconcerté, M. Doniphan Mac-Bell a dû abandonner son service à la suite de regrettables péripéties. Que le sort t'épargne de tels déboires, Nicolas !

— Et l'autre ? demandai-je afin de détourner l'entretien, l'autre, ce monsieur aux moustaches et aux favoris bruns, qui est-ce ?

— Il est parti lui aussi.

— Le docteur Klotz, fit l'Emma qui s'était rapprochée etprenait sa tranquillité, Otto Klotz ; oh ! lui, voilà...

Lerne, l'œil terrible, la fit taire d'un regard. Je ne sais quel châtiment il présageait, mais un spasme raidit la pauvre fille.

Ici, Barbe introduisit de biais la moitié de son opulence et ronchonna que c'était servi.

Elle n'avait mis que trois couverts dans la salle à manger. Les Allemands devaient, à mon sens, vivre dans les bâtiments gris.

Le déjeuner fut morose. M$^{lle}$ Bourdichet n'aventura plus un mot, ne mangea rien, et, partant, je ne pus démêler sa condition, la terreur égalisant tous les êtres sous une même apparence.

Au demeurant, le sommeil me terrassait. Dès le dessert, le demandai la permission d'aller me coucher, qu'on me laissât dormir jusqu'au lendemain matin.

Dans ma chambre, je commençai sans retard à me dévêtir. Franchement, le voyage, la nuit et cette matinée m'avaient éreinté. Toutes ces énigmes, encore, m'agaçaient, d'abord d'être des énigmes, et puis de se poser si confusément ; et j'étais comme dans une fumée où des sphinx incertains tournaient vers moi leurs faces vagues.

Mes bretelles allaient sauter... Elles ne sautèrent pas.

Dans le jardin, Lerne se dirigeait vers les bâtiments gris, accompagné de ses trois aides.

Ils vont travailler là-dedans, me dis-je, c'est indubitable... Je ne suis pas surveillé : on n'a pas eu le temps de prendre beaucoup de précautions : l'oncle est persuadé que je dors. Nicolas, c'est le moment d'agir où jamais !… Par où débuter ? Emma ? ou le secret ?… Hem ! la petite est joliment médusée aujourd'hui… Quant au secret…

Ayant réendossé ma veste, j'allais machinalement de fenêtre en fenêtre.

Alors, entre les barreaux ouvragés du balcon, LA SERRE développa ses mystérieux agrandissements. Elle était close, interdite, attirante…

Et je sortis à pas de loup.

### III. LA SERRE

Dehors, à découvert, il me sembla que tout m'épiait et je me jetai précipitamment dans un petit bois attenant à la serre. Puis, à travers l'obstacle des ronces nouées de lianes, je me dirigeai sur mon objectif.

Il faisait très chaud. J'avançais à grand'peine, avec mille précautions pour éviter les égratignures et les accrocs révélateurs.

Enfin la serre bomba devant moi son dôme central et l'une de ses croupes rebondies. Elle se présentait de côté. Je crus circonspect de l'observer d'abord sans sortir du bois.

Ce qui me frappa tout de suite, ce fut son aspect de propreté, son état de parfait entretien ; pas un pavé du trottoir environnant qui fût déchaussé ; pas une brique du soubassement qui fût brisée ; les stores, bien ajustés, avaient toutes leurs lattes, et, dans les intervalles de leurs fines jalousies, les vitres flamboyaient au soleil.

J'écoutai. Nul bruit ne me parvint du château ni des bâtiments gris. Dans la serre, silence. On n'entendait que l'immense grésillement d'une après-midi brûlante.

Alors je m'enhardis. M'étant approché furtivement, je soulevai l'un des stores de bois et tentai de regarder à travers les carreaux. Mais je ne pus rien voir : on les avait enduits, à l'intérieur, d'une substance blanchâtre. Il était de plus en plus probable que Lerne avait détourné la serre de sa destination primitive et s'y livrait aujourd'hui à toute autre culture qu'à celle des fleurs. L'idée de bouillons à microbes, mijotant sous la lumière chaude, me parut assez heureuse.

Je contournai la maison de verre. Partout le même enduit interceptait la vue — plus ou moins épais, à ce qu'il me sembla. — Les vasistas bâillaient hors de mon atteinte, très haut. Les ailes n'avaient pas de porte et l'on ne pénétrait pas dans le centre par derrière.

Comme je tournais toujours, scrutant la brique et le vitrail non moins opaque, je fus bientôt du côté du château, en face de mon balcon. La situation, trop inabritée, était périlleuse. Il fallait, de guerre lasse, réintégrer ma chambre et abandonner le prétendu palais des bacilles sans en avoir visité la façade. Je bornai donc mes investigations au coup d'œil le plus déçu, lequel me fit savoir à l'improviste que le mystère s'ouvrait à moi

La porte n'était que poussée contre la cloison, et le pène, sorti de toute sa longueur, témoignait qu'un étourdi avait cru la fermer à double tour. Ô Wilhelm ! précieux hurluberlu !

Dès l'entrée, mes hypothèses bactériologiques se trouvèrent détruites. Une bouffée de senteurs florales m'accueillit, — une bouffée humide et tiède, avec une pointe de nicotine.

Je m'arrêtai sur le seuil, émerveillé.

Aucune serre — même royale — ne m'a donné cette impression de luxe effréné que d'abord je ressentis. Dans cette rotonde, au milieu du rond de ces plantes somptueuse, la première sensation était l'éblouissement. Toute la gamme des verts jouait sa chromatique aux touches des feuilles parmi les tons multicolores des fleurs et des fruits, et, sur des gradins montant vers la coupole, ces splendeurs s'étageaient magnifiquement.

Les yeux toutefois s'y accoutumaient, et mon admiration s'atténua quelque peu. Certes, pour que ce jardin d'hiver l'ait ainsi forcée du premier coup, il fallait qu'il fût composé de plantes bien remarquables par elles-mêmes, car, en réalité, nulle recherche d'harmonie n'avait commandé à leur agencement. Elles étaient groupées selon l'ordre de la discipline et non suivant un esprit d'élégance, comparables à quelque eldorado confié aux soins d'un gendarme... : leurs assemblages se séparaient brutalement l'un de l'autre comme autant de catégories, les pots s'alignaient militairement, et chacun portait une étiquette qui relevait de la botanique plutôt que du Jardinage et dénonçait moins l'art que la science. — Cette considération donnait à méditer. Du reste, pouvais-je admettre un seul instant que Lerne fût encore jardinier pour son plaisir ?

Poursuivant l'information, je promenai mon regard charmé sur toutes ces merveilles, incapable dans mon ignorance de les nommer chacune. Je l'essayai néanmoins, machinalement, et alors cette luxuriance, qu'un examen d'ensemble m'avait montrée comme un caractère de rareté, d'exotisme peut-être, commença de m'apparaître ce qu'elle était vraiment…

Incrédule et saisi d'une fiévreuse curiosité, j'avisai un cactus, — malgré ma nullité, je ne pouvais m'y tromper. Mais sa fleur rouge me déroutait… Je l'envisageai minutieusement, et ma perplexité ne fit que s'accroître…

Il n'y avait pas d'hésitation possible : cette fleur énergumène aux regards insolents, cette fusée d'artifice qui s'élançait verte pour éclater en étoiles de feu, c'était une fleur de géranium !

Je passai à la plante voisine : — trois tiges de bambou montaient du terreau, et leurs colonnettes, en guise de chapiteaux, étaient coiffées de dahlias !

Presque effrayé, respirant d'une haleine courte des parfums dénaturés, j'interrogeai le lieu autour de moi, et son incohérence mirifique se dégagea tout à fait.

Le printemps, l'été, l'automne y régnaient de compagnie, et Lerne, sans doute, avait supprimé l'hiver qui souffle les fleurs comme des flammes. Toutes elles étaient là, près de tous les fruits, mais pas une, mais pas un n'avait poussé sur sa plante où son arbre naturels.

Des bluets en colonie garnissaient une hampe abdiquée par des roses trémières et qui se brandissait, thyrse désormais bleu. Un araucaria modelait au bout de ses branches hérissées les clochettes indigo de gentianes. Et, le long d'un espalier, parmi les feuilles de la capucine et sur le réseau de sa tige serpentine, des camélias devenaient les frères de tulipes bariolées.

Vis-à-vis la porte d'entrée, un massif s'élevait contre la verrière. L'arbuste qui le dominait m'attira. Il y pendait quelques poires et c'était un oranger. Derrière lui, pampres dignes de Chanaan, deux ceps enguirlandaient une treille ; leurs grappes géantes différaient selon le pied : celui-ci les portait jaunes et celui-là vineuses, chaque grain était ici une mirabelle et là une norberte.

Puis, aux branchages d'un chêne minuscule où plusieurs glands insoumis s'entêtaient à éclore, on voyait des noix et des cerises voisiner. L'un de ces fruits avortait : ni brou ni griotte, il formait une tumeur glauque marbrée de rose, monstrueuse et répugnante.

Au lieu de pommes résineuses, un sapin se constellait de marrons ainsi que d'astres rayonnants, et, de plus, il arborait ce contraste : l'orange, globe d'or, soleil des vergers d'Orient, et la nèfle, qui semble le fruit posthume d'un arbre mort de froid.

Non loin, se pressaient des miracles plus achevés, Flore y coudoyant Pomone, eût écrit le bon Demoustiers. La plupart des plantes constitutives m'étaient étrangères et je n'ai retenu que les plus communes, celles dont le premier venu sait la liste. Je revois encore un saule étonnant, porteur d'hortensias et de pivoines, de pêches et de fraises. Mais le plus joli de tous ces hybrides, n'était-ce pas ce rosier fleuri de reines-marguerites et fruité de pommes d'api ?

Au centre de la rotonde, un buisson mélangeait les feuillages disparates du houx, du tilleul et du peuplier. Les ayant écartés, je pus contrôler qu'ils émanaient tous trois d'une souche unique.

C'était le triomphe de la greffe, une science que Lerne avait, depuis quinze ans, poussée jusqu'au prodige, si avant, même, que le spectacle des résultats présentait quelque chose d'inquiétant. — Lorsqu'il retouche la vie, l'homme fabrique des monstres. — Une sorte de malaise me troublait.

« De quel droit déranger la création ? pensais-je. Est-il permis d'en bousculer jusqu'à ce point les vieilles lois ? et peut-on jouer à ce jeu sacrilège sans commettre un crime de lèse-Nature ?... Si encore ces sujets truqués flattaient le bon goût ! Mais, dénués de vraie nouveauté, ce sont des alliances bizarres et rien de plus, des façons de chimères végétales, des Faunes floraux, moitié ceci et moitié cela... D'honneur ! que cette tâche soit gracieuse ou non, elle est impie, et voilà tout ! »

Quoi qu'il en fût, le professeur s'était livré, pour la mener à bien, au travail le plus acharné. Cette collection en répondait, et d'autres indices rappelaient aussi le labeur du savant : sur une table, j'aperçus nombre de fioles et force greffoirs et outils jardiniers qui étincelaient à l'égal d'instruments de chirurgie. Leur trouvaille me fit revenir aux fleurs, et, de près, j'en connus toute la misère.

Elles étaient badigeonnées avec diverses colles, entourées de ligatures — presque des pansements — et criblées d'entailles — presque des blessures — d'où suintait une liqueur douteuse,

Il y avait une plaie à l'écorce de l'oranger aux poires. Elle dessinait un œil et pleurait lentement.

Je m'énervais... Le croirait-on ? je fus assailli par une angoisse ridicule en regardant le chêne opéré... à cause des cerises... elles me donnaient l'impression de gouttes rouges... Ploc ! Ploc ! Deux d'entre elles, mûries, tombèrent à mes pieds comme clapote un début de pluie...

Je ne possédais plus, déjà, le calme indispensable pour consulter les étiquettes. Elles m'enseignèrent seulement quelques dates, et que Lerne les avait couvertes de termes franco-allemands, indéchiffrables, encore obscurcis de ratures.

L'oreille aux aguets, le front dans les mains, je dus prendre un instant de répit afin de réunir mon sang-froid, et j'ouvris la porte de l'aile droite.

Une petite nef s'allongea devant moi. Sa voûte vitrée tamisait le jour et l'atténuait jusqu'à une pénombre bleutée, singulièrement fraîche. Mes pas sonnèrent sur un dallage.

Dans cette chambre miroitaient trois aquariums, trois cuves d'un cristal si limpide, que leur eau semblait se tenir toute seule en trois blocs géométriques.

Les deux aquariums latéraux contenaient des plantes marines. Ils ne paraissaient pas se différencier beaucoup l'un de l'autre. Cependant la rotonde m'avait appris avec quelle méthode Lerne classifiait toute chose, et je ne pouvais croire qu'il eût séparé en deux bassins des identités absolues. J'observai donc attentivement les algues.

Leurs touffes combinaient de part et d'autre le même paysage sous-marin. À droite comme à gauche, des arborescences de toutes les couleurs incrustaient aux rochers leurs rameaux rigides et bifurqués ; le fond de sable était jonché d'étoiles analogues aux edelweiss, et, par-ci par-là, jaillissaient des faisceaux de baguettes crayeuses au bout desquelles une espèce de chrysanthème charnu s'épanouissait, jaune ou violet. Je ne saurais décrire la foule des autres corolles ; elles ressemblaient souvent à d'onctueux calices de cire ou de gélatine ; la plupart offraient une teinte indéfinissable en des contours sans précision, et, parfois, illimitées, elles n'étaient qu'une nuance au milieu de l'eau.

Par milliers, des bulles s'échappaient d'un robinet intérieur, et leurs perles tumultueuses s'affolaient au long des arbrisseaux avant d'aller crever à la surface. À les voir, on eût dit qu'il fallait arroser avec de l'air ce jardinet aquatique.

Ayant rappelé mes souvenirs de lycéen, ils m'affirmèrent que les deux floraisons — dissemblables quant aux détails seulement — se composaient exclusivement de polypes, ces êtres équivoques, tels le corail ou l'éponge, que le naturaliste intercale entre les végétaux et les animaux.

Leur ambiguïté ne manque jamais d'exciter l'intérêt. Je frappai la cuve de gauche.

Aussitôt, quelque chose d'imprévu passa, nageant par contraction, comme un gobelet opalin de Venise qui fût resté malléable : un second, pourpre, le croisa : et c'étaient deux méduses. Cependant le heurt de mes doigts avait actionné d'autres motilités. Pompons jaunes ou mauves, les actinies rentraient dans leurs tubes calcaires puis en ressortaient pour des épanouissements rythmiques ; les rayons des astéries et des oursins remuaient paresseusement ; des gris, des incarnats, des safrans ondoyèrent, et, comme sous la poussée d'un remous, l'aquarium tout entier s'agita.

Je frappai la cuve de droite. Rien ne bougea.

C'était probant. Cette division des polypes en deux récipients m'avait permis de mieux saisir la soudure constituée par eux et qui, réunissant l'animal et le végétal, apparente l'homme au brin d'herbe. À ce point de jonction des deux règnes organisés, les créatures de gauches — actives — étaient en bas de ieur échelle, et celles de droite — inanimées — au sommet de la leur : les unes commençaient à devenir des bêtes, tandis que les autres finissaient d'être des plantes.

Ainsi, le gouffre qui semble séparer ces deux antithèses du monde se réduit pour la structure à de faibles divergences, presque invisibles, un écart moins frappant que l'opposition du loup et du renard, des sosies pourtant, et pourtant des frères.

Or, cet écart infinitésimal d'organisation, que la science toutefois répute infranchissable puisqu'il départage l'inertie d'avec le mouvement spontané, *Lerne l'avait franchi.* Dans le bassin du fond, *les deux espèces étaient greffées l'une sur l'autre.* J'y observai telle foliole gélatineuse du genre impassible, entée sur un pédoncule mobile, *et qui maintenant se mouvait, elle aussi.* Les greffons adoptaient l'état de la plante qui les supportait : pénétrée d'un suc vivace, l'indifférence s'animait, et l'activité se paralysait à force de sucer l'ankylose.

J'aurais volontiers passé en revue les applications diverses de ce principe. Mais une méduse, cent fois ligotée à je ne sais quel goémon, se débattit éperdument sous le filet de mousse, et je me détournai en proie au dégoût. Cette dernière étape de la greffe à travers la difficulté complétait, à mon sens, la profanation, et mes yeux quêtèrent, dans l'ombre bleue, des visions moins impressionnantes.

L'outillage du professeur l'attendait. Une étagère était toute une pharmacie. Quatre tables, ayant pour tapis des glaces sans tain, alternaient avec les aquariums et portaient l'arsenal des couteaux et des pinces de souffrance…

Non ! Lerne n'avait pas le droit !… C'était ignoble, comme de tuer ! davantage même ! et ses odieuses pratiques sur la Nature vierge accusaient à la fois l'horreur d'un meurtre et l'ignominie d'un viol !.…

Comme je m'abandonnais à ce noble courroux, un bruit s'éleva. On frappait.

Ah ! ce sera l'enfer de mes oreilles, d'entendre, au delà du tombeau, ce petit martèlement de rien ! — Le temps d'un éclair, je perçus tous les nerfs de mon corps. Quelqu'un frappait !

D'un bond, je fus dans la rotonde, et mon visage devait être terrible, car, d'instinct, la frayeur d'un adversaire me poussait à le rendre effrayant.

Personne sur le seuil. — Personne dans le parce. — Je rentrai.

Le bruit recommença… Il venait de l'aile encore inexplorée… Perdant la tête, j'y courus, sans me rendre compte de ma témérité, au risque de me trouver face à face avec le péril, et tellement surexcité que je me cognai le front à la porte en l'arrachant d'une saccade.

L'énervement et l'extrême fatigue m'avaient déprimé jusqu'à cette faiblesse, Et je me demande aujourd'hui s'ils ne m'ont pas halluciné quelque peu et montré les choses encore plus bizarres qu'elles n'étaient.

Une intense clarté envahissait le troisième hall et me permit sans délai de me rassurer. Il y avait, sur un comptoir, une cage sens dessus dessous qui se livrait à des cabrioles, grâce au rat dont c'était la prison. Le rat sautant, le piège sautait : d'où le bruit. À ma vue, le rongeur se tint coi. Je n'attachai pas d'importance à l'intermède.

Cet endroit, moins en ordre que les précédents, me fit l'effet d'une serre mal tenue. Pourtant, des serviettes maculées, jetées à terre, des bistouris posés au hasard parmi des éprouvettes non vidées, tout cela décelait une besogne récente et pouvait servir d'excuse à la confusion.

J'entrepris mon enquête.

Les deux premiers témoins comparants ne m'enseignèrent pas grand'chose. C'étaient de très modestes plantes dans leurs pots de faïence. Leurs noms en *um* ou en *us* me sont sortis de la mémoire — ce que je déplore, car ils donneraient à mon récit plus d'autorité comme plus de résonance. — Mais qui donc, à l'énoncé de leurs titres vulgaires, ne pourrait se représenter une aigrette de plantain et une touffe d'oreille-de-lapin ?

La première était, il est vrai, d'un genre exceptionnellement long et souple. Quant à la seconde, rien ne la singularisait, et, à l'exemple de ses pareilles, — contrefaçon très réussie dont elles tirent leur juste sobriquet, — elle imitait consciencieusement une douzaine de grands lobes auriculaires. À deux de ses feuilles velues, argentées, et à l'une des tiges du plantain, dans le bas, un bandage mettait son bracelet de toile blanche que le goudron (apparemment) tachait de brun.

Je poussai le soupir du soulagement. « Fort bien ! me dis-je, Lerne les a inoculées. Ceci n'est qu'une répétition de ce que j'ai déjà surpris, ou plutôt, même, l'un des premiers essais, timide et simple, et manqué, si je ne me trompe, un acheminement vers les phénomènes ultérieurs de la rotonde, qu'il prépare comme ceux-ci préparent les atrocités de l'aquarium. Pour suivre la progression de Lerne, il m'aurait fallu débuter ici, continuer par l'éden central et finir aux polypes. Merci, mon Dieu ! J'ai vu le pire… »

Ainsi allait ma pensée lorsque la tige du plantain se tortilla comme un ver.

Dans le même temps, une masse d'un gris chatoyant fit un soubresaut qui trahit sa présence derrière le comptoir. Là gisait, au milieu d'une flaque de sang, un lapin à la fourrure argentée. Il venait de mourir *et n'avait plus d'oreilles que deux trous sanglants.*

Le pressentiment de la réalité me couvrit de sueur. C'est alors que je touchai la plante velue. Ayant palpé les deux feuilles traitées, si conformes à des oreilles, je les sentis *chaudes et frémissantes.*

Une reculade me lança contre le comptoir. Ma main, crispée de répugnance, secouait le souvenir du contact comme elle eût fait de quelque hideuse araignée ; elle heurta fébrilement la ratière, qui tomba.

Du coup, le rat bondit à l'intérieur de la cage, se démena, mordit, roula, se débattit avec la fureur d'un possédé… Et mes yeux exorbités allaient sans cesse du plantain à l'animal, de cette tige frétillant toujours *comme une couleuvre mince et noire* à ce rat *qui n'avait plus de queue…*

Sa blessure avait guéri, mais, vestige d'une autre expérience, la pauvre bête traînait après ses culbutes une espèce de ceinture défaite, laquelle fixait encore à son flanc tailladé la pousse verte qu'on y avait insérée.

Cette pousse, d'ailleurs, me parut s'être étiolée.

Lerne remontait donc l'échelle des êtres ! Maintenant il greffait entre eux les animaux supérieurs et toutes les plantes !… Infâme et grandi, mon oncle m'inspira le dégoût et l'admiration d'un dieu malfaiteur.

Son œuvre était pourtant moins estimable que repoussante, et je dus me faire violence pour continuer ma visite.

Elle en valait la peine, même si elle ne fut qu'une visite à des hallucinations. Ce qui me restait à connaître dépasse les cauchemars d'un fou. Affreux, certes, mais comique aussi par un certain côté : burlesquement sinistre.

Et parmi les patients, lequel dégageait cette horreur davantage ? Lequel, du cobaye, de la grenouille, ou des arbustes ?

Le cobaye, à tout prendre, n'avait peut-être rien de si remarquable. Son pelage n'était-il vert et gazonneux que grâce au reflet de toutes ces plantes ? Cela se peut.

Mais la grenouille ? Mais les arbustes ? Que penser d'elle et d'eux ?

Elle — la rainette couleur des herbes, les quatre pattes enfouies dans l'humus, plantée au milieu d'un pot ainsi qu'un végétal aux quatre racines, la paupière close, l'air insensible et morne ?

Eux — les dattiers ? D'abord ils n'avaient pas remué, et nul vent ne souffla, j'en suis certain ; et puis, quand ils s'agitèrent, ce fut dans tous les sens. Leurs palmes se balancèrent très doucement… il me sembla même entendre… mais je ne le jurerais pas. — Oui, les arbres se balançaient en se rapprochant à toutes les oscillations, et soudain ils s'agrippèrent l'un l'autre de toutes leurs mains aux doigts verts, et s'étreignirent convulsivement, rageurs ou tendres, pour la bataille ou l'amour, que sais-je ? c'est le même geste, brutal toujours.

À côté de la grenouille, un vase de porcelaine blanche était rempli d'une liquide incolore où baignait une seringue de Pravaz. On avait posé près des arbustes la même seringue et le même vase, mais ici le liquide était rouge brun et se caillait. Je conclus à la sève et au sang.

Les dattiers s'étant lâchés, ma main tremblante s'avança vers eux, et je comptai sous l'écorce douce et tiède les battements qui la soulevaient avec une cadence de pulsations…

Depuis, je me suis laissé dire qu'on peut sentir son propre pouls en tâtant celui des autres, et la fièvre, il est vrai, me tapait les doigts de son flux mesuré ; mais, sur le moment, pouvais-je douter de mes sens ?… D'ailleurs, la suite de l'histoire ne tend pas à incriminer ma lucidité à cette minute ; elle plaiderait plutôt en sa faveur. J'ignore si l'intensité du souvenir, dans un cas douteux d'hallucination, est une raison pour ou contre l'état morbide ; de toute façon, je me rappelle vigoureusement le tableau de ces monstruosités surgissant du désarroi des linges et des bocaux, tandis que luisaient les aciers épars.

Plus rien à voir ? — Je furetai dans les coins. — Non, plus rien. J'avais suivi pied à pied les travaux de mon oncle et, par fortune, dans l'ordre même de leurs stades et de leur ascendance, rationnellement.

Je rentrai sans encombre au château, puis dans ma chambre. Et là, cette vigueur factice qui m'avait soutenu s'effondra. Sans y parvenir, j'essayai, tout en me déshabillant, de récapituler ma campagne, Déjà elle prenait un air de mauvais rêve et je n'y croyais plus. Est-ce que le règne végétal pouvait fusionner avec le règne animal ? Quelle absurdité ! Si les polypes-plantes sont presque des polypes-bêtes, qu'est-ce donc qu'un insecte et une feuille, par exemple ont de commun ? — Alors, je ressentis une douleur cuisante au pouce de la main droite : un petit point blanc, auréolé de rose, y boutonnait. Dans la traversée du bois, quelque chose m'avait piqué. Mais je fus impuissant à décider si c'était là vengeance d'ortie ou de fourmi, et je me souvins que l'analyse microscopique et chimique n'aurait pu me le dire, tant leur piqûre et leur acide sont les mêmes. Ceci m'ayant rappelé au sentiment des possibilités, je n'avais plus de prétexte pour ne pas les accepter comme accomplies par mon oncle, et je poursuivis mes réflexions, qui furent telles :

« En résumé, Lerne a tenté d'amalgamer les végétaux et les animaux et de leur faire échanger leur vitalité. Son procédé, judicieusement progressif, a réussi. Mais sont-ce là des buts ou des moyens ? Où veut-il en venir ? Je ne discerne pas que ces expériences soient susceptibles d'une application pratique immédiate, d'usages qu'un spéculateur pourrait exploiter, — donc elles ne sont pas des fins. Il me semble, au surplus, que leur succession s'efforce vers quelque chose de plus parfait, que je pressens vaguement sans le bien distinguer. — Ma tête est bourrée de migraine cotonneuse. — Voyons… peut-être aussi le professeur mène-t-il de front d'autres recherches, convergeant au même point que celles-ci, et dont la connaissance éclairerait l'objet final… Allons, allons ! un peu de logique. D'une part, — Seigneur, que je suis fatigué ! — d'une part, j'ai vu les végétaux greffés entre eux ; d'autre part, mon oncle commence à mélanger les plantes et les bêtes… Ah, j'y renonce ! »

Mon esprit surmené se refusait au moindre raisonnement. J'entrevis confusément que, dans cette matière de la greffe, toute une branche d'études avait été négligée, ou du moins que la serre n'en était pas le siège. Mes paupières s'alourdirent. Plus je voulais induire ou déduire, plus je pataugeais. L'apparition de la nuit, les bâtiments gris, Emma, vinrent aggraver mon ahurissement d'inquiétude, de curiosité, de désir ; bref, jamais oreiller de plume ne hanta pareil galimatias.

Énigme !

Oui certes : énigme ! Cependant, si les sphinx m'environnaient toujours, à travers la fumée maintenant éclaircie je les distinguais plus nettement. Et comme l'un d'eux avait une frimousse agréable et des seins de jeune femme, je m'endormis tout de même en souriant.

## IV. CHAUD ET FROID

Qui dort dîne. Mon sommeil dura jusqu'au lendemain matin.

Pourtant je n'ai jamais reposé si mal. Les trépidations d'une journée d'automobile vinrent hanter mes reins, et longtemps j'y ressentis les contre-coups de cahots-revenants et la torsion de virages-spectres, Puis je fus visité par des songes où vécut un monde prodigieux : Brocéliande, forêt shakespearienne, s'était mise à marcher ; parmi la foule de ses arbres, la plupart cheminaient enlacés, deux à deux ; un bouleau qui avait l'air d'une lance me fit un discours en allemand, et je pouvais à peine l'entendre, car beaucoup de fleurs chantaient, des plantes jappaient avec insistance, et les grands arbres, de temps en temps, hurlaient.

À mon réveil, je me souvins de ce hourvari aussi exactement qu'un phonographe, au point d'en être inquiet, et je m'en voulus de n'avoir pas approfondi l'examen de la serre ; une étude moins hâtive et plus calme de son contenu m'aurait sans doute édifié. Je condamnai sévèrement ma précipitation et mon énervement de la veille. — Mais pourquoi ne pas essayer de les racheter ? Peut-être n'était-il pas trop tard ?...

Les mains derrière le dos, une cigarette aux lèvres la direction incertaine, bref : en promeneur, je m'en allai passer devant la serre.

Elle était fermée.

J'avais donc gâché la seule occasion de m'y instruire oui, je le sentais, la seule. Ah ! capon ! capon !

Afin de ne pas donner l'éveil, j'avais franchi ces parages prohibés sans même ralentir, et maintenant, l'allée me conduisait vers les bâtiments gris. À travers l'herbe qui la couvrait, un sentier battu témoignait de fréquents passages.

Au bout de quelques foulées, je vis mon oncle venir au-devant de moi. — Nul doute qu'il n'eût guetté ma sortie. — Il était tout réjoui. Sa figure ternie, quand elle souriait, rappelait mieux son jeune visage d'autrefois. Cette affable expression me rasséréna : mon escapade avait passé inaperçue.

— Eh bien, mon neveu ? fit-il presque amicalement, tu es de mon avis, je parie ? l'endroit n'est pas récréatif !… Tu seras bientôt rassasié de tes promenades sentimentales au fond de cette casserole !

— Oh ! mon oncle, j'ai toujours aimé Fonval non pour le site, mais à la façon d'un ami vénérable, un ancêtre, si vous voulez. Il est de la famille. J'ai souvent joué, vous le savez, sur ses pelouses et dans ses ramures, c'est un aïeul qui m'a fait sauter sur ses genoux, un peu… — je m'enhardis à une cajolerie — un peu comme vous, mon oncle.

— Oui, oui… murmura Lerne évasivement. Tout de même, tu en auras bien vite assez.

— Erreur. Le parc de Fonval, voyez-vous, c'est mon paradis terrestre !

— Tu l'as dit ! c'est tout à fait cela, confirma-t-il en riant ; le pommier défendu pousse dans son enceinte. À chaque heure, tu frôleras l'Arbre de Vie et l'Arbre de Science auxquels tu ne dois pas toucher… C'est dangereux. À ta place, de temps à autre, je sortirais en voiture mécanique. Ah ! si Adam avait possédé une voiture mécanique !…

— Mais, mon oncle, il y a le labyrinthe…

— Eh bien ! s'écria gaiement le professeur, je vais t'accompagner et je te guiderai ! D'ailleurs, je suis curieux de voir fonctionner l'une de ces machines… euh…

— Automobiles, mon oncle.

— Oui : automobiles. — Et son accent tudesque donnait au mot, déjà si peu véloce, une ampleur, une pesanteur, une immobilité de cathédrale.

Nous allions côte à côte vers la remise. — Sans conteste, mon oncle, faisant contre mauvaise fortune bon cœur, avait pris son parti de mon intrusion. Néanmoins, sa belle humeur persistante ne fit que me contrarier. Mes projets d'indiscrétion me semblaient moins légitimes. Peut-être même les aurais-je abandonnés à ce moment, si le désir d'Emma ne m'avait poussé au mal envers son despotique geôlier. Et puis, était-il sincère ? et ne fut-ce pas seulement pour m'inciter à garder la foi jurée, qu'il me dit en arrivant au garage improvisé :

— Nicolas, j'ai beaucoup réfléchi. Décidément, je crois que tu pourrais nous être fort utile dans l'avenir et je désire te connaître davantage. Puisque tu veux demeurer quelques jours ici, nous causerons souvent. Le matin, je travaille peu, nous l'emploierons à nous promener, soit à pied, soit dans ta voiture, en devisant. Mais n'oublie pas tes promesses !

Je fis un signe de tête. « Après tout, pensai-je, il a vraiment l'air de vouloir publier, un jour, cette solution inconnue qu'il poursuit. Pourquoi ne serait-elle pas équitable, en effet, si les travaux qui la doivent procurer ne le sont pas ? C'est eux seuls, sans doute, qu'il tient à dissimuler jusqu'au résultat : il suppute l'éclat de celui-ci pour justifier la barbarie de ceux-là et s'en faire absoudre… ; à moins que la fin ne trahisse pas les moyens, et que ces moyens puissent rester à jamais ignorés. D'autre part, Lerne craindrait-il vraiment la concurrence ? Pourquoi non ? »

Je ruminais tout cela en vidant au réservoir de ma bonne voiture un bidon d'essence qu'un hasard propice me fit trouver dans le coffre.

Lerne monta près de moi. Il m'indiqua un chemin droit côtoyant une falaise du défilé, subreptice traverse ingénieusement dérobée. Je m'étonnai d'abord que mon oncle m'indiquât ce raccourci, mais, tout bien pesé, ne m'enseignait-il pas ainsi la manière de m'en aller ? et n'était-ce point, au fond, ce qu'il souhaitait de bon cœur ?

Ce cher oncle ! Il fallait qu'il eût mené une existence bien recluse ou bien absorbée, car il nourrissait en matière d'automobile une touchante ignorance : de celles qu'entretiennent les savants à l'égard des sciences qui ne sont point leur partie. Mon physiologiste n'était pas fort en mécanique. À peine soupçonnait-il les principes de cette locomotion docile, souple, silencieuse et prompte, qui l'enthousiasmait.

À la lisière de la forêt :

— Arrêtons-nous là, s'il te plaît, dit-il. Tu m'expliqueras cette machine ; elle est merveilleuse. C'est ici que j'ai coutume de borner mes sorties. Je suis un vieux maniaque ! Tu continueras seul, après, si tu veux.

Je commençai ma démonstration, et je m'aperçus alors que la sirène, endommagée faiblement, était réparable en un tour de main. Deux vis et un bout de fil de fer lui rendirent son pouvoir assourdissant. Lerne, à l'écouter, s'illumina d'un plaisir ingénu. Je repris mon cours, et, à mesure que je parlais, mon oncle m'écoutait avec une attention croissante.

En vérité, la chose méritait bien qu'on s'y intéressât. Durant les trois dernières années, si les moteurs avaient peu changé dans leur structure élémentaire et celle de leurs principaux organes, l'ajustage, en revanche, avait progressé, et les matières employées l'étaient plus judicieusement. C'est ainsi que pour la construction de ma voiture, dont les baquets de course formaient la plus laconique des carrosseries, on n'avait pas utilisé le bois. Ma 80-chevauxconstituait une petite usine luxueuse et précise, entièrement de fonte et d'acier, de cuivre, de nickel et d'aluminium. La grande invention de l'époque y était appliquée ; je veux dire qu'elle ne reposait pas sur quatre pneumatiques, mais sur des roues à ressorts, admirablement élastiques. Aujourd'hui, cela semble très ordinaire : il y a un an, mes jantes en fer provoquaient encore bien des surprises.

Mais ce que la 234-XY offrait de plus remarquable, en y réfléchissant, c'était, à mon avis, ce perfectionnement, que les ingénieurs ont obtenu si graduellement, qu'on ne l'a point vu de jour en jour s'affirmer : l'automatisme.

La première « voiture sans chevaux » s'encombrait de leviers, de pédales, de manettes et de volants nécessaires à la conduite, de robinets et de graisseurs à tourner, indispensables au fonctionnement du moteur. Or, chaque génération d'automobiles s'en est dépouillée davantage. Une à une, presque toutes ces poignées ont disparu qui exigeaient l'intervention incessante et multiple de l'homme. De nos jours, avec ses organes devenus automatiques, le mécanisme règle le mécanisme. Tout chauffeur n'est plus qu'un pilote ; une fois en action, sa monture entretient d'elle-même son entrain ; éveillée, elle ne se rendormira que sur un commandement. Bref, comme Lerne me le fit remarquer, l'automobile moderne jouit, en somme, des propriétés que lui conférerait une moelle épinière : elle jouit d'un instinct et de réflexes. Des mouvements spontanés s'y produisent, à côté des mouvements volontaires provoqués par l'intelligence du conducteur, lequel devient, pour ainsi dire, le cerveau du véhicule. C'est de cette intelligence que partent les ordres des manœuvres *voulues*, transmis par les nerfs métalliques aux muscles d'acier.

— D'ailleurs, ajouta mon oncle, entre cette voiture et le corps d'un vertébré, la ressemblance est frappante.

Ici, Lerne réintégrait son domaine. Je prêtai l'oreille. Il poursuivit :

» Nous avons déjà les systèmes nerveux et musculaire, représentés par les tringles de commande, les transmissions et les pièces d'effort. Mais le châssis, Nicolas, qu'est-ce donc, sinon le squelette où les tenons viennent s'insérer comme des tendons ?... Un sang de pétrole, élément vital, circule dans ces artères de cuivre !... Le carburateur respire ; c'est un poumon ; au lieu de combiner l'air avec le sang, il le mélange aux vapeurs de l'essence, voilà tout !... Ce capot ressemble au thorax où la vie bat en cadence... Nos articulations jouent dans la synovie de même que ces rotules dans l'huile... À l'abri de la peau résistante du carter, voici des réservoirs, estomacs qui s'affament et se rassasient... Voici, phosphorescents comme ceux des félins, mais *encore* privés de la vue, voici des yeux : les phares ; une voix : la sirène ; un pot d'échappement dont la comparaison t'offusquerait, Nicolas... Enfin il ne manque à ta voiture qu'un cerveau, dont le tien fait parfois l'office, pour devenir une grande bête sourde, aveugle, insensible et stérile, sans goût et sans odorat.

— Un véritable musée d'infirmités ! lançai-je en éclatant de rire.

— Hum ! repartit Lerne, l'automobile, par ailleurs, est mieux loti que nous. Songe à cette eau qui le refroidit : quel remède contre la fièvre !... Et ce qu'un tel engin peut durer, s'il est mené sagement ! car il est raccommodable sans limite... on peut toujours le guérir ; ne viens-tu pas de rendre la parole à son gosier ? Tu lui remplacerais l'œil aussi facilement...

Le professeur s'emballait :

« C'est un corps puissant et redoutable ! s'écria-t-il, mais un corps qui se laisse revêtir, une armure dont l'habitant se trouve amplifié au-delà de toute espérance, une cuirasse multiplicatrice de force et de vitesse ! Eh quoi ! vous êtes là-dedans ni plus ni moins que les Marsiens de Wells dans leurs cylindres tripodes ! vous n'êtes plus que l'encéphale d'un monstre factice et vertigineux !

— Toutes les machines en sont là, mon oncle.

— Non. Pas aussi complètement. Exception faite de la forme — dont n'approche aucun aspect d'animal, bien entendu — l'automobile est l'automate le plus congru que l'on ait agencé. Il est mieux fait à notre image que le meilleur mannequin à remontoir de Maëlzel ou de Vaucanson, l'androïde le plus humain ; car, sous l'enveloppe anthropomorphe, ceux-là dissimulent un organisme de tournebroche, à quoi l'on ne saurait pas même confronter l'anatomie d'un escargot. Tandis que là…

Il s'éloigna, enveloppant ma voiture d'un regard attendri :

» La superbe créature ! s'exclama-t-il, et que l'homme est grand !

« Oui, me dis-je, il réside une autre beauté dans l'acte de créer que dans tes sinistres assemblages de la chair antique et du bois immémorial ! Mais, de ta part, c'est encore bien de l'avouer. »

Quoique l'heure fût tardive, je poussai jusqu'à Grey-l'Abbaye pour faire le plein d'essence, et, bien qu'il fût routinier, Lerne, toqué d'automobile, outrepassa la limite traditionnelle de ses promenades et voulut m'accompagner.

Puis nous reprîmes le chemin de Fonval.

Mon oncle, en proie aux ardeurs néophytes, se penchait sur le capot afin d'en ausculter la tôle, ensuite il disséqua l'un des graisseurs compte-gouttes. Il m'interrogeait cependant, et je dus, à propos de ma voiture, le renseigner sur les moindres détails, qu'il s'assimilait avec une incroyable sûreté.

— Nicolas, dis, actionne la sirène, veux-tu ?… Maintenant ralentis… arrête… repars… plus vite !… Assez ! freine… en arrière, à présent… Halte !… C'est colossal !

Il riait. Sa face ennuagée éprouvait comme une embellie. À nous voir, on aurait supposé deux excellents amis. Au fait, nous l'étions peut-être, alors… Et J'entrevis que grâce à ma « deux baquets », il se pourrait que Lerne me fit, un jour, des confidences.

Il conserva cette gaieté jusqu'à notre retour au château ; le voisinage retrouvé des ateliers mystérieux ne l'altéra nullement ; elle ne disparut que dans la salle à manger. Là, tout à coup, Lerne se rembrunit : Emma venait d'entrer. Et le mari de ma tante Lidivine parut s'être effacé avec le sourire de mon oncle, un vieux savant acariâtre demeurant seul entre ses deux convives. Je sentis alors combien peu lui importaient les trouvailles futures À côté de cette femme, et qu'il ne voulait acquérir la gloire et la richesse que mieux garder la charmante fille.

Assurément il l'aimait, lui aussi, comme je l'aimais : à comme on à faim, comme on est altéré, d'une fringale de l'épiderme et d'une soif de la peau. Il était plus gourmand, j'avais plus d'appétit, voilà la différence.

Allons, soyons franc. Elvire, Béatrice, amantes idéales, vous ne fûtes d'abord que des pâtures convoitées. Avant de vous rythmer des vers, on vous désira es sans littérature, tel — pourquoi chercher d'hypocrites métaphores ? — tel un plat de lentilles, telle une coupe d'eau fraîche… Mais on trouva pour vous d'harmonieuses phrases, parce que vous avez su devenir l'amie vénérée, et dès lors, on vous a chéries de cette tendresse perfectionnée qui est notre chef-d'œuvre involontaire, notre exquise et lente retouche à la création. Certes, selon les paroles de Lerne, l'homme est grand ! Mais son amour l'atteste encore mieux que sa mécanique. Son amour est une fleur délicieusement doublée, celle-là, la plus belle greffe de nos jardins, à force d'art presque artificielle, et d'un arome savamment adouci.

Las ! ce n'est pas elle que nous respirions, Lerne et moi, mais la courte corolle primitive et simple en quoi s'allégorise la perpétuation des espèces, et dont le fruit qu'elle prépare est la seule raison d'être. Son odeur impérieuse nous enivrait, poison parfumé, lourd de luxure et de jalousie, senteur de la Nature aux desseins ténébreux, où l'on puise moins l'amour d'une femme que la haine de tous les hommes.

Barbe allait et venait, accomplissant à la diable le service du repas. Nous nous taisions. J'évitais le plaisant spectacle d'Emma, persuadé que mes regards, posés sur elle, eussent valu des baisers, où mon oncle ne se fût pas trompé.

Elle, tout à fait sereine maintenant, affichait l'insouciance, et, le menton dans les mains, les coudes sur la table, les bras tout nus sortant des manches courtes, elle examinait, à travers les vitres, la prairie, dont les hôtes beuglaient.

J'aurais au moins voulu regarder la même chose que ma bien-aimée ; cette communion lointaine et sentimentale eût apaisé, me semblait-il, mes basses ambitions de rencontres plus intimes. Par malchance, la prairie n'était pas visible de ma place, et mes yeux erraient partout, désœuvrés, percevant toujours, malgré soi, la blancheur des bras nus et les soulèvements d'un corsage palpitant plus que de raison.

Plus que de raison.

Comme j'interprétais en ma faveur cette agitation, Lerne, hostile et taciturne, leva la séance. M'étant écarté devant la jeune femme qui m'effleura, je la sentis toute vibrante ; ses narines frémissaient. Et une grande allégresse me transporta. Pouvais-je douter de l'avoir émue ?

Nous passions près de la fenêtre, quand Lerne me toucha l'épaule et me dit tout bas, de l'accent chevrotant dont riaient, je pense, les Satyres :

— Ach ! voilà Jupiter qui fait des siennes !

Et il m'indiquait dans la prairie, au milieu de son harem, le taureau debout et lubrique.

Au salon, mon oncle avait déjà repris sa mine rébarbative. Il enjoignit à Emma de monter dans sa chambre, et m'ayant donné quelques livres, il me conseilla sur un ton catégorique d'aller m'instruire à l'ombre de la forêt.

Je n'avais qu'à obéir. « Bah ! me dis-je, pour m'exhorter à la soumission, il est à plaindre par-dessus tout… »

Ce qui se passa la nuit d'après refroidit notablement cette pitié.

Le fait me troubla d'autant plus que, loin de paraître concourir à l'éclaircissement du secret, il semblait par lui-même incompréhensible,

Le voici :

Je m'étais endormi paisiblement, l'esprit occupé d'Emma et des riants espoirs qui s'y rattachaient. Cependant le sommeil, au lieu de m'apporter quelque fantasmagorie impudique et divertissante, ramena les absurdités de l'autre nuit : les plantes mugissantes et aboyeuses. Le songe augmentait sans cesse d'intensité. dl devint si aigu, le bruit si réel, que je m'éveillai tout d'un coup.

La sueur inondait mon corps et mes draps brûlants. La résonance d'un cri récent étouffait sur mon tympan ses dernières vibrations. Ce n'était pas la première fois… non… je l'avais déjà distingué, ce cri, dans le labyrinthe, au loin, du côté de Fonval… hem !…

Je me soulevai sur les mains, Un peu de lune éclairait la chambre. On n'entendait rien. Seul, dans l'horloge, le Temps marchait en cadence, au branle de sa faulx. Ma tête retomba sur l'oreiller…

Et soudain, dans une crispation atroce de tout mon être, je m'enfouis sous les couvertures, les poings aux oreilles : — le hurlement sinistre montait du parc dans la nuit, mais surnaturel, mais inouï… C'était bien celui du cauchemar, et le rêve empiétait sur la réalité.

Je pensai au grand platane, là, contre le château…

Avec un effort surhumain, je me levai. Et c'est alors qu'il y eut des jappements… une sorte de jappements étouffés, très étouffés…

Eh bien, quoi ? tout cela pouvait sortir de la gueule d'un chien, que diable !

À la croisée du jardin, rien… rien que le platane et les arbres engourdis sous la lune…

Mas le hurlement se réitéra vers la gauche. Et, de l'autre fenêtre, je vis ce qui me parut, un moment, tout expliquer. (Une certitude cependant : c'est la réalité qui avait suscité mon rêve auditivement, des sons véritables m'ayant suggéré dans le sommeil la vision de criards imaginaires.)

Là-bas, un chien efflanqué me tournait le dos. Très grand, il avait posé ses pattes de devant sur les persiennes closes de mon ancienne chambre et, par intervalles, poussait à toute gorge un long gémissement. Les autres abois — les étouffés — lui répondaient à l'intérieur de la maison ; mais étaient-ce bien là des jappements ? Si mon ouïe, désormais suspecte, m'avait encore leurré ! On aurait dit, plutôt, la voix d'un homme s'efforçant d'imiter celle d'un chien… Plus j'écoutais, plus cette conclusion s'"imposait… Oui, certainement, il était même impossible de s'y méprendre ; comment avais-je pu hésiter ? cela sautait aux oreilles : un facétieux quidam, installé dans ma chambre, s'amusait à agacer le pauvre toutou.

D'ailleurs, il y réussissait ; l'animal donnait les signes d'une exaspération grandissante. Il modula terriblement sa clameur, lui donnant à chaque fois une intonation plus extraordinaire, comme désespérée… À la fin, il gratta les persiennes avec rage et les mordit. Je perçus le craquement du bois entre ses mâchoires.

Tout à coup, la bête s'immobilisa, le poil hérissé. Brusque et violente, une apostrophe éclatait dans l'appartement. Je reconnus le verbe de mon oncle sans pouvoir saisir le sens de la réprimande. Immédiatement, le farceur admonesté se tut. Mais — de quelle façon interpréter cette incohérence? — le chien, dont la frénésie aurait dû tomber, était maintenant hors de lui ; son échine s'horripilait en brosse de sanglier. Il se mit à suivre en grognant la muraille du château jusqu'à la porte du milieu.

Comme il venait de l'atteindre, Lerne l'ouvrit.

Heureusement pour moi, Je me méfiais et n'avais pas soulevé mes rideaux. Son premier regard fut pour ma croisée.

À voix basse, avec une colère contenue, le professeur morigéna le chien ; mais il n'avançait pas, et je compris qu'il en avait peur. L'autre s'approchait, toujours grondant, les yeux dardés en lueurs sous son vaste front. Lerne parla plus haut :

— À La niche ! sale bête ! — Ici, plusieurs mots étrangers. — Va-t'en ! — reprit-il en français : et comme l'animal continuait sa marche : — Veux-tu que je t'assomme, veux-tu ?

Mon oncle avait l'air de s'affoler. La lune aggravait sa pâleur. « Il va se faire déchirer, pensai-je, il n'a pas seulement de cravache !... »

— En arrière, Nelly ! en arrière !

Nelly ?... C'était donc la chienne de l'élève congédié ? le Saint-Bernard de l'Écossais ?...

En effet, voilà que les termes étrangers abondaient de plus belle, m'apprenant, pour ma complète déroute, que mon oncle parlait aussi l'anglais.

Ses invectives gutturales sonnaient au silence nocturne.

Le chien se ramassa sur lui-même. Il allait bondir, quand Lerne, à bout de ressources, le menaça d'un revolver et, de l'autre main, lui indiqua une direction à suivre.

Il m'est arrivé de voir, en des tirés, un chien qu'on met en joue s'enfuir devant le fusil, dont il sait le pouvoir meurtrier. En face d'un pistolet, la chose me parut moins banale. Nelly avait-elle jadis éprouvé l'effet de cette arme ? c'était plausible, mais je crus surtout qu'elle avait mieux compris l'anglais — parler de Mac-Bell — que le revolver de mon oncle.

Elle s'apaisa comme à la voix d'Orphée, se fit toute basse et, la queue aux jambes, enfila le chemin des bâtiments gris que Lerne désignait. Lui, courut sur les pas de la chienne, et l'ombre les engloutit.

Au fond de mon horloge, l'impérissable Moissonneur faucha plusieurs minutes.

Dans le lointain, des portes claquèrent bruyamment.

Puis Lerne rentra.

Rien de plus.


Donc, il y avait à Fonval deux êtres jusqu'alors insoupçonnés : Nelly, dont l'aspect minable ne prouvait guère qu'elle y fût heureuse, Nelly, abandonnée sans doute par son maître dans une fuite précipitée, — et le mauvais plaisant. Car celui-ci, raisonnablement, ne pouvait être ni l'une des deux femmes, ni l'un des trois Allemand ; la nature de la bouffonnerie trahissait l'âge de son auteur : un enfant, seul du se divertir aux dépens d'un chien. Mais personne, à ma connaissance, ne logeait dans cette aile... Ah ! Lerne m'avait dit : « Je me sers de ta chambre ». Qui donc l'habitait ?

Je le saurais.

Si la présence cachée de Nelly dans les bâtiments gris revêtait d'un intérêt nouveau ces lieux déjà si intrigants, les appartements fermés du château devenaient un point de mire supplémentaire.

Enfin ! les objectifs se précisaient !

Et comme la perspective de la chasse au mystère m'enfiévrait, un pressentiment m'avertit que je ferais sagement de la mener jusqu'à l'hallali et d'enfreindre la première défense de Lerne avant de transgresser la seconde. « Sachons d'abord le fond des choses, disait ma conscience, elles sont troubles. Après, nous pourvoirons à la bagatelle en toute quiétude. »

Que n'ai-je observé plus longtemps ses avis !... Mais la conscience chante en sourdine, et qui l'entendrait, je vous le demande, quand la passion se met à braire ?

## V. LE FOU

Une semaine plus tard. En embuscade derrière la porte de mon ancienne chambre — la jaune —, l'œil au trou de la serrure.

L'avant-veille, j'y étais venu déjà, mais le temps m'avait manqué pour observer...

Oh ! l'action n'était pas facile du moins en apparence ! Jamais l'aile gauche de Fonval n'avait été bouclée aussi jalousement, voire du temps que les moines s'y cloîtraient...

Comment j'ai pénétré là-dedans ? Le plus bêtement du monde. La chambre jaune correspond au vestibule central — où chacun passait à sa guise — par une suite de trois pièces : le vestibule attient au grand salon ; vient ensuite la salle de billard, qui donne elle-même : dans un boudoir ; enfin celui-ci avoisine, À droite, la chambre jaune en retour vers le parc. Or, cette avant-veille, profitant d'une minute d'indépendance, j'essayai une à une, à la serrure du salon, des clefs que j'avais dérobées à d'autres portes, par-ci par-là. Je manquais de confiance. Soudain le pène céda. J'ouvris, et j'aperçus, libre dans le demi-jour des volets clos, toute l'enfilade des salles.

Je reconnus de seuil en seuil l'odeur particulière à chacune, chacune un peu plus moisie qu'autrefois, odeurs que le passé exhalerait si l'on pouvait y voyager... — De la poussière partout. Je suivais sur la pointe des pieds une trace où de nombreuses bottes avaient laissé leur boue, sèche. — Une souris traversa la carpette du salon. — Sur le billard, les sphères d'ivoire rouge et blanches, délimitaient un triangle isocèle ; mentalement je calculai le coup, l'effet à prendre et la quantité de seconde bille. — Et le boudoir m'entoura ; sa pendule arrêtée certifiait midi, ou minuit. Je me sentais merveilleusement réceptif.

Pourtant, à peine avais-je eu le loisir de voir fermée la porte de la chambre jaune, qu'un bruit me fit revenir précipitamment au vestibule…

C'est qu'il ne fallait pas plaisanter ! Lerne travaillait dans les bâtiments gris, mais il me savait au château, et, en pareille occasion, il avait coutume d'y rentrer souvent par alerte pour me surveiller. Différer la perquisition me sembla prudent.

Une heure de liberté m'était indispensable. Je combinai ce stratagème :

Le lendemain, je me rendis en automobile à Grey-l'Abbaye et j'y achetai différents objets de toilette que je cachai sous un buisson de la forêt, non loin du parc.

Le surlendemain, au déjeuner, Emma et Lerne m'entendirent :

— Je vais à Grey cette après-midi. J'espère y trouver certains articles dont j'ai grand besoin. Sinon, je pousserai jusqu'à Nanthel. Vous n'avez pas de commissions à me donner ?

Par bonheur ils n'en avaient pas ; tout aurait manqué.

De cette façon, une sortie de quinze minutes me permettait de rapporter du buisson mes emplettes, comme si j'avais été les quérir au village. Or, on pouvait évaluer à une heure un quart la durée du trajet de Fonval à Grey et retour, additionnée au temps de fouiller l'épicerie et la mercerie. Donc, je disposais d'une heure. Ce qu'il fallait démontrer.

Je sors, laisse ma voiture dans un fourré, non loin de la cachette du buisson, puis je rentre dans le jardin par le mur, — le lierre d'un côté, une treille de l'autre simplifient la prouesse.

En rasant le château, je parviens au vestibule.

Me voilà dans le salon, la porte soigneusement refermée derrière moi. En cas de fuite, je crois toute-fois prudent de ne pas tourner la clef.

Et maintenant, aux aguets, l'œil à la serrure de la chambre jaune.

Le trou est large. Il fait à ce que je vois un cadre en forme de meurtrière, par où siffle une aigre bise. Et quel est le tableau ?

La chambre est obscure. Laminé à travers les persiennes, un rayon de soleil, oblique, semble étayer la fenêtre de son faisceau éblouissant où vaguent des poussières comme gravitent les mondes. Sur le tapis, les lamelles des volets dessinent leur projection. Dans l'ombre : un taudis, le bouge d'un bohème. Çà et là, quelques habits. Par terre, une assiette avec des rogatons, et, tout près d'elle, une immondice… On dirait plutôt la tanière d'un reclus. Le lit… Ah ! ah ! qu'est-ce qui a bougé ?

Le voilà, le séquestré !

Un homme.

Il est couché sur le ventre parmi la pagaïe des oreillers, du traversin et de l'édredon, la tête appuyée aux bras qui se croisent. Il n'a pour vêtement qu'une chemise de nuit et un pantalon. Sa barbe, longue de plusieurs semaines, et ses cheveux — assez courts — sont d'un blond presque blanc.

J'ai déjà vu cette figure-là… Non. Depuis le cri de l'autre nuit, c'est une marotte… Je n'ai jamais vu ce visage bouffi et barbu, ce corps replet, je n'ai pas rencontré ce jeune homme gras… jamais… Son œil paraît assez bienveillant, stupide mais bienveillant… Hum ! quelle physionomie indifférente, surtout ! Ce doit être un joli paresseux !…

Le prisonnier somnole — plutôt mal. Des mouches l'importunent. Il les chasse d'une main pataude et soudaine. Son œil indolent suit leur vol entre deux assoupissements, et, quelquefois, pris d'une colère fugace, faisant clapper ses lèvres dans un coup de tête, il s'efforce de happer au passage les bestioles insupportables.

Un fou !

Il y a un fou chez mon oncle ! Qui est-il ?…

Ma paupière touche le trou de la serrure. J'ai l'œil glacé. L'autre, mis en batterie à son tour, est un peu myope. Je vois trouble. Ce judas est d'un étroit !… Mille tonnerres ! j'ai heurté bruyamment la porte !…

Le fou a sauté sur ses pieds. Comme il est petit ! Voilà qu'il vient vers moi… S'il allait essayer d'ouvrir ?… Bon ! il se jette à terre contre la porte, renifle, grogne… Pauvre garçon ! cela fait de la peine…

Il n'a rien deviné. Accroupi maintenant dans le rayon de soleil et tout zébré par l'ombre des volets, il se prête davantage à mon indiscrétion.

Ses mains et son visage sont mouchetés de petites taches rosâtres, semblables à d'anciennes égratignures. On dirait qu'il s'est battu naguère, et — mais c'est plus grave, cela ! — une longue traînée violacée fuit sous les cheveux, d'une tempe à l'autre ; elle contourne la tête par derrière. Cela ressemble singulièrement à une cicatrice... On a martyrisé cet homme ! Je ne sais quel traitement Lerne lui a fait subir, ou quelle vengeance il exerce sur lui... Ah ! le bourreau !

Incontinent, une association d'idées se noue : je rapproche du profil indien de mon oncle la chevelure insolite d'Emma, celle du fou, si blonde, et la toison verte du rat. Est-ce que Lerne chercherait le moyen de greffer sur les crânes chauves des scalpes chevelus ? Ne serait-ce pas l'Entreprise ?... Et je découvre aussitôt combien ma supposition est sotte. Rien de certain ne la corrobore. Puis — et c'est l'argument péremptoire — cet insensé n'a pas été scalpé : la cicatrice décrirait un cercle complet. Pourquoi donc ne serait-il pas devenu fou à la suite d'un accident, tout simplement, d'une chute en arrière ?

Fou ! pas furieux : inoffensif. Il a une bonne expression, décidément. Ses yeux, même, s'éclairent parfois d'une sorte d'intelligence... Il doit savoir quelque chose, lui... Je suis sûr qu'en l'interrogeant avec douceur, il répondrait. Si je tentais la chance ?...

Un verrou seulement assure de mon côté la fermeture de la porte. Je le tire d'un pouce délibéré. Maïs je ne suis pas encore dans la chambre jaune, que déjà le reclus s'élance, tête baissée, me passe entre les jambes, me culbute, se relève et s'échappe avec les glapissements canins qui, l'autre nuit, me l'ont fait prendre pour un loustic...

Son agilité me déconcerte. Comment a-t-il pu me jouer ainsi ? Quelle idée de me passer dans les jambes !... Malgré la brusquerie de l'aventure, aussi vite qu'il m'a fait tomber, je suis debout, étourdi, affolé. Ce dément lâché par un idiot qu'il va perdre ! Oh !... Flambé, Nicolas ! flambé ! ça ne fait pas l'ombre d'une doute ! Ne vaudrait-il pas mieux détaler à l'anglaise que de courir sus au fuyard ? À quoi cela servirait-il, à présent ?... Oui, mais Emma ? et le secret ? À Dieu vat ! essayons de le rattraper, fichtre !

Et me voilà aux trousses de l'inconnu.

Pourvu qu'il n'aille pas vers les bâtiments gris !... Heureusement, il a pris la direction opposée. N'importe ! chacun peut nous voir à son gré... Mon déserteur s'éloigne en cabriolant, tout guilleret. Il s'enfonce dans les bois. Dieu soit loué ! l'animal ne crie plus, c'est

toujours ça de gagné !... Quelqu'un !... Non : une statue... Il faut
le rejoindre au plus tôt. Qu'il fasse un crochet malheureux, on
nous apercevra et c'en est fait de moi. A-t-il joyeuse mine, le butor ! Diable ! s'il continue son chemin, nous ferons le tour du parc,
et la poursuite passera devant les bâtiments gris, sous les fenêtres
de Lerne ! Bénis soient les arbres qui nous dissimulent encore !
Vite !... Et la porte du salon que j'ai laissée ouverte ! Vite, vite !...
L'homme ne sait pas qu'il est chassé, il ne regarde pas derrière lui ;
ses pieds, douloureux d'être nus, le retardent ; je gagne du terrain...

Il s'est arrêté, hume la brise, repart. Mais je suis plus près. Il saute
dans les broussailles, à gauche, vers la falaise... Moi aussi... Je le
suis à dix mètres. Il charge à travers les ronciers sans prendre garde
aux piquants. Je fonce dans son sillage... La verge des tiges le fla-
gelle, les épines lui font mal, il pousse des plaintes en s'y accro-
chant. Alors, pourquoi ne pas les écarter ? il éviterait si aisément
leurs griffes... La falaise n'est pas loin. Nous allons droit sur elle.
Parole d'honneur ! mon gibier semble parfaitement savoir où il
veut aller... Je vois son dos... pas toujours... il me faut alors le
dépister au craquement des branches...

Enfin, sur la muraille rocheuse, sa tête étroite ressort, fixe.

Silencieusement, je me glisse... Encore une seconde

L et je me jetterai sur lui... — Mais son acte inattendu m'arrête au
bord de la clairière qui l'encercle et dont il la falaise borne un côté.

Il est à genoux et gratte furieusement le sol. La besogne torture
ses ongles. au point qu'il se lamente, comme tout à l'heure parmi
les aiguillons de l'aubépine et du mûrier. La terre vole derrière lui
jusqu'à moi ; ses mains crispées s'acharnent, à brassées rapides et
régulières ; il creuse en gémissant de douleur, puis, à de temps à
autre, plonge son nez dans le trou aussi profondément qu'il peut,
renâcle en saccadant le chef, et reprend l'absurde tâche. La cicatrice
m'apparaît en plein, couronne livide. — Hé ! je me moque bien
de ses incohérences, c'est le moment propice pour sauter sur lui et
l'emmener promptement...

Je sors du fourré en tapinois. Tiens ! quelqu'un a déjà creusé ici :
un tas de terre devenue grise en témoigne ; le blondin ne fait que
reprendre un ancien travail délaissé. Bah !...

Mes jarrets plient, je prépare mon élan.

L'homme pousse alors un grognement de plaisir, et qu est-ce que je vois au fond de la cavité ? une vieille chaussure qu'il vient de mettre à nu ! Ah, misère humaine !

Han ! J'ai sauté. Je le tiens, le bougre !... Bon sang ! il s'est retourné, me repousse, mais je ne le lâcherai pas !... Bizarre... ce qu'il est maladroit de ses mains !... Aïe ! tu mords, crétin !...

Je l'enlace à le broyer. Jamais il n'a lutté, ça se. voit. Cependant je n'ai pas encore le dessus... L'aurai-je ?... Un faux pas : c'est le trou. je marche sur la vieille bottine. Horreur ! il y a quelque chose dedans ! quelque chose qui la cloue à la terre ! Je m'essouffle... Un soulier, rien ne ressemble davantage à un pied...

Il faut en finir, absolument. Les minutes valent des fortunes.

Chacun étreignant l'autre, mon adversaire et moi nous sommes face à face contre le roc, haletants, d'égale force... Une idée ! J'ouvre terriblement les yeux, comme s'il s'agissait d'en imposer à quelque marmot ou de dompter une bête, je me fais le visage dominateur d'un maître. Et l'autre de se détendre, subjugué, repenti... Voilà-t-il pas qu'il me lèche les mains en signe d'obéissance !...

— Allons viens !

Je l'entraîne. Le soulier — une chaussure à élastiques — se dresse, la pointe en l'air. Il n'a pas cet aspect lamentable des souliers morts, abandonnés sur la grand'route. Mais il répugne davantage. Ce qui le fixe à la terre en est très peu dégagé. On voit seulement un bout de tricot. Serait-ce une chaussette ?... Le fou se retourne aussi pour le regarder.

— Au trot, mon ami !

Le compagnon reste docile, grâce aux œillades magiques, et nous courons à toutes jambes.

Seigneur ! que s'est-il passé au château durant cette équipée ?

Rien du tout.

Mais, comme nous pénétrions dans le vestibule, j'entendis ; à l'étage supérieur, Emma et Barbe qui s'entretenaient. Elles commençaient à descendre l'escalier quand la fameuse porte du salon, se fermant sur notre rentrée, termina mes alarmes pour m'en procurer de nouvelles.

En effet, l'innocent réintégré dans sa chambre, comment déguerpir sans être remarqué de l'une ou l'autre femme ?

Revenu furtivement sur mes pas jusqu'au salon, j'écoutai, l'oreille au battant, pour distinguer de quel… côté les deux fâcheuses se dirigeraient. Mais, tout à coup, je reculai au milieu de la pièce, éperdu, cher chant un abri, un paravent… faisant des mouvements de noyé, la gorge grosse de clameurs retenues…

Une clef farfouillait la serrure.

La mienne ? Ma clef, oubliée sur la porte et subtilisée pendant mon absence ? Nullement, elle était ici, la mienne, bossuant ma veste, dans ma poche. Je l'y avais mise en rentrant.

Alors ?

La poignée vert-de-grisée tourna lentement. On allait s'introduire… Qui ? Les Allemands ? Lerne ?

Emma.

Emma, qui ne put voir qu'une chambre déserte. Un des grands rideaux damassés remuait peut-être, — remuait comme on tremble. Elle ne vit pas.

Barbe se tenait en arrière. La jeune femme lui parlait à mi-voix :

— Reste là et surveille le jardin. Fais ce que tu as fait l'autre jour, c'était bien. Dès que le vieux sortira du laboratoire, préviens-moi en toussant.

— Ce n'est pas lui qui m'inquiète, répondit Barbe visiblement effrayée, il a confiance, à cette heure, je vous dis ; nous ne le reverrons pas avant ce soir. Quant au Nicolas, c'est une autre paire de manches… Voyez-vous qu'il s'amène !…

Les bâtiments gris s'appelaient donc le laboratoire ! C'était pour ce mot-là que le professeur avait bâillonné but à un soufflet la servante. Mes connaissances augmentaient…

Emma reprit d'un ton excédé :

— Je te le répète : il n'y a pas de danger. Voyons ! est-ce que est la première fois ?

— Il n'y avait pas le Nicolas…

— Allons, fais ce que je te dis !

Mal résignée, Barbe s'en alla faire le guet.

Emma demeura quelques instants aux écoutes. Belle ! oh ! belle comme la Stryge de la Luxure ! Et pourtant elle n'était qu'une buste sur le rectangle lumineux de la porte, une ombre immobile… mais souple à l'égal d'un mouvement. Car Emma au repos semblait toujours s'être arrêtée au milieu d'une danse et même la continuer par on ne sait quel maléfice, tellement sa vue était une harmonie : harmonie des bayadères lascives qui ne savent mimer que l'amour, et ne pourraient se déhancher, onduler, frémir ou se cambrer, ni secouer leur chevelure, ni esquisser le moindre petit geste, sans qu'on les imagine en volupté…

La vie bouillonna dans mon corps. Une exaltation m'assaillit, marée toute-puissante venue du fond des siècles : Emma ! Elle ! elle chez le fou ! Tout ce paradis à cette brute !… La garce !… Je l'aurais tuée !

Vous dites que je ne savais rien ? que je faisais des suppositions gratuites ? Vous ignorez donc l'allure impulsive, la mine sournoise et gloutonne de celles qui vont à l'homme, en fraude ?… Tenez : elle avait repris. sa marche. Eh bien ? fallait-il la regarder à deux fois pour deviner ce qu'elle allait accomplir ? Tout le criait en elle. Tout avouait cette espérance et ce besoin maladifs, qui déjà sont un agrément… Mais je ne veux pas dépeindre ce corps endiablé, ni traduire son langage inconvenant. N'attendez pas de moi que je détaille le honteux portrait d'une femelle en désir. Car, chose sordide à écrire ! c'est cela qu'elle était. Il y a des moments de perception si aiguë que, sous l'effet d'une vision ou d'une saveur dominatrices, l'homme devient un monstre et n'est plus qu'un grand œil, et rien d'autre, qu'une bouche, et rien de plus. Tel celui qui entend une musique extraordinaire ne vit plus que par l'ouïe, écoute avec ses yeux, ses narines et tout son être, telle cette femme énamourée n'était plus, tout entière, que le rayonnement d'un sexe, une petite fonction agrandie et personnifiée, — Aphrodite elle-même.

Et cela me rendit forcené.

La jolie fille, se hâtant vers l'ignoble scène, fouetta mon rideau d'un coup de jupe.

Je lui barrai le passage.

Elle eut un grand râle d'épouvante. Je crus qu'elle allait s'évanouir. Barbe montra ses prunelles arrondies et s'enfuit en panique. Alors, niaisement, je trahis la raison de mon exploit :

— Pourquoi allez-vous là, chez ce fou ? — Ma voix, blanche, artificielle entrecoupait les mots, âprement. — Avouez ! Pourquoi ? Dites-le donc, bon | Dieu !

— Je m'étais rué sur elle et je lui tordais les poignets. Elle se plaignit très humblement : tout son corps adorable eut un remous de vague. Je serrai la chair douce et ferme de ses bras comme pour étouffer deux colombes, et, me penchant sur ses yeux d'agonie :

— Pourquoi ? Dis ? Pourquoi ?

Fallait-il que je fusse candide ! — Tutoyée, elle se redressa, me toisa de son haut, me défia :

— Et après ? Vous savez bien, dit-elle, que M. Mac-Bell a été mon amant ! Lerne vous l'a fait assez comprendre devant moi, le jour de votre arrivée.…

— Mac-Bell ? c'est lui, le fou ?

Emma ne répondit pas, mais son air étonné m'informa que j'avais commis une nouvelle faute en découvrant mon ignorance.

— Est-ce que je n'ai plus le droit de l'aimer ? reprit-elle. Pensez-vous, par hasard, me l'interdire ?

Je sonnai la cloche avec ses bras.

— Tu l'aimes toujours ?

— Plus que jamais, vous entendez !

— Mais c'est une bête stupide !

— Il y a des fous qui se croient dieux ; lui, par moments, s'imagine être chien : sa folie est peut-être moins grave ainsi. Et puis, après tout…

Elle sourit mystérieusement. On aurait juré qu'elle voulait me pousser à bout. Ce sourire et ces paroles m'avaient imposé une vision cruelle.

— Ah ! rosse !…

J'étreignis la fille pour l'écraser, lui soufflant des insultes à la face. Elle devait se croire morte, et pourtant, suffoquée, continuait de sourire… C'est moi qu'elle raillait, cette bouche dont un autre usait à son caprice ! toute ma rage se porta sur elle. Ha ! j'allais bien l'accommoder, son sourire ! il serait plus rouge et plus humide, oui !… Mes mâchoires avaient des envies de morsures… Pire qu'un fou, moi ! je comprenais toutes les folies, à présent ! Je me jetai sur les lèvres moqueuses, — bientôt sanglantes et déchirées, n'est ce-pas ? Ah ! là, là !... Nos dents s'entrechoquèrent, et ce fut un baiser, — tel sans doute le premier de l'humanité, là-bas, dans la caverne ou la hutte lacustre, rude et primitif, caresse moins que horion, mais tout de même un baiser.

Puis une pénétration voluptueuse desserra mes dents, et la suite de ce baiser sauvage fut si raffinée, qu'elle dévoilait en Emma non seulement beaucoup de dispositions naturelles aux jeux de la débauche, mais encore une expérience consommée.

Cette confusion de nous-mêmes en suggérait une autre et l'appelait. Mais, ce jour-là, nous en devions seulement connaître le plus vulgaire des préambules, je veux dire le carillon lointain que, sous une double chute, font tinter les ressorts des vieux canapés, — pour sonner, je suppose, l'heure du berger.

Barbe, tout ensemble intempestive et opportune, accourut. Elle toussait à fendre l'âme.

— Voilà Monsieur !

— Emma se délivra de mon étreinte. L'empire de Lerne la dominait à nouveau.

— Allez-vous-en ! dépêchez-vous ! fit-elle. S'il savait... vous seriez perdu... et moi aussi, probablement, cette fois !... Oh ! partez donc ! File, mon petit loup aimé ; Lerne est capable de tout !...

Et je sentis qu'elle disait la vérité, car ses chères mains refroidies grelotaient dans les miennes, et, sous mes lèvres doucement amoureuses, sa bouche balbutiait de terreur.


Tout remué encore d'un bonheur imbécile qui décuplait ma force et mon agilité, j'escaladai prestement la treille et sautai de l'autre côté du mur.

Je retrouvai mon véhicule dans son garage de verdure. Mes paquets s'y empilèrent à la volée. J'étais lâchement heureux. Emma serait à moi ! Et quelle maîtresse !... Une femme qui n'avait pas reculé devant ce devoir d'apporter à l'ami devenu répugnant la consolation de ses visites, la friandise de ses charmes en émoi !... Mais maintenant, c'est moi qu'elle voulait, a j'en étais sûr. Ce Mac-Bell ! l'aimer ? Allons donc ! Elle avait menti pour m'échauffer...

Elle avait eu pitié de lui, simplement…

À propos, comment la folie avait-elle fondu sur l'Écossais ? et pourquoi Lerne le cachait-il ?... Mon oncle affirmait qu'il était parti... Dans quel but aussi tenir sa chienne en prison ?... Pauvre Nelly ! je comprenais sa douleur, à la fenêtre, et sa rancune contre le professeur : un drame s'était déroulé devant elle, entre Emma, Lerne et Mac-Bell, à la suite d'un flagrant délit, sans aucun doute. Quel drame ? Je le connaîtrais bientôt : on n'a point de secret pour son amant, et j'allais devenir celui d'Emma ! Allons ! tout s'arrangeait à merveille !

Ma joie se manifeste en général sous forme de chanson. Ce fut, si je ne m'abuse, une séguedille que je fredonnai chemin faisant, et dont j'interrompis brusquement la mélodie dégingandée, parce que le souvenir du vieux soulier avait surgi, macabre, dans ma rêverie, telle la Mort-Rouge au milieu du bal.

Instantanément, ma fougue s'était affaissée. Le soleil se coucha au fond de ma pensée ; tout devint noir, suspect, menaçant ; un revirement excessif me montra, comme des certitudes les plus sinistres suppositions, et l'image même de cette ardente Emma n'ayant pu résister à la lueur funèbre, j'atteignis en proie aux affres de l'Inconnu ce château-cabanon et ce jardin tombeau où la Goule du Vice m'attendait entre un fou et un cadavre.

## VI. NELLY, CHIENNE SAINT-BERNARD

Quelques jours passèrent sans amener d'événement susceptible de contenter mon amour où ma curiosité. Lerne — avait-il des soupçons ? — manœuvra de sorte que tout mon temps fût employé.

Le matin, il me priait de l'accompagner, un jour à pied, l'autre en automobile. Ces promenades se passaient pour lui à traiter une question scientifique, au hasard, et à m'interroger comme s'il avait voulu réellement juger de mes aptitudes. En automobile, nous accomplissions de longues randonnées. À pied, mon oncle prenait d'habitude le chemin droit menant à Grey : il s'arrêtait sans cesse pour mieux discourir et ne dépassait jamais la lisière des bois. Souvent, au milieu d'une dissertation, au début même d'une marche ou d'un voyage, Lerne décidait un retour impromptu, se méfiant des êtres laissés à Fonval.

Il ordonnait aussi l'usage de mes après-midi. Tantôt chargé d'un mandat pour la ville ou le village, et tantôt forcé de m'en aller, seul, effectuer telle excursion désignée, il me fallait sans barguigner garnir les réservoirs ou chausser les brodequins. Lerne assistait à mon départ, et, le soir, posté sur le pas de la porte, il exigeait la relation de ma journée. Selon le cas, je devais rendre compte du message ou décrire les sites. Or, des sites à décrire, mon oncle ignorait la plupart, c'est vrai, mais je ne pouvais pas deviner lesquels, et, dans ces conditions, tout rapport « de chic » eût été périlleux.

Aussi battais-je en conscience la forêt et la campagne, de l'aube du jour à celle de la nuit.

J'aurais tant voulu, cependant, m'approcher de la chambre d'Emma ! D'après le nombre des fenêtres closes ou non, j'en avais calculé la place dans la topographie du château, que je connaissais en détail. Toute l'aile gauche restait fermée constamment. Pour l'aile droite, la vie quotidienne utilisait son rez-de-chaussée et, des six chambres du haut, trois seulement demeuraient ouvertes : la mienne, dans le corps avançant, et, à l'autre bout, la chambre de ma tante Lidivine confinant au couloir du centre et communiquant avec celle de Lerne, Emma ne pouvait donc que succéder à ma tante dans son propre lit ou partager celui de mon oncle. Cette dernière hypothèse me mettait hors de moi, et j'attendais impatiemment pour la contrôler qu'on m'en laissât l'agrément. Cinq minutes auraient suffi : l'escalier principal à franchir en quelques enjambées, une porte à pousser, j'aurais su à quoi m'en tenir…

Mais le professeur veillait.

Sous son impitoyable tyrannie, je ne vis qu'aux repas M<sup>me</sup> Bourdichet. Nous affections tous deux une allure détachée. L'audace m'était venue de la regarder, mais je n'osais pas lui adresser la parole. Elle persistait dans le mutisme le plus absolu, si bien qu'à défaut de sa conversation, je dus m'efforcer d'estimer son être à son maintien. Et, je l'avoue, si grossière que soit la fonction humaine de s'alimenter au moyen de bêtes mortes et de plantes fanées, il y a soupeuse et soupeuse… Celle-là prenait volontiers à pleins doigts le pilon ou la côtelette, et, toutes les fois qu'elle s'y abandonnait, il me semblait encore l'entendre dire « mon petit loup » de sa voix faubourienne. Mais, je vous prie, en quoi la civilité touche-t-elle au libertinage, et qu'est-ce que la table a de commun avec l'alcôve ?

Entre Emma et moi, Lerne s'agitait. Il émiettait le pain et taquinait la fourchette. Des colères sourdes abattaient son poing sur la nappe, où résonnaient les verres et les porcelaines.

Un jour, par mégarde, mon pied heurta le sien. Le docteur soupçonna d'étourderie ce pied innocent, il lui prêta des intentions télégraphiques, et, persuadé d'avoir enregistré par l'orteil quelque madrigal pédestre et fourvoyé, il arrêta sur-le-champ que M^{lle} Bourdichet se trouvait souffrante et prendrait à l'avenir ses repas dans sa chambre.

Du coup, deux passions accaparèrent ma pensée sous le double besoin d'engendrer chez autrui la douleur et le plaisir : la haine de Lerne et l'amour d'Emma. Et je me résolus aux pires intrépidités pour les satisfaire toutes deux.

Justement, ce même jour-là, mon oncle me dit à brûle-pourpoint qu'il souhaitait m'emmener, le lendemain, à Nanthel, où il avait à faire.

J'entrevis l'occasion de me soustraire à sa surveillance. Ce lendemain, un dimanche, Grey célébrait sa fête patronale : j'en saurais profiter.

— Avec plaisir, mon oncle, répondis-je. Nous partirons de bonne heure, à cause des pannes possibles.

— J'aimerais mieux aller en automobile à Grey, et là, prendre le train de Nanthel… Le transport serait plus sûr.

Cela m'arrangeait admirablement.

— Soit, mon oncle.

— Le train part de Grey à huit heures. Nous reviendrons dans celui de cinq heures quatorze ; il n'y en a pas avant.

*

En arrivant au village, nous entendîmes une rumeur d'où s'échappaient, par intermittence, des mugissements. Un cheval hennit. Plus près, des moutons bélèrent.

J'eus quelque peine à me frayer passage à travers la place de Grey-l'Abbaye transformée en champ de foire et grouillant déjà d'une foule placide et lente.

Dans les intervalles de tirs à la cible et d'autres boutiques fort pauvres, on avait parqué le bétail à vendre : des mains frustes y soupesaient les mamelles, écartaient les mâchoires où l'âge se lit dans un bâillement, glissaient au long des muscles pour en évaluer la vigueur ; aux yeux de tous, une jeune fille, très naturellement, vérifiait le sexe d'un lapin serré dans ses genoux ; les maquignons hâblaient ; entre deux haies de paysans soumis, des palefreniers trottaient de pesants percherons et de lourds boulonnais : la fusillade des chambrières déclenchait la pétarade des chevaux. Le premier ivrogne de la journée tituba en m'appelant « citoyen ». — Nous avancions. — Sur le demi-silence du marché ardennais, l'auberge chantait déjà et ne braillait pas encore ; les cloches de l'église préludaient à l'office, et, au centre de la place, un petit édicule en bois blanc, garni de feuillages, promettait que la fanfare municipale unirait bientôt son vacarme simpliste au brouhaha de la fête.

Devant la gare. — C'était l'instant que je m'étais assigné pour agir.

— Mon oncle, est-ce que je vous escorterai dans toutes vos pérégrinations, à Nanthel ?

— Assurément non. Pourquoi ?…

— Alors, mon oncle, dans l'aversion des cafés, tavernes et estaminets, je vous prierai de me laisser ici, où je vous attendrai tout aussi bien qu'à la brasserie de Nanthel.

— Mais rien ne t'oblige…

— Premièrement, la fête de Grey me séduit. J'aimerais observer plus longtemps une assemblée de cette sorte : les mœurs d'une race, mon oncle, s'y peignent au vif, et je me sens aujourd'hui l'âme d'un ethnologue…

— Tu te moques, ou c'est une lubie !

— …Deuxièmement, mon oncle, à quel gardien confierons-nous ma voiture ? À l'aubergiste, n'est-ce pas ? au tenancier alcoolique d'un bouge plein de rustres avinés ? Vous ne croyez pas, tout de même, que je vais abandonner pendant neuf heures de pendule un chariot de vingt-cinq mille francs exposé aux facéties d'un village en goguette ! Ah, non ! Je veux pouvoir moi-même surveiller l'automobile !

Mon oncle ne fut pas convaincu de ma sincérité. Il voulut déjouer la petite perfidie que je pouvais avoir tramée de regagner Fonval soit en automobile soit sur une bicyclette empruntée, quitte à m'en revenir à Grey pour cinq heures quatorze. — Et c'était proprement la ruse que j'avais machinée. — Le maudit savant faillit tout renverser.

— Tu as raison, dit-il froidement.

Il mit pied à terre, et, parmi l'affluence des voyageurs endimanchés, souleva le capot et regarda le moteur avec minutie. — Je me sentis mal à l'aise.

Mon oncle tira son couteau, démonta le carburateur et coula dans sa poche quelques-unes de ses pièces. Il m'interpellait cependant :

— Voilà ton véhicule immobilisé, disait-il. Mais, comme tu pourrais t'esquiver d'autre façon, je vais te prescrire une tâche. À mon retour, tu me présenteras le carburateur *complet*, rafistolé avec des pièces de ta fabrication. Le maréchal n'a pas fermé sa forge ; il te prêtera l'enclume et l'étau ; mais c'est un pauvre d'esprit, impuissant à te seconder. Il y a là de quoi t'amuser jusqu'à cinq heures quatorze…

Voyant que je ne bronchais pas, il poursuivit d'un ton gêné :

» Pardonne-moi, Nicolas, et sois persuadé que tout ceci n'a pour but que d'assurer ton avenir en sauvegardant le secret de nos travaux… Adieu.

Le train l'emporta.

Je l'avais laissé faire sans marquer de dépit et sans en ressentir. Piètre chauffeur, détestant sur mes mains la graisse et les meurtrissures, contraint, de par la volonté de mon oncle, de me priver d'un mécanicien, j'avais emporté dans mon coffre plusieurs pièces de rechange, dont un carburateur entier, tout prêt à être posé. L'ignorance me servait mieux que n'eût fait l'adresse d'un professionnel.

J'entamai le travail sans retard, inquiet de savoir livrés à eux-mêmes les hôtes de Fonval.


Peu de temps après, ayant remisé la voiture au fond d'un bosquet, je franchis la muraille du parc.

Et je serais monté directement à la chambre d'Emma, si un aboiement lugubre n'avait retenti vers les bâtiments gris.

… Le laboratoire… Nelly… Cette singularité d'un chien détenu dans un laboratoire me fit balancer entre l'attirance du mystère et l'attraction d'Emma. Mais, cette fois-là, l'espèce d'instinct de conservation, éveillé par l'Inconnu et le danger qu'on lui attribue toujours, devait l'emporter : je me dirigeai sur les bâtiments gris. Au surplus, les Allemands s'y trouvaient à coup sûr et leur présence m'empêcherait de m'y attarder. Il s'agissait donc de ravir quelques minutes seulement au commerce de la galanterie : la raison ne triomphait que mollement.

En passant contre la chambre jaune, j'écoutai aux Le persiennes afin de m'assurer que Mac-Bell était seul. Il l'était, ce qui me gonfla le cœur d'une immense et vile satisfaction.

Quelques nuées blanc d'argent couraient dans un ciel cru. Le vent venait de Grey-l'Abbaye et m'apportait, par le défilé, le chant monotone des cloches. Elles répétaient sans relâche les trois mêmes notes, exécutant ainsi le carillon de l'*Arlésienne* ; j'étais gai ; je sifflotai sur cet accompagnement sacré la mélodie profane de l'orchestre, qui, par le fait même de l'assemblage, ressemble à une statuette moderne sur un socle gothique… Vraiment, l'absence de Lerne soulageait ma contrainte perpétuelle : on pouvait songer à des billevesées et l'esprit se livrait aux digressions les plus irréfléchies…

En face du laboratoire, au delà du chemin, il y avait un bois. Je louvoyai pour l'atteindre, ayant dressé mes batteries. Au milieu de ce bois, : je possédais un vieil ami, — un sapin ; ses branches rayonnantes s'échelonnaient en escalier tournant ; il dominait de haut les constructions : nul observatoire mieux situé ni plus accessible. J'y avais joué naguère au « matelot dans les vergues » !…

L'arbre m'offrit son perchoir, un peu raccourci mais encore touffu. Aux branches supérieures, un souvenir m'attendait, fait de cordes et de planches pourries : la hune ! Moi qui, jadis, avais feint d'y découvrir continents et archipels — tant de fantaisies vraisemblables —, qui m'aurait dit qu'un jour, je serais là, en vigie, pour des aperçus aussi fabuleusement réels ?

Mon regard plongea.

Comme je l'ai raconté, le laboratoire se composait d'une cour entre deux pavillons.

Celui de gauche était percé de larges baies à son étage unique et à son rez-de-chaussée. Il me parut n être que la superposition de deux vastes salles. Je ne voyais que la plus haute, meublée d'un matériel compliqué : armoire d'apothicaire, tables de marbre chargées de ballons, de fioles et de cornues, écrins ouverts sur des jeux d'instruments polis, et deux appareils indescriptibles, de verre et de métal nickelé, dont l'aspect ne rappelait rien d'analogue, sinon peut-être, vaguement, les sphères vissées sur un pied, où les garçons de buvette rangent leur torchon.

L'autre pavillon, trop loin pour que je pusse l'observer, affectait les dehors d'une habitation ordinaire, évidemment celle des trois aides.

Mais ce que j'avais pris pour une cour de ferme, le jour de mon arrivée, retint toute mon attention.

Triste basse-cour ! Les murs en étaient garnis de compartiments grillagés et inégaux qui s'échafaudaient les uns sur les autres jusqu'à hauteur d'homme. Dans ces loges, surmontées chacune d'un écriteau, des lapins, des cobayes, des rats, des chats, et d'autres animaux que je ne pouvais spécifier à cause de l'éloignement, remuaient dolemment, ou restaient couchés, à demi blottis sous la paille. Une litière, cependant, frétillait ; mais je n'en vis point la cause, — une nichée de souris, je présume.

La dernière cage, à droite, servait de poulailler. Contre la coutume, on y avait coffré la volaille.

Tout cela muet et mélancolique.

Quatre poules et un coq, de race vulgaire, menaient toutefois une vie plus alerte et se pavanaient en caquetant sur le sol de béton, qu'ils s'obstinaient à becqueter en vain pour y découvrir la graine et le ver.

Au milieu de l'enceinte, une grille inscrivait un grand carré. C'était le chenil. Devant le front de leurs niches en bataille, des chiens résignés s'y promenaient de long en large, comme ces philosophes savent si bien le faire : affreux barbets roturiers, corneau du braconnier, cabots des concierges et clebs de souteneur, caniches dégénérés et bâtards de limiers, bref toute une meute de roquets propres à rien, qu'à la fidélité. — Ils se promenaient donc, et achevaient ainsi de donner à cette cour l'apparence d'un préau d'hôpital vétérinaire.

C'est ici que la chose s'assombrit.

De toutes ces bêtes, en effet, bien peu semblaient valides. La plupart portaient des bandages, qui sur le dos, qui autour du col, contre la nuque, et surtout à la tête, On n'en voyait guère, à travers les mailles des cellules, qui n'eussent point de linges blancs roulés en bonnets, béguins où turbans. Et la procession des chiens tristes, burlesquement coiffés de toile, ainsi que des touaregs ou des abbesses, et traînant une pancarte attachée à leur cou, formait la mascarade la plus funèbre. D'autant que les malheureux étaient à peu près tous frappés d'une perclusion. L'un tombait sur le museau à chaque pas ; l'autre boitait ; le troisième branlait du chef avec un tremblement sénile ; un mâtin trébuchant geignait sans qu'on sût pourquoi, et soudain il poussait un long hurlement, — à la mort, comme disent les gens…

Nelly n'était pas là.

J'aperçus, dans un coin d'ombre, une volière silencieuse et sans essors. Autant que je pus l'apprécier, les oiseaux en appartenaient aux familles les plus communes et les moineaux y pullulaient. Néanmoins, la majeure partie était d'une variété à tête blanche, que mes notions d'ornithologie ne me permettaient pas de reconnaître d'une telle altitude.

L'odeur du phénol montait jusqu'à moi.

Ah ! belles cours de métairies embaumant le fumier ! roucoulements des pigeons sur la pente des tuiles moussues, cocoricos, jappements du chien qui hâle sur sa chaîne, escadrons des oies qui chargent sans but, sans motif, les ailes déployées ! je pensais à vous devant cette infirmerie… Triste basse-cour, en effet, avec sa discipline et ses malades étiquetés comme les plantes de la serre !

Subitement, il y eut une bousculade ; les chiens : rentrèrent dans leur niche et la poulaille se réfugia sous une auge de pierre. Plus rien ne bougea ; la volière et les cages paraissaient contenir des bêtes empaillées. Op Karl, l'Allemand aux moustaches kaisériennes, était sorti du pavillon de gauche.

Il ouvrit l'une des cases. tendit la main vers la boule de poils qui s'y recroquevillait, la saisit, et retira un singe. L'animal, un chimpanzé, se débattait. L'aide l'entraîna et disparut avec lui par où il était venu.

Le mâtin hurla longuement.

Il se fit alors un remue-ménage dans la salle aux appareils, et je vis que les trois aides venaient d'y pénétrer. On étendit le singe, garrotté, sur une table étroite, on l'y arrima solidement, et Wilhelm lui fourra eu quelque chose sous le nez. Karl, avec une seringue à morphine, piqua le flanc du chimpanzé. Ensuite, le grand vieillard, Johann, s'approcha. Il assujettit ses lunettes d'or d'une main qui tenait une lame et se courba sur le patient. Je ne puis expliquer la rapidité de l'opération, mais, en un rien de temps, la face du chimpanzé ne présentait plus qu'un objet informe et rouge.

Je me détournai, pris d'un malaise écœurant : le vertige du sang.

Ainsi j'avais là, derrière moi, un laboratoire de vivisection, cette institution terrifiante où la philanthropie torture de braves animaux, sains et bien portants, pour risquer de guérir quelques grabataires de plus. La science s'arroge ici un droit fort contestable, qui, devant le drame du sang versé, parait même impossible à soutenir, Car, si le bourreau d'un cochon d'Inde est assuré de supplicier toujours l'innocence et souvent la félicité, le sauveur d'un homme, lui, dix fois sur douze, ne fait que retarder la fin d'un polisson ou d'un malheureux. Aussi bien, devoir son existence à la vivisection, cela équivaut presque à l'entretenir en se nourrissant de bêtes vivantes. On peut se prononcer d'autre sorte quand on devise au coin du feu, mais non dans une position critique pareille à la mienne, en présence même de la chose horrible et au milieu de périls ténébreux qui, peut-être, en participaient.

Cette chose, malgré tout ce qu'elle m'aurait probablement enseigné, je ne parvenais pas à reporter sur elle mes yeux révoltés. Mon regard *ne voulait* pas quitter le tronc du sapin, ni la punaise rouge ponctuée de noir, dont le dos plat, en forme de bouclier, blasonnant l'écorce résineuse, l'armoriait d'un petit écu incorrect, aux quinze points de sable semés sur champ de pourpre.

Enfin je me retournai. Trop tard. Le soleil frappait les vitres, et leur incendie obstruait la vision.

Mais dans la cour, les chiens avaient quitté leurs niches, et parmi eux déambulait maintenant la chienne de Doniphan Mac-Bell, Nelly. Elle toussait. Son poil pelé n'évoquait plus en rien la belle toison des Saint-Bernard. La superbe lice n'était plus qu'une grande carcasse, dont la maigreur contrastait avec l'embonpoint relatif de ses compagnons. Nelly, elle aussi, portait un bandage, sur la nuque.

— Qu'est-ce que Lerne avait pu mijoter pour la faire souffrir, depuis la nuit de leur algarade ? quelle invention diabolique avait-il éprouvée sur elle ?

La chienne semblait y réfléchir, tant son allure était consternée. Elle se tenait à l'écart des autres chiens, et, comme certain bouledogue assez fringant l'accostait, l'œil aux gaillardises et la queue en déclaration, la chienne eut un sursaut accompagné d'un regard d'une telle férocité et d'un cri rauque si terrible, que l'autre déguerpit jusqu'au fond de sa niche, cependant que la meute, décontenancée, dressait toutes ses têtes de carnaval.

La pudibonde Nelly poursuivit sa marche.

Qu'avais-je donc à rester ici ? Malgré ma hâte d'abréger cette reconnaissance et de courir à d'autres passe-temps, quelque chose me retenait…, quelque chose d'inexplicable, et que je ne pouvais pas dégager, dans les façons de la chienne.

À ce moment, un pas redoublé, que jouait la fanfare de Grey-l'Abbaye, parvint à Fonval sur l'aile du vent. Mes doigts, spontanément, tapotèrent en mesure les branches de mon mirador, et je m'aperçus que Nelly avait accéléré son train et marchait en cadence, *au pas*, suivant le rythme de la musique.

Je me souvins qu'à propos de la chienne, Emma avait fait allusion à des tours de chien savant. Était-ce là un exercice de cirque, seriné par, Mac-Bell à son Saint-Bernard ?… Il ne me parut pas qu'en l'absence du dresseur, un pareil « numéro » fût exécutable, et qu'une sensation auditive pût provoquer, chez un animal, de ces mouvements machinaux qui ont toujours été notre apanage et résultent d'habitudes plus complexes que celles de l'instinct.

La musique s'éteignit dans le vent apaisé. La chienne s'assit, leva les yeux et me vit… Sacrebleu ! elle allait aboyer, donner l'alarme !… Pas du tout. Elle me regardait sans crainte ni colère, avec des yeux… dont je ne perdrai jamais le souvenir. Puis, hochant sa grosse tête embroussaillée, elle se prit à gémir doucement, doucement, sa patte décrivant des manières de gestes. Ensuite elle reprit sa ronde, toujours en murmurant et en coulant vers moi des regards furtifs, comme si elle avait désiré se faire comprendre sans attirer l'attention des Allemands. (Il va de soi que ceci est une simple tournure descriptive, maison aurait pu, tout de même, s'imaginer que la chienne voulait parler, tellement sa plainte modulée variait ses inflexions, émettant presque le rudiment d'une longue phrase gutturale, uniforme et confuse, où revenait sans cesse : « aicboual, aichoual ». Le tout faisait-un gros gargouillis… un peu comme des mots anglais mal articulés.)

L'entrée en scène des trois 'aides interrompit le phénomène. Ils traversèrent la cour, et tous les chiens, le Nelly en tête, se mirent à l'abri. Wilhelm, en passant, lança par-dessus la grille du chenil un morceau de viande écorchée, velue, auquel tenait le corps du singe. Cela retomba lourdement ; cela était mort. Les Allemands s'introduisirent dans le pavillon de droite, dont la cheminée fuma bientôt.

Alors, un par un, les chiens vinrent flairer le chimpanzé. Le bouledogue ÿ donna le premier coup de dents, et ce fut aussitôt la curée, pleine de grognements injurieux et voraces. Le museau des estropiés se rougit, et leurs crocs hargneux déchiquetèrent cette lamentable caricature d'un cadavre d'enfant. Seule, Nelly, les pattes croisées au rebord de sa niche, dédaignait le festin et me regardait de ses beaux yeux profonds. Je crus avoir découvert la raison de : sa maigreur.

Sur ce, une fenêtre s'ouvrit, par laquelle j'aperçus, toute mise, une table de trois couverts, Les aides se disposaient à déjeuner en face de mon bois. Il était grand temps de se retirer.

Ici, je commis une bévue impardonnable, J'aurais dû partir en campagne contre le vieux soulier, c'est élémentaire. Il m'apparut faussement que j'avais fait à la prudence les suprêmes concessions : qu'une bottine à élastiques possède beaucoup de titres à n'être qu'une bottine à élastiques et non pas un enseveli, ni même une jambe enterrée ; enfin, que dans un cœur généreux, une belle fille doit certainement l'emporter sur tous les godillots de l'univers.

Et, fort de ces raisons par lesquelles je me dupais moi-même, ce fut vers le château que j'allai.

La chambre de ma tante Lidivine servait de débarras. On aurait dit le vestiaire d'une courtisane. Plusieurs mannequins d'osier, revêtus de toilettes extrêmement élégantes, y groupaient une réunion de coquettes manchotes et décapitées. La cheminée, les guéridons étaient des étalages de modiste, où les plumes et les rubans confectionnaient ces embrouillages minuscules ou démesurés qui ne deviennent chapeaux jolis qu'une fois sur la tête. Un bataillon d'escarpins se chaussait d'embauchoirs. Et mille babioles féminines s'entassaient partout, dans une senteur fine et perverse qui était celle d'Emma.

Ma pauvre chère tante, j'eusse préféré que votre chambre fût davantage profanée et que M^{lle} Bourdichet en eût fait la sienne, plutôt que de l'entendre rire à côté, dans celle-là même de votre mari ; car ceci ne me laissait guère d'illusions...

À mon apparition, Emma et Barbe furent stupéfaites. La jeune femme comprit aussitôt et se mit à rire.

Elle était au lit et déjeunait. D'un tour de poignet, elle tordit la flamme de ses cheveux pour une coiffure de Bacchante. Je vis, dans ce mouvement, l'ombre de tout son bras au travers d'une manche, et sa chemise s'ouvrit qu'elle ne chercha point à refermer.

On avait poussé contre le lit une table chargée de carafes et de plats. Barbe, qui servait sa maîtresse, coupait dans un jambon des tranches marmoréennes. Ma première pensée fut que la table et Barbe allaient me gêner considérablement,

Je regardais la gorge blanche, — modelée, semblait-il, d'une double caresse, — où, près de la dentelle, un peu de rose commençait.

— Et Lerne ? dit Emma.

Je la rassurai. « Il ne reviendrait qu'à cinq heures : j'en répondais. »

Elle fit ce petit gloussement allègre qui est le sanglot de la joie, et Barbe, décidément toute dévouée, s'égaya d'une telle jubilation que sa personne y prit part tout entière, chacun de ses appâts s'esclaffant pour son compte dans la réjouissance générale.

Il était midi et demi. Nous disposions de quatre heures. J'insinuai que cela était bien court... Mais Emma :

— Déjeunons, veux-tu, mon rat ?

Je n'avais rien de mieux à faire pour le moment, cause de la table et de Barbe, et je m'assis en face de la demoiselle.

— A votre aise, mais vite, alors ! lui dis-je avec un accent de prière.

Elle buvait. Son vague murmure d'acquiescement s'étouffa dans le verre en un grondement comique, et ses yeux, par-dessus le cercle de cristal, devinrent narquois.

Elle me servit de ses mains pâles aux ongles fardés.

L'esprit et l'appétit me manquaient à la fois. Rien ne pouvait sortir de ma bouche non plus qu'y pénétrer. Éros m'étranglait.

Emma !… Nous nous mesurions du regard. Il y avait dans le sien beaucoup de promesses et pas mal d'ironie. — Elle mangeait des asperges avec un bruit de baisers goulus. — Parfois, quand ! elle se penchait vers moi, la chemise s'ouvrait davantage, et la vision d'alors était si prodigieusement émouvante, qu'elle envahissait tout mon être par mes prunelles et me donnait aux mains une impression de douceur

— Emma !…

Mais déjà elle : s'était redressée, presque nue, riant de sa beauté comme d'un grand bonheur, et jamais, certes, l'art infaillible de l'instinct ne fit valoir, avec tant de génie, plénitude si juste et fraîcheur plus à point.

Décidément je n'avais guère faim, rien ne passait : je pris le parti de contempler Emma sans plus insister. Elle, ne se hâtait pas, moqueuse et, je suppose, à dessein, pour que l'impatience exaltât mon désir jusqu'au paroxysme.

Elle goûtait la dînette en gourmande, Je ne l'avais pas encore vue aussi commodément. Ce qu'elle livrait à la tiédeur parfumée de la chambre était, selon mes idées, singulièrement accompli, et la parade en faisait naître l'irrésistible envie du spectacle intégral. Aux relations secrètes par quoi, dit-on, les charmes que l'on publie s'apparentent à ceux que l'on réserve, je me divertis à supputer l'invisible d'après le visible. Le nez d'Emma était un petit luron fort expressif, et sa bouche étroite avait des lèvres charnues et rouges, dont le silence même — un silence de frémissements, de sourires et de moues — en disait de lestes…

Elle s'étira. La batiste moula des rondeurs, sveltes à bon escient ou rebondies fort à propos, et aussi deux pointes, dont l'une s'échappa comme s'allumerait tout à coup, dans un ciel d'éblouissement, une étoile de pourpre, étonnée d'être telle.

J'ébranlai la table d'un à-coup involontaire. Une fraise roula dans la jatte de lait.

— Retire tout cela et va-t'en, Barbe ! fit Emma.

La servante partie, elle se pelotonna frileusement sous les draps. Elle avait le visage de ceux qui viennent d'apprendre une bonne nouvelle.

Et la seconde qui suivit, un dieu sexué me l'aurait payée de son éternité.

Cependant Emma demeurait inerte plus longtemps qu'il n'est d'usage. Son corps raidi s'embellissait d'une pâleur inquiétante, et je ne pouvais décontracter sa bouche afin de lui faire boire un peu d'eau.

J'allais appeler, quand une brève convulsion la malmena. Elle poussa un soupir, à la fois doux et rauque, ouvrit les yeux, et râla de nouveau, mais avec plus de grâce câline… Son entendement semblait resté très loin ; elle me regardait encore de là-bas, des rives perdues et cythéréennes d'où elle revenait lentement.

Soudain pudique, je ramenai les draps sur la nudité parfaite, — plus nue et plus parfaite que d'autres, car, échos fatidiques et fastidieux des chevelures qui déterminent avec eux l'inévitable losange, les trois reflets prévus — et prévus trois lueurs sombres — n'y flambaient pas.

Emma tortillait en papillote une flammèche de son front. Elle se ranimait… elle voulait parler… la statue de neige et de feu allait revivre, et clore d'un adorable mot l'acte adorable, l'Acte des actes…

Et elle dit :

— Dès l'instant que l'vieux ne l'sait pas, c'est tout c'qu'i'faut, s'pas, chéri ?…


## VII. AINSI PARLA M<sup>lle</sup> BOURDICHET

… Cette phrase me désappointa grandement.

Quelques minutes plus tôt, je ne l'aurais pas même remarquée : d'une part, son auteur avait commis bien d'autres vulgarités, et, de l'autre, je savais mal fondée la crainte qu'elle manifestait de voir mon oncle au courant de notre faute. Mais le temps de la satiété est celui de la vertu et des belles manières, du remords et de l'inquiétude.

Cependant, selon la coutume en pareille rencontre, nous contem-

plions chacun nos physionomies respectives. Elles : se confor-
maient aux règles en vigueur depuis tant de millénaires : la sienne,
empreinte d'une gratitude assez irrationnelle, et la mienne déno-
tant la fierté la plus ridicule.

Le mutisme de ma Cypris jargonneuse était une bonne aubaine.
Je souhaitais qu'il se prolongeât. Elle le rompit. Heureusement,
comme l'habit s'adapte souvent au moine, le fond peut corriger
la forme, et son langage se tempéra quelque peu à exprimer les
choses ; graves qui, depuis un instant, me tourmentaient moi
même. Elle poursuivait son idée :

— Mon petit, dit-elle, à présent que nous en sommes là, il est
inutile de ne pas chercher à recommencer. Mais, je t'en supplie !
pas d'imprudence ! que ce soit toujours : en toute sécurité ! Lerne,
vois-tu… Lerne !… Tu ne te doutes pas des dangers qui nous menacent…, qui *te* menacent, *toi* surtout.

Je vis qu'elle assistait en soi-même au souvenir de scènes tragiques.

— Mais quels dangers ?

— Voilà le pire : je ne sais pas. Je ne comprends rien à tout ce qui
se passe autour de moi, rien, rien… sinon que Doniphan Mac-Bell
est devenu fou parce-que je l'ai aimé…, et que je t'aime aussi !

— Voyons, Emma, du sang-froid ! Nous sommes alliés maintenant ; à nous deux, nous trouverons bien la vérité ! — Quand es-tu
arrivée à Fonval ? Et que s'est-il passé depuis ?

Alors elle me raconta ces péripéties. Je les reproduis en les enchaî-
nant de mon mieux, pour plus de limpidité, mais réellement l'histoire s'éparpilla dans un dialogue où mes questions guidaient la
conteuse prompte aux digressions et loquace en futilités. Cette cau-
serie fut d'ailleurs agrémentée d'intermèdes qui l'interrompaient
délicieusement — drame coupé de chansons —, et c'est pourquoi,
surtout, Je renonce à la transcrire *in extenso*, pour épargner à ma
sensibilité le rappel de transports à jamais révolus. On ne converse
pas de façon très suivie avec une maîtresse intempérante, lorsque,
de plus, elle n'est vêtue que de ses draps, et si, par surcroît, elle perd
gentiment connaissance à chaque : fois qu'on renouvelle la sienne.

Parfois aussi, un craquement, un bruit quelconque arrêtait nos
devis ou nos ébats sur un mot ou sur un baiser. Emma se dressait
alors dans l'épouvante de Lerne, et je ne pouvais m'empêcher de

frissonner à la vue de son égarement, car il suffisait d'une oreille à la porte, d'un œil à la serrure, et la sombre anecdote eût revécu pour moi.

Bon gré, mal gré, j'appris d'Emma son origine et ses débuts. Ils n'ont que faire ici et pourraient se résumer : « Comment une enfant : trouvée devint une fille perdue ». Emma fit preuve, durant cette confession, d'une sincérité qu'on eût taxe de cynisme chez toute autre moins candide. Avec la même franchise elle continua :

— J'ai connu Lerne il y a cinq ans — j'en avais quinze — à l'hôpital de Nanthel. J'étais entrée dans son service. Comme infirmière ? — Non. Je m'étais battue avec une camarade, Léonie, à cause d'Alcide, mon homme. — Eh bien, quoi ? Je n'en rougis pas. Il est superbe. C'est un colosse, mon petit ; tu lui servirais de chose à jongler ! Ma ceinture lui faisait un bracelet trop étroit !... — Enfin, j'avais reçu un coup de couteau bien servi, je te le jure. Regarde plutôt !

Elle fit sauter les couvertures et me montra, dans le pli de l'aine, une couture triangulaire et livide, la griffe de l'exécrable Léonie.

» Oui, tu peux l'embrasser, va ! reprit-elle, j'ai failli en mourir. Ton oncle m'a soignée et sauvée, c'est le cas de le dire.

» À cette époque-là, ton oncle, c'était un brave garçon, pas fier. Il me parlait souvent. Moi, Je trouvais ça flatteur ! Le chirurgien en chef ! tu penses !... Et il causait si bien ! Il me faisait des sermons aussi beaux qu'à l'église, sur ma vie : « elle était mauvaise, je devrais en changer », et patati et patata... Et tout ça sans avoir l'air dégoûté de moi, si sérieusement, que moi, je commençais à m'en dégoûter pour tout de bon et à ne plus vouloir de la noce ni d'Alcide... — la maladie, n'est-ce pas, ça vous tranquillise les sangs...

» Et puis voilà que Lerne me dit un jour : — « Tu es guérie. Tu peux t'en aller où tu voudras. Seulement ce n'est pas tout d'avoir pris une bonne résolution, il faudrait la tenir. Veux-tu venir chez moi ? Tu seras lingère et tu gagneras ta vie loin de tes anciens compagnons. En tout bien tout honneur, tu sais ! »

» Moi, ça m'ébouriffait. Je me disais : « Cause toujours, c'est du boniment pour m'enjôler. Une fois chez toi... adieu le platonique ! À t'entendre jusqu'ici, jamais je n'aurais cru ça, mais il n'y a plus de saints, on n'offre pas à une femme de l'entretenir pour l'amour de l'art... »

» Cependant la bonté de Lerne, son rang, sa renommée, un certain chic… indéfinissable, augmentaient ma reconnaissance, en faisaient une espèce d'affection, saisis-tu ? et j'acceptai volontiers sa proposition, avec les suites dont j'étais assurée.

» Eh bien, pas du tout ! Il y avait encore un saint : lui. Une année entière, il ne m'a pas touchée.

» Je l'avais suivi en secret. L'idée qu'Alcide pouvait me retrouver m'empêchait de dormir. — « N'aie pas peur, dit Lerne, je ne suis plus chirurgien de l'hôpital ; je vais travailler à des découvertes ; nous allons habiter la campagne, et personne ne viendra t'y chercher ».

» En effet, il m'a tout de suite amenée ici.

» Ah ! il fallait voir le château et le parc ! Jardiniers, domestiques, voitures, cheval… rien n'y manquait. J'étais heureuse.

» Quand nous sommes arrivés, des ouvriers terminaient les annexes de la serre et le laboratoire. Lerne surveillait les travaux. Il plaisantait constamment et répétait : « Va-t-on bien travailler là-dedans ! Va-t-on bien travailler ! » du même ton que les écoliers s'écrient : « Vivent les vacances ! »

On meubla le laboratoire. Beaucoup de caisses y entrèrent, et, lorsque tout a été fini, Lerne, un matin, est parti pour Grey dans la tapissière.

» L'avenue était droite encore. Je vois ton oncle revenir avec les cinq voyageurs et le chien qu'il était allé prendre à la gare : Doniphan Mac-Bell, Johann, Wilhelm, Karl, Otto Klotz — tu te souviens : le grand noir de la photographie — et Nelly. L'Écossais avait rejoint les Allemands à Nanthel. Je crois bien qu'il ne les connaissait pas auparavant.

» Les aides logeraient au laboratoire, et Mac-Bell devait occuper une chambre du château, ainsi que le docteur Klotz.

» Celui-ci m'effraya sur-le-champ. Il était pourtant beau et fort. Je ne pus m'empêcher de demander à Lerne d'où venait cette tête de cour d'assises. Ma demande le divertit beaucoup : — « Calme-toi, me répondit-il, tu vois partout des suppôts de Monsieur Alcide ! Le professeur Klotz arrive d'Allemagne. Il est très savant et très honorable. Ce n'est pas un sous-ordre mais un collaborateur, qui surveillera surtout la tâche de ses trois compatriotes »…

— Pardon, Emma, fis-je en lui coupant la parole, mon oncle parlait-il l'allemand et l'anglais, à cette date ?

— Très peu, il me semble. Il s'y exerçait chaque jour sans grand résultat. Ce n'est qu'au bout d'un an, et tout de go, qu'il a réussi à le parler couramment. Les aides, au reste, savaient déjà quelques mots de français, et Klotz davantage ainsi qu'un peu d'anglais. Pour Mac-Bell, par exemple, il ne comprenait absolument que sa langue. Lerne me dit qu'il n'avait accepté de l'accueillir à Fonval que sur les instances de son père, désireux de voir le jeune étudiant travailler pendant quelque temps sous sa direction.

— Où couchiez-vous, Emma ?

— Près de la lingerie. Oh ! loin de Mac-Bell et de Klotz, ajouta-t-elle en souriant,

— Quelle attitude gardaient-ils entre eux, tous ces hommes ?

— Ils paraissaient bons amis. Étaient-ils sincères ? je n'en crois rien, et il ne serait pas impossible que, dès le début, les quatre Allemands aient jalousé Mac-Bell. J'ai surpris de mauvais regards. En tout cas, Doniphan n'aurait pas eu à souffrir de leur inimitié, puisqu'il s'occupait, non pas en leur compagnie dans le laboratoire, mais au château et dans la serre. Ses études, au reste, consistaient d'abord à piocher le français dans les livres. Nous nous rencontrions fréquemment, car je faisais de nombreuses allées et venues à travers l'habitation, Il était prévenant, respectueux — par signes, bien entendu, — et j'étais obligée d'être aimable.

» Ces petits marivaudages furent même, j'en suis sûre, la cause d'une sourde antipathie entre lui et Klotz. Je m'en aperçus bientôt : s'ils dissimulaient à ravir leur animosité, Nelly, elle, incapable de déguiser la sienne, ne manquait pas une occasion de grommeler contre l'Allemand ; et ce n'était à mes yeux que le moindre témoignage d'une situation orageuse, Mais ton oncle ne voyait rien, et je n'osais troubler son bonheur par mes jérémiades. Je ne l'osais pas… et, d'un autre côté, cette rivalité n'avait rien pour me déplaire. Malgré toutes mes promesses à Lerne de vivre sagement, le désir jaloux de ces deux adversaires finissait par m'émouvoir, et je ne savais quel dénouement allait survenir, quand notre sort changea brusquement.

« Il y avait un an que nous étions là. Voici donc quatre ans…

— Ah ! Ah ! m'écriai-je.

— Quoi donc ?

— Rien, rien ! Poursuis !

— Voici donc quatre ans. Doniphan Mac-Bell partit pour l'Écosse, afin de passer quelques semaines de congé près de ses parents. Le lendemain même de son départ, au matin, Lerne me quitta : — « Je vais, me dit-il, à Nanthel, avec Klotz ; nous y resterons toute la journée ». |

» Le soir, Klotz revint seul. Je m'enquis de Lerne auprès de lui. Le professeur avait appris, paraît-il, d'importantes nouvelles exigeant une visite à l'étranger, et serait absent une vingtaine de jours. — « Où est-il ? » demandai-je encore. » — Klotz hésita et répondit enfin : — « Il est en Allemagne… Nous serons seuls ici pendant tout ce temps, Emma… » Il m'avait pris la taille et me regardait dans le blanc des yeux…

» Je ne pouvais pas m'expliquer la conduite de Lerne qui, soucieux de ma vertu promise, me laissait, sans prévenir, à la merci d'un étranger. — « Comment me trouvez-vous ? » demanda Klotz en me serrant contre lui sans plus de façons.

» Je te l'ai déjà dit, Nicolas, il était grand et vigoureux. Je sentais l'étau de ses muscles et m'y abandonnais sans le vouloir : — « Eh bien ! Emma, reprit Klotz, aimons-nous dès aujourd'hui, car vous ne me verrez plus ! »

» Je ne suis pas peureuse. Entre nous, même, j'ai connu la flatterie des mains qui viennent de tuer ; j'ai subi des possessions pareilles à des assassinats. Mes premiers amants font l'amour comme ils vous larderaient de coups de poignards…, ils pèsent lourd et tapent dur : on est des victimes pour eux ; on ne sait si l'on a plus de frayeur que de plaisir. Ça n'est pas désagréable. Mais tout cela n'est rien. La nuit de Klotz a été formidable. Elle me laisse une impression de viol. J'en garderai toujours l'épouvante et la fatigue.

» Je me réveillai tard dans la matinée. Il n'était plus à côté de moi, et je ne l'ai jamais revu.

» Trois semaines passèrent. Ton oncle n'écrivait pas et son absence se prolongeait.

» Il revint à l'improviste. Je ne le vis même pas rentrer. Il avait, m'a-t-il dit, couru dès son retour au laboratoire. Je l'aperçus qui en sortait, vers midi. Sa pâleur me fit de la peine. Une grande tristesse semblait le courber. Il marchait lentement, comme derrière un corbillard. Qu'avait-il appris ? Qu'avait-il fait ? Quel cataclysme avait éclaté sur lui ?

» Je l'interrogeai doucement. Sa parole embarrassée conservait l'accent du pays qu'il venait de quitter : — « Emma, dit-il, je pense que tu m'aimes ? » — « Vous le savez bien, mon cher bienfaiteur, je vous suis dévouée, corps et âme. » — « Le corps m'intéresse uniquement. Te sens-tu capable de m'aimer… d'amour ? Oh ! fit-il en ricanant, je ne suis plus un jeune homme, mais enfin… »

» Que répondre ? je ne savais. Lerne fronça les sourcils : — « C'est bon ! trancha-t-il, à partir de ce soir, ma chambre sera la tienne ! »

» Je conviens, Nicolas, que cela me parut ainsi plus naturel. Mais je ne soupçonnais guère le Frédéric Lerne ombrageux et emporté qui allait se révéler ! Il s'empara de mes deux mains ; ses yeux étaient surprenants : — « Maintenant, cria-t-il, c'est fini de rire ! — Plus d'amusettes, hein ? Tu es à moi, *exclusivement*. J'ai très bien démêlé ce qui se passait ici, et que les godelureaux tournaient autour de toi. Je me suis débarrassé de Klotz. Et quant à Doniphan Mac-Bell, méfie-toi ! S'il persévère, son compte est bon ! prends garde ! »

» Puis Lerne, ayant congédié les domestiques, engagea pour tout serviteur la pitoyable Barbe, et manigança les routes du labyrinthe.

» Au jour indiqué, Mac-Bell, ahuri d'avoir trouvé la forêt sens dessus dessous, rentrait à son tour au château, suivi de sa chienne. Lerne l'aborda, qu'il tenait encore ses valises, et acheva de l'abasourdir en l'admonestant avec une telle incontinence de gesticulation et une figure si malveillante, que Nelly, haut le poil et dehors les crocs, se mit à gronder.

» Ce qui devait être fut. En considération de l'âge et de la qualité de notre hôte, Mac-Bell et moi nous aurions probablement respecté son toit, comme on dit. Mais il ne s'agissait plus que de tromper un barbon colère et tyrannique, — nous le fîmes.

» Cependant le professeur devint de jour en jour plus absolu et plus irritable. Il vivait dans un état de surexcitation indicible, ne sortant pas, travaillant d'arrache-pied, génial peut-être, malade à coup sûr. La preuve ? Sa mémoire le quittait. Il était sujet à des oublis sans nombre, et, souvent, me questionnait sur son propre passé, n'ayant plus de souvenirs précis qu'en matière de science.

» Fini le rire ! c'était vrai. Et fini le bonheur avec lui ! Pour une supposition, Lerne m'invectivait ; sur un soupçon, il me battit. — Je ne déteste ni les injures ni les coups, je te l'accorde, mais seulement si les unes me tirent des larmes, et les autres du sang, si la bouche qui insulte est la bien-aimée, si le poing qui frappe est solide, et pourrait d'aventure frapper jusqu'au bout. — Je déclarai à ce vieux magot débile que j'en avais assez de la solitude et de la pauvreté : — « Je veux partir », lui dis-je. Ah ! mon petit, si tu l'avais vu ! Il était à mes genoux et les embrassait : — « Comment ! comment ! Emma ! reste, je t'en conjure ! Attends !… Attends deux années encore ! Après, nous partirons ensemble, et tu auras une existence de reine ; je serai riche, très riche… Patiente ! Je sais bien : tu n'es pas faite pour être toujours ainsi, comme au couvent. Crois-moi ! je te prépare une fortune incalculable… Deux années de petite bourgeoise pour une vie d'impératrice !… »

» Eblouie, je n'ai pas quitté Fonval.

» Mais les ans se succédèrent, le terme échut, et de luxe : point. J'attendis toutefois, confiante dans la confiance même de Lerne et dans son génie. — « Ne te décourage pas, me disait-il, nous approchons. Tout arrivera selon ma prophétie : tu auras des milliards… » Et, pour amuser mon oisiveté, il me fit envoyer de Paris, à chaque saison, des robes, des chapeaux et toute sorte de colifichets : — « Apprends à les porter, repasse ton rôle et répète l'avenir… »

» J'ai vécu trois ans de cette façon, entre Lerne et Mac-Bell : par l'un rudoyée, outragée, puis adorée comme une Madone et comblée de parures inutiles, et par l'autre saisie à la dérobée, par-ci par-là, au hasard des circonstances, d'un sopha ou d'un tapis.

» À cette époque, se place le grand voyage de Lerne. Deux mois, pendant lesquels ton oncle avait expédié Mac-Bell dans sa famille, sous prétexte de vacances.

» Ils revinrent le même jour. Je crois que le professeur et lui s'étaient donné rendez-vous à Dieppe.

» Lerne, sombre, courroucé : — « Il faut que tu attendes encore, Emma. » — « Qu'y a-t-il ? Ça ne va pas ? » — « On est d'avis que mes inventions ne sont pas assez perfectionnées… Mais il n'y a rien à craindre | Je trouverai ! »

» Il reprit ses recherches dans le laboratoire.

Une fois de plus, J'enrayai la narration d'Emma.

— Pardon, fis-je, est-ce que Mac-Bell travaillait aussi dans le laboratoire, à ce moment ?

— Jamais. Lerne lui confiait des manipulations à exécuter dans la serre, où il l'emprisonnait, mon ami ! Pauvre Doniphan ! Il aurait mieux fait de rester là-bas ! C'est à cause de moi qu'il est revenu d'Écosse. Il me l'a fait comprendre avec son baragouin : « Pour vous ! pour vous ! » Il ne savait pas en dire plus long. Pour moi ! grands Dieux ! qu'était-il devenu, pour moi, quelques semaines plus tard !...

» Écoute, voici la folie, maintenant.

» Cet hiver. Il neige. Après le déjeuner. Lerne sommeille dans un fauteuil du petit salon, près de la salle à manger ; du moins, il fait semblant de dormir. Doniphan m'adresse un coup d'œil. Feignant d'aller, par enfantillage, se promener sous la neige qui tombe, il sort par le vestibule, On l'entend siffler un air, au dehors. Il s'éloigne. Moi, comme pour aider la bonne à desservir la table, je regagne la salle à manger. Doniphan m'y rejoint par la porte opposée à celle du petit salon, laquelle, pour nous permettre d'écouter les mouvements de Lerne, est restée ouverte. Il m'entoure de ses bras ; je l'enlace. Baiser silencieux.

» Tout à coup, Doniphan verdit. Je suis la direction de ses regards... La porte du petit salon est munie d'une lame de verre — ce qu'on appelle une plaque de propreté, tu sais bien — et, au fond de ce miroir obscur, *je vois les yeux de Lerne qui nous guettent...*

» Le voilà sur nous !... Mes jarrets fléchissent.... Mac-Bell est tout petit, Lerne l'a terrassé. Ils se débattent. Le sang coule. Ton oncle s'acharne, des pieds, des ongles, des dents !... Je crie, j'arrache ses habits...

Soudain il se relève. Mac-Bell est évanoui. Et voilà que Lerne pouffe d'un rire désordonné, charge Doniphan sur son épaule et l'emporte vers le laboratoire. Je crie toujours, et alors j'ai l'idée d'appeler : « Nelly ! Nelly !... » La chienne accourt. Je lui désigne le groupe, et elle se précipite au moment où Lerne disparaît derrière les arbres avec son fardeau. Elle disparaît aussi, J'écoute. Elle aboie.

Et subitement je ne distingue plus que le frisselis de la neige.

» Lerne m'a traînée par les cheveux. Il a fallu tout le crédit de sa parole, toute mon assurance d'un lendemain fastueux pour m'empêcher de fuir, ce jour-là.

» Aussi bien, m'ayant vue infidèle, ne m'aima-t-il que plus ardemment.

Des'Jours…….

» À peine osais-je espérer que Mac-Bell avait subi la destinée de Klotz : le renvoi. Ni lui ni sa chienne ne reparaissaient. Enfin le professeur me pria de faire préparer la chambre jaune pour l'Écossais. — « Il est donc vivant ? » demandai-je sans réfléchir. — « À moitié, répondit Lerne, il est fou. Triste épilogue de votre faute, Emma ! D'abord, il s'est cru le Père Éternel, puis la Tour de Londres ; il s'imagine à présent qu'il est chien. Demain, il souffrira de quelque autre illusion, sans doute. » — « Que lui avez-vous fait ? » dis-je en balbutiant. — « Ma petite ! s'écria le professeur, on ne lui a rien fait ! Tiens-le-toi pour dit, et mords ta langue si tu n'as que des bêtises à rabâcher. Lorsque j'ai emporté Mac-Bell, après notre lutte dans la salle à manger, c'était afin de le soigner — tu as bien vu qu'il s'est trouvé mal. En tombant, il s'est gravement blessé à la tête, de là : lésion, de là : folie. Et c'est tout ; entends-tu ? »

» Je n'ajoutai rien, convaincue que si ton oncle n'avait pas supprimé Doniphan, la crainte de sa famille et des suites judiciaires en était le seul motif.

» Le soir même, ils l'ont ramené au château, la tête emmaillotée de linges. Il ne m'a pas reconnue…

» Je l'aimais encore et je l'ai visité en cachette.

» Sa guérison fut rapide, mais l'internement l'a fait engraisser. Le Mac-Bell de la photographie et le Mac-Bell de la chambre jaune sont devenus très dissemblables, tellement que tu t'y es trompé, Nicolas…

— Emma, murmurai-je, se peut-il que tu aies caressé ce détraqué ?…

— L'amour n'a pas besoin d'esprit, au contraire, et j'ai lu dans un roman que Messaline, qui était une reine très passionnée, dédaignait le service des poètes. Mac-Bell....

— Ah ! tais-toi donc !

— Bête ! dit-elle, puisque c'est toi mon petit homme, toi tout seul !...

— Voire, pensais-je. — Mais, dis-moi, tu ne sais rien à propos de Klotz ? Quel lot mon oncle a-t-il pu lui réserver ? Tu parlais de renvoi, tout à l'heure...

— J'ai toujours été certaine qu'on l'avait chassé. Son attitude à son départ, et celle de Lerne, retour d'Allemagne, m'en ont persuadée.

— A-t-il une famille, lui ?

— Je crois qu'il est orphelin et célibataire.

— Combien de temps Mac-Bell est-il resté au laboratoire ?

— Environ trois semaines... un mois.

— Ses cheveux étaient-ils aussi blonds avant cette vicissitude ? — demandai-je, emballé par mon ancien dada.

— Bien sûr, voyons, quelle idée !....

— Et Nelly, qu'en a-t-on fait ?

— Le lendemain de la rixe, je l'entendis pousser des cris déchirants, parce qu'on l'avait séparée de son maître, évidemment. Au dire de ton oncle, que j'ai questionné, elle était avec d'autres chiens, dans un chenil : « à sa vraie place », ajoutait Lerne. Elle n'est sortie de là que l'autre soir. Peut-être l'as-tu entendue ? Pauvre comme elle a vite retrouvé Mac-Bell !... Il lui arrive très souvent de hurler, la nuit. Sa vie n'est pas gaie...

— Enfin, dis-je, la conclusion ? Qu'y a-t-il au fond de tout cela ? La vérité, où est-elle ? Admets-tu la folie conséquence de la chute ?

— Que sais-je ? C'est possible. Mais je devine que le laboratoire contient des choses hideuses dont le spectacle doit suffire à vous rendre fou. Doniphan n'y était jamais entré. Il a dû assister à quelque abomination...

Je me souvins du chimpanzé et de l'impression véhémente dont sa mort m'avait fait tressaillir. Emma pouvait avoir raison. L'histoire du singe venait à l'appui de son hypothèse. — Mais, au lieu de chercher le mot de chaque énigme en particulier, ne fallait-il pas plutôt remonter en arrière de quatre ans, jusqu'à cette phase critique où tant de problèmes s'étaient amorcés ? ne fallait-il pas scruter l'ère mystérieuse où tant de portes s'étaient fermées, pour y trouver la clef qui les ouvrirait toutes ?

Un petit pied s'échappa de la courte-pointe, blanc et rose sur la soie jonquille, tel qu'un bijou saugrenu dans son écrin :

— Jarnidieu, mademoiselle ! est-ce que vous marchez vraiment avec cette petite chose douce, aux ongles maquillés et polis comme des coraux japonais ? ce joyau vivant et chatouilleux qu'une moustache met en fuite ?… Quelle imprudence magnifique !…

Le petit pied rentra dans son grand sachet. Mais, si preste et mignon, si tendre, il m'en rappelait un autre, par antithèse : celui de la clairière, l'embauchoir macabre qui — j'en étais sûr maintenant — chaussait d'une charogne le vieux soulier.

Et tout à coup, il me sembla que j'étais seul dans une nuit d'embuscades.

— Emma ! si nous partions ?

Elle secoua ses boucles de Ménade, et refusa.

— Doniphan me l'avait proposé... Non. Lerne m'a promis l'opulence. Outre cela, le jour de ton arrivée, il m'a juré de me tuer en cas de tromperie ou d'évasion. Depuis longtemps, je le sais à même de remplir son premier engagement, et je sens depuis peu qu'il tiendrait le second…

— C'est vrai, quand il nous a présentés l'un à l'autre, Emma, tu avais la mort dans les yeux !

— … Et, poursuivit-elle, nous pouvons cacher notre amour et non dissimuler notre fuite. Non, non. Demeurons ici et veillons. Soyons prudents, mais sachons aussi profiter du temps.

Et comme celui-ci s'avançait, nous en profitâmes.

La demie de quatre heures sonnait à la pendule quand je quittai mon insatiable maîtresse pour reprendre le chemin de Grey-l'Abbaye. Emma n'était point en situation de me dire adieu : avec les soupirs et les étirements d'une chatte, elle revenait de l'île amoureuse, nonchalamment.

## VIII. TÉMÉRITÉ

Je repris à toute vitesse le chemin de Grey. La fête y battait son plein, et la foule, mise en liesse, m'agonit d'outrages et de quolibets.

Cinq heures au cadran du quai. Je profitai du répit pour faire un peu de mise en scène, afin que mon oncle donnât mieux dans le panneau qu'il avait tendu sous ses propres pas en exigeant de moi la réparation d'un organe dont je possédais un autre exemplaire, intact. La cotte bleue du mécanicien endossée, les mains et la figure salies, ayant tiré le coffre aux outils et semé le désordre dans ses casiers, je bossuai légèrement, à petits coups de marteau, le carburateur neuf et le maculai de cambouis. Quelques traits de lime, râpés au hasard, achevèrent de lui donner l'aspect bourru et mal dégrossi d'une pièce qu'on vient d'usiner.

Le train stoppait.

Quand Lerne me toucha l'épaule, je m'évertuais en efforts imposteurs à visser un boulon parfaitement bloqué

— Nicolas !…

Je tournai vers mon oncle une trogne de charbonnier, aussi hargneuse que je pus la faire.

— Je termine tout juste, marmottai-je. C'est joliment malin, ce que vous avez trouvé là !… Faire travailler le monde pour rien !…

— Est-ce que cela remarche ?

— Oui ; je viens d'essayer. Vous voyez bien que le moteur fume…

— Désires-tu rajuster au carburateur les fragments que j'ai enlevés ?

— Gardez-les en souvenir de cette bonne journée, mon oncle !… Allons, en voiture | J'en ai assez, moi, d'être là !…

Frédéric Lerne était contrarié.

— Sans rancune, eh, Nicolas ?

— Sans rancune, mon oncle…

— J'ai mes raisons, tu sais. Plus tard…

— À votre aise. Si vous me connaissiez, pourtant, vous seriez moins sur vos gardes… Mais votre conduite d'aujourd'hui s'accorde avec nos conventions. Je serais mal venu à m'en plaindre.

Il fit un geste évasif.

— Tu ne m'en veux pas ; c'est l'essentiel. En somme, tu comprends les choses.

Evidemment, Lerne appréhendait de m'avoir froissé et que, résolu au départ à la suite d'une pareille vexation, je ne divulguasse l'existence à Fonval de secrets importants, même sans pouvoir documenter qui de droit sur leur nature. Tout bien pesé, la présence chez lui d'un étranger libre de s'enfuir était pour mon oncle un sujet d'alarmes constantes. Il me semblait qu'à sa place, tenu de recevoir un tiers à cause de sa parenté avec moi, j'eusse préféré, certes, en faire mon complice dans le plus bref délai, pour m'assurer sa discrétion.

« Après tout, me dis-je, pourquoi mon oncle n'y aurait-il pas songé ? Avant la date incertaine — et peut-être illusoire — où Lerne doit m'initier, une longue période tourmentée s'écoulera pour lui à exercer sur moi sa double attention d'analyste et de policier. Si j'allais au devant de ses projets ? Il hâterait sans doute avec joie un enseignement sacré à légal d'une confession et qui doit unir le maître et le disciple dans un même complot...

» Je ne vois pas pourquoi il accueillerait mes avances de travers, car, dans les deux occurrences a possibles : que Lerne soit ou non de bonne foi lorsqu'il prétend m'initier à son Entreprise, aujourd'hui la situation n'a que deux issues : ou mon départ, gros dès à présent de conséquences révélatrices, ou ma connivence.

» Or, Emma et le mystère me retiennent au château. Je ne partirai donc pas.

» Reste alors la complicité *simulée*, qui aurait, de plus, l'avantage de me faire pénétrer l'énigme ; — et quel autre que Lerne la percerait à mes yeux, puisqu'Emma ne sait rien, et que, s'il m'arrive de chercher tout seul, chaque problème solutionné en laisse voir un suivant ?

» Une sagace diplomatie peut certainement décider mon oncle à de prochaines révélations. Il ne demande que cela. Mais comment l'y amener ?...

» Il importe de lui insinuer que ses secrets ne m'effraient pas, si criminels soient-ils. Donc, il sera bon de me poser en homme résolu, que la proximité de forfaits ne scandalise pas, et qui peut en retenir la dénonciation parce qu'au besoin, il les consommerait lui-même. — C'est cela. Parfait. — Mais où prendre un délit tel que Lerne soit capable de le perpétrer et dont je puisse dire qu'il est naturel, anodin, et que je le commettrais à la première occasion ?... Parbleu ! Nicolas, sers-toi de ses propres méfaits ! Avoue-lui que tu connais l'un de ses actes les plus répréhensibles et que tu approuves non seulement cette action, mais aussi toutes les autres de même sorte où tu es prêt à l'aider ! Alors, devant une telle déclaration, il se déboutonnera, et tu sauras tout, quitte à faire bon marché plus tard d'une confidence dictée par le seul intérêt ! — Cependant soyons astucieux, et statuons de ne parler à mon oncle que lorsqu'il sera d'humeur plaisante, et si le vieux soulier ne nous a rien appris. »

Ainsi raisonnais-je en reconduisant Lerne à Fonval. L'épuisement de mon désir appauvrissait mes idées ; je les croyais paisibles et nettes, mais j'étais surtout fatigué... On le voit, sous l'influence dominatrice du milieu, les attentats non prouvés de Lerne me préoccupaient avant toute chose, et je les imaginais détestables et sans nombre. J'oubliais que ses travaux, menés en catimini, à l'abri des contrefaçons, pouvaient réellement avoir un but industriel. Dans l'impatience d'assouvir ma curiosité, et la lassitude d'avoir contenté mon amour, cette stratégie me sembla conçue remarquablement. Je ne mesurais pas l'énormité de l'aveu fictif qu'il me fallait faire avant de rien obtenir en échange.

Plus de réflexion m'aurait indiqué le péril. Mais la fortune adverse voulut que mon oncle, satisfait de na réponse et de me voir si bien « comprendre les choses », affectât la jovialité la moins prévue. Jamais occasion plus propre à mes desseins ne se représenterait.

Je la saisis étourdiment.


Selon sa coutume, enthousiasmé par la voiture, mon oncle m'avait fait exécuter des manœuvres à travers le labyrinthe, et c'est en décrivant des courbes que j'avais délibéré.

— Colossal ! Nicolas ! je te le répète : prodigieux, cet automobile ! Une bête ! Une véritable bête organisée... la moins imparfaite peut-être !... Et qui sait jusqu'où le progrès la haussera ?... Une étincelle de vie là-dedans, un peu plus de spontanéité... une bribe de cerveau... et voilà la plus belle créature de la terre ! oui, plus belle que nous dans un sens, car, souviens-toi de ce que je t'ai déjà dit : elle est perfectible et immortelle, vertus dont l'être physique de l'homme est piteusement dénué…

» Tout notre corps se renouvelle presque entièrement, Nicolas. Tes cheveux (pourquoi diable parlait-il toujours de cheveux ?) tes cheveux ne sont pas les mêmes que l'an dernier, par exemple. Mais ils repoussent moins bruns, plus vieux, et décimés ! alors que l'automobile, lui, change ses organes *à volonté*, et se rajeunit, chaque fois, d'un cœur tout neuf, d'un os tout frais, établis avec plus d'ingéniosité ou de résistance que n'étaient les organes primitifs.

» Ainsi, dans mille ans — voiture à Jeannot — un automobile, sans avoir discontinué de s'améliorer, sera jeune autant qu'aujourd'hui, s'il s'est régénéré en temps opportun, morceau par morceau.

» Et ne va pas dire : « Ce ne sera plus le même puisque ses parties seront toutes remplacées ». Si tu m'objectais cela, Nicolas, que penserais-tu donc de l'homme, qui, durant cette course à la mort qu'il appelle sa vie, est soumis à des transformations *aussi radicales*, mais dans le sens décadent ?…

» Il te faudrait alors conclure étrangement : « Celui qui meurt âgé n'est plus celui qui est né. Celui de vient de naître, et doit succomber sur le tard, ne mourra pas. Du moins, il ne mourra pas d'un seul coup, mais progressivement, éparpillé aux quatre vents du ciel en poussière organique, tout au long d'une phase pendant laquelle un autre se formera lentement au même endroit, qui est le lieu du corps. Cet autre, dont la naissance est imperceptible, se développe en chacun de nous, sans qu'on le devine, à mesure que le premier s'effondre. Il le supplante de jour en jour, et, modifié lui-même incessamment au gré des myriades de cellules sans cesse mortes et recréées dont il est l'assemblage, c'est lui qu'on verra trépasser. »

» Telle serait ta conclusion, que d'aucuns jugeraient exactes ; et ceux-ci d'ajouter : « Il est vrai que l'esprit semble bien persister, immuable au milieu de toutes ces évolutions ; néanmoins cela n'est pas prouvé car si les traits de l'enfant s'attardent en général dans ceux du vieillard, l'âme parfois s'altère au point que nous-mêmes nous ne reconnaissons pas la nôtre. Et puis, pourquoi les éléments du cerveau ne se pourraient-ils rénover, molécule à molécule, sans que la pensée en soit interrompue, de même qu'on peut changer, un par un, les éléments d'une pile, sans que l'électricité s'arrête pour cela d'en être engendrée ? »

Mais, en définitive, qu'importe à l'homme cette question de personnalité *in extremis* ? et que servirait aux automobiles impérissables, dont il oriente, comme un démiurge, le développement de l'individu et l'évolution de l'espèce, de garder une identité fastidieuse à travers les phases de leur réforme ? Voilà bien des sornettes ! En seraient-ils plus admirables, ces colosses de fer déjà presque vivants ?

» Je te le dis, Nicolas, si l'automobile, par un miracle, devenait indépendant, l'homme pourrait boucler ses malles. Son ère toucherait à sa fin. Après lui, l'automobile serait roi du monde, comme avant lui régna le mammouth.

— Oui, mais ce souverain dépendrait toujours de l'homme-constructeur, — fis-je distraitement, absorbé par mes propres spéculations.

— Le bel argument ! Est-ce que nous ne sommes pas les esclaves des animaux et même des plantes, qui soutiennent notre *construction* de leur viande et de leur parenchyme !…

Mon oncle était si content de ses paradoxes, qu'il les vociférait, ruait à grands coups de reins dans son baquet, et brassait l'air avec frénésie, semblant y saisir à pleines mains ses idées.

— En vérité, mon neveu, la riche décision que tu as prise d'amener cette voiture ! Elle me fait faire un bon sang de tous les bons sangs !… Il faudra m'apprendre à conduire l'animal. Je serai le cornac du mammouth à venir ! Eh ! eh !… Ha ! ha ! ha !…

Sur cet accès d'hilarité, j'achevais justement de raisonner, et ce fut lui qui décida l'attaque immédiat — et l'imprudence.


— Que vous êtes amusant, mon oncle ! votre gaieté me réjouit. Je vous retrouve. Pourquoi n'êtes-vous pas toujours ainsi et vous méfiez-vous de moi, qui mérite au contraire toute votre confiance ?

— Mais, dit Lerne, tu ne l'ignores pas : je te la donnerai quand le temps sera venu, j'y suis bien décidé.

— Pourquoi pas tout de suite, mon oncle ? — Et je me lançai dans mon impair à corps perdu. — Allez ! nous sommes de la même pâte, vous et moi. Vous ne me connaissez nullement. Rien ne peut m'étonner. J'en sais plus que vous ne le croyez. Eh bien ! mon oncle, apprenez-le : je partage vos opinions, j'admire vos actes |

Lerne, un peu surpris, se mit à rire.

— Et qu'est-ce que tu sais, gamin ?

— Je sais qu'on ne peut se reposer sur la justice actuelle du soin de ses propres affaires. Quelqu'un vient-il à fauter ? il est plus sûr de s'en débarrasser soi-même, et la séquestration, dans un tel cas, si elle reste illégale, devient légitime… Un incident fortuit m'a fixé… Bref, mon oncle, si je m'appelais Frédéric Lerne, M. Mac-Bell ne se porterait pas aussi grassement. Vous ne me connaissez pas, vous dis-je.

Au ton du professeur, je pris conscience de ma gaffe. Il se défendit d'une voix que j'estimai cauteleuse.

— Eh bien, voilà du nouveau ! fit-il. Quelle imagination ! Es-tu vraiment le vaurien que tu prétends ? alors tant pis. Quant à moi, je ne mange pas de ce pain-là, mon neveu ! Mac-Bell est fou, mais je n'y suis pour rien !… Il est regrettable que tu l'aies aperçu ; c'est un vilain spectacle… L'infortuné ! moi, le séquestrer ! Quelle fantaisie, Nicolas ! Que vas-tu donc inventer ?… Il est fort heureux cependant que tu m'en aies parlé : ceci m'ouvre les yeux. Les apparences sont en effet contre moi. J'attendais une amélioration dans l'état du malade pour avertir les siens, afin qu'ils soient moins affectés d'un malheur plus dissimulé… mais non ! tergiverser encore est trop dangereux : ma sécurité l'exige ; au risque de les chagriner davantage, il faut les prévenir ! Je vais leur écrire dès ce soir qu'ils viennent le chercher. Pauvre Doniphan !… Son départ, j'espère, dissipera tes honteuses présomptions. Elles m attristent beaucoup, Nicolas…

J'éprouvais une grande confusion. M'étais-je trompé ? Emma avait-elle menti ? Ou bien Lerne voulait-il endormir ma suspicion ?… Quoi qu'il en fût, j'avais commis une lourde maladresse, et Lerne, probe ou scélérat, me tiendrait rigueur de l'avoir accusé, soit à faux, soit à bon escient, C'était la défaite, et je n'avais pour tout butin qu'un nouveau doute : à l'égard d'Emma.

— …En tout cas, mon oncle, je vous jure que le hasard seul m'a fait découvrir Mac-Bell…

— Si le *hasard* te fait découvrir d'autres raisons de me calomnier, répondit Lerne durement, ne manque pas de m'en informer ; je me disculperai sur-le-champ. Toutefois la stricte observation de tes engagements t'empêchera d'aider certain *hasard* qui favoriserait la rencontre de fous... et de folles.

Nous étions arrivés à Fonval.

— Nicolas, fit Lerne plus doucement, je me sens beaucoup d'inclination pour toi. Je désire ton bien. Obéis-moi donc, mon enfant !

« Il veut m'amadouer, pensai-je, il me fait la cour. Attention ! »

— Obéis-moi, reprit-il avec une douceur mielleuse, et, par ta réserve, sois déjà mon auxiliaire. Intelligent comme tu l'es, tu devrais saisir cette nuance, pourtant ! Le jour n'est pas loin, si je ne m'abuse, où je pourrai te mettre au courant de tout. Tu verras la belle grande chose que j'ai rêvée, mon neveu, et dont je te réserve une part...

» En attendant, puisque tu es renseigné sur l'affaire — Mac-Bell — tiens ! voilà un témoignage de la foi réclamée ! — viens avec moi le visiter : nous déciderons s'il est assez valide pour supporter le voyage et la traversée.

Après une courte hésitation, je le suivis dans la chambre jaune.


Le fou, à son aspect, fit le gros dos, et, tout en maugréant, recula dans un coin, la pose craintive et l'œil rancunier.

Lerne me poussa devant lui. — Je tremblais qu'il ne m'enfermât.

— Prends-lui les mains. Tire-le au milieu de la chambre.

Doniphan se laissait manier. Le docteur l'examina sous toutes les faces, mais je reconnus que la cicatrice attirait davantage sa sollicitude. À mon avis, le reste de l'inspection n'était que simagrées à me donner le change.

La cicatrice ! diadème coupé, à demi disparu sous les cheveux plus longs, blessure enserrant la tête, quelle chute sur n'importe quel parquet l'aurait produite ?...

— Excellente santé, prononça mon oncle. Vois-tu, Nicolas, il a été furibond dans le début, et s'est grièvement éraflé... hum..., de toutes parts. Dans une quinzaine il n'y paraîtra plus. On peut l'emmener.

La consultation était finie.

— C'est ton sentiment que je m'en débarrasse au plus tôt, Nicolas ? Dis-moi ton opinion : j'y attache son prix.

Je le félicitai de sa résolution, cependant que tant de gentillesse me tenait sur le qui-vive. Lerne soupirait :

— Tu as raison. Le monde est si méchant ! Je vais écrire de ce pas. Voudras-tu porter ma lettre à la poste de Grey ? dans dix minutes elle sera prête.

Mes nerfs se détendirent, — Je m'étais demandé, en rentrant au château, si j'en ressortirais, et parfois encore, le démon des songes malsains me donne pour cachot le cabinet du fou. — L'ogre, décidément, se montrait paterne et bénin. Disposant de ma liberté, pouvant m'incarcérer, il m'envoyait de par les champs faire une course qu'il ne tenait qu'à moi de terminer en fuite. Une licence octroyée de si bon cœur valait-elle qu'on en profitât ? — Pas si bête. Je n'en userais point.

Pendant que Lerne rédigeait l'épître aux Mac-Bell, j'allai flâner à travers le parc.

Et j'y assistai à l'incident le plus étrange, au moins dans l'impression qu'il me causa.

La fortune, on l'a vu, se jouait de moi sans relâche ; elle me faisait volter comme un pantin vers la quiétude ou vers le trouble, Cette fois, elle se servit pour me bouleverser du moindre prétexte. L'âme tranquille, je n'aurais pas revêtu d'un caractère mystérieux ce qui pouvait bien n'être qu'une bizarrerie de la nature ; mais le vent soufflait au merveilleux, j'en flairais partout, et la phrase de Lerne me cornait toujours aux oreilles que, *depuis la nuit de mon arrivée, il y avait dehors certaines choses qui n'auraient pas dû s'y trouver.*

Au surplus, celles que je vis dans le parc ce jour-là — et qui, j'insiste, n'auraient pas ébahi comme moi le premier venu — me semblèrent combler une lacune de mes documents sur la question Lerne : le cycle de ses études s'en fermait, pour ainsi dire. Cela était fort indistinct. J'entrevis bien, sur ces données inconsistantes, une solution de tous les problèmes — une solution abominable ! — mais, tumultueuses et extravagantes, mes idées n'étaient pas assez précises pour s'exprimer à soi-même. La durée d'une seconde, pourtant, elles acquirent une violence inimaginable, et si je haussai les épaules après la petite scène qui les enfanta, il faut avouer qu'elle m'avait mis à l'agonie. — Je la retrace.

Ayant projeté d'employer mes dix minutes à reconnaître le vieux soulier, je descendais une allée dont la rosée vespérale mouillait déjà l'herbe haute. L'avant-garde de la nuit commençait d'investir les sous-bois. On entendait s'espacer le chant des passereaux, Je crois qu'il était six heures et demie. Le taureau mugit. En bordant la pâture, j'y comptai seulement quatre animaux : Pasiphaé n'y promenait plus le demi-deuil de sa robe pie. Mais cela n'était d'aucun intérêt.

Je marchais délibérément lorsqu'une chamaillerie de coups de sifflets mêlés de petits cris, une touffe de piaulements aigus, si j'ose écrire, m'arrêta.

L'herbe ondulait.

J'approchai sans bruit, le cou tendu.

Il y avait là un duel, un de ces combats innombrables qui font de chaque ornière un abîme d'iniquités, une lutte criminelle où l'un des adversaires est condamné à périr afin que l'autre s'en repaisse : le duel d'un petit oiseau et d'un serpent.

Le serpent était une vipère assez imposante dont le crâne en triangle se marquait d'un large stigmate blanc, de même figure.

L'oiseau... Qu'on se représente une fauvette à tête à noire, avec cette différence — plutôt capitale ! — que sa tête, au rebours, était blanche : une variété, sans doute celle de la volière, et que Je désignerais moins gauchement si j'étais plus versé dans l'histoire naturelle.

Les deux champions face à face, l'un marchant sur — l'autre. Mais, — conçoit-on ma perplexité ? — c'est la fauvette qui faisait reculer le serpent !... Elle avançait par saccades, à petits sauts brusques et rares, sans un battement d'ailes, d'une allure hypnotique ; son œil fixe avait l'éclat magnétiseur dont brille celui des chiens en arrêt, et la vipère, maladroite, rétrogradait devant elle, fascinée par les regards implacables, tandis que l'effroi lui arrachait des sifflements suffoqués...

« Diable ! me dis-je, le monde est-il renversé ou si c'est que j'ai l'esprit à l'envers ? »

Je commis alors cette faute, pour être témoin du dénouement, de trop me rapprocher, ce qui le modifia. La fauvette m'aperçut, s'envola, et son ennemie s'étant faufilée dans les herbes, le sillage de sa déroute les parcourut en zigzag.

Mais déjà se dissipait l'angoisse ridicule et démesurée qui m'avait glacé. Je me tançai moi-même d'importance : « J'ai la berlue… c'est un exploit de l'amour maternel, et rien d'autre. La petite bête héroïque défend son nid et ses œufs. On ne sait pas la force des mères… voilà, morbleu ! Voilà !… Que serait-ce ?… Non, mais suis-je aussez godiche ! Que serait-ce ?…

— Hooouup !

Mon oncle me hélait.

Je revins sur mes pas. Mais cet incident me tracassait. En dépit de mon assurance à me convaincre qu'il fût très ordinaire, je ne m'en ouvris pas à Lerne.

Le professeur avait pourtant la mine engageante, l'aspect riant d'un homme qui vient de prendre un grand parti et s'en trouve fort aise. Il se tenait debout devant la porte principale du château, sa missive à la main, et contemplait le décrottoir avec intérêt.

Ma présence n'ayant point suspendu son extase, je crus civil de contempler aussi le décrottoir. C'était une lame coupante, scellée à la muraille, et que des dynasties de semelles avaient creusée, incurvée en serpe, en faucille presque, à force de la racler. Je présumai que Lerne, méditatif, la regardait, cette lame, sans la voir.

En effet, il parut se réveiller brusquement :

— Tiens, Nicolas, voici la lettre. Pardonne-moi la peine que je te donne.

— Oh ! mon oncle, j'y suis aguerri. Les chauffeurs sont des messagers, quoi qu'ils en aient. Arguant du plaisir qu'on leur prête à rouler pour rien, mainte dame, souventes fois, les prie de rouler pour quelque chose… et de véhiculer quantité de colis bien pressés… et bien pesants. C'est un impôt dont le sport est gravé…

— Allons, allons, tu es un bon garçon ! Va ; la nuit tombe.

Je pris la lettre, la lettre désolante qui allait annoncer en Écosse la folie de Doniphan, la lettre bénie qui allait éloigner d'Emma son amant dégradé.

*Sir George Mac-Bell,*

*12, Trafalgar Street,*

*Glasgow,*

*(Écosse)*

L'écriture de l'adresse me fit songer. Seuls, quelques vestiges de l'ancienne cursive la rendaient reconnaissable et accusaient encore la plume de Lerne. Mais la plupart des caractères, les accents, la ponctuation et l'apparence générale dénotaient un « esprit graphique » diamétralement opposé à celui d'autrefois.

La graphologie n'est jamais en défaut, ses arrêts sont infaillibles : l'auteur de cette suscription avait changé du tout au tout.

Or, dans sa jeunesse, mon oncle avait prouvé tous les mérites. À présent, quels vices n'étaient donc pas les siens ? — Et comme il devait me haïr, lui qui m'avait tant aimé !...

## IX. L'EMBÛCHE

Le père de Mac-Bell vint le chercher sans retard accompagné de son autre fils.

Depuis que Lerne lui avait écrit, rien de nouveau ne s'était produit à Fonval. Le mystère s'y continuait et l'on multipliait autour de lui les dispositions contre ma personne. Emma ne descendait plus ; je l'écoutais, du petit salon, vaquer à ses passe-temps futiles dans la chambre aux mannequins ; ses talons secs tambourinaient au plafond.

Mes nuits étaient blanches. L'idée de Lerne et d'Emma ensemble, l'un sadique et l'autre complaisante, persécutait mon insomnie. La jalousie s'entend à enrichir l'invention ; elle me faisait voir des tableaux d'une insupportable ingéniosité, J'avais beau me jurer de les mettre en action pour mon propre contentement dès que j'en aurais le pouvoir, la vision s'acharnait à mes yeux de Lerne maître de ma maîtresse, goûtant l'effusion de son étreinte et le stupre de ses envies avec des perfectionnements qui en doublaient la succulence.

J'essayai de sortir, une fois, afin de marcher dans la nuit fraîche et d'y exténuer mon corps comme une bête forcée, jusqu'aux abois du porc sauvage... Les portes du bas étaient fermées.

Ah ! Lerne me gardait bien !

Pourtant, l'imprudence que j'avais commise en lui révélant ma découverte de Mac-Bell n'avait eu d'autre suite apparente qu'une recrudescence de son amitié. Lors de nos promenades, plus fréquentes, il semblait se complaire de plus en plus à ma société, s'efforçant d'atténuer la rigueur de ma vie espionnée et de me retenir à Fonval, soit réellement pour se préparer un associé, soit pour conjurer les risques d'une évasion. Ses prévenances m'excédaient. Ce fut la période où, sans avoir l'air d'être surveillé, je le fus davantage. Mes journées se trouvaient remplies à l'encontre de ma volonté. L'impatience me rongeait. Et, ne sondant que la profondeur de l'amour et celle du mystère interdits tous les deux, je ne remarquais pas que, dans la pratique, — alternative grotesque ! — si l'amour m'appelait sous le plastique d'une jolie femme inaccessible, le mystère, lui, m'attirait aussi impérieusement, représenté surtout par un vieux soulier non moins inabordable.

Cette ordure à élastiques servait de base à toutes les hypothèses que j'édifiais, la nuit, dans l'espoir de calmer la jalousie par la curiosité. Elle constituait en effet le seul but nettement déterminé où mon indiscrétion pouvait tendre. J'avais noté que la cabane aux, outils se trouvait dans les environs de la clairière ; c'était commode pour déterrer le brodequin… et le reste, au besoin. Mais, sous le joug de son affection, Lerne m'en tenait éloigné sans merci, comme de la serre, du laboratoire, d'Emma, de tout enfin.

Aussi j'appelais de tout mon désir un événement quelconque, un fait nouveau, qui, venant dérégler notre *modus vivendi*, me permettrait de déjouer la vigilance de mes gardiens : une fugue de Lerne à Nanthel, un accident s'il fallait, n'importe quoi, dont je tirerais. parti n'importe comment.

Cette aubaine fut l'arrivée de MM. Mac-Bell père et fils.


Mon oncle, prévenu par dépêche, me l'annonça dans une explosion d'allégresse.

D'où venait qu'il fût si joyeux ? Sérieusement, avais-je fait la lumière sur le danger de conserver Doniphan malade à l'insu de sa famille ? Là-dessus j'étais diantrement incrédule… Et puis ce rire de Lerne, même sincère, me semblait de mauvais aloi…, l'idée de quelque méchant tour en pouvait bien être la source…

Mais, nonobstant la différence des causes, je m'égayai à l'exemple du professeur, et cela sans fourberie, car j'en avais sujet.

Ils arrivèrent un matin sur un breack loué à Grey et conduit par Karl. Ils se ressemblaient entre eux et tous deux ressemblaient au Doniphan de la photographie. Ils étaient raides, blêmes, impassibles.

Lerne, avec beaucoup d'aisance, me présenta. Ils me serrèrent la main froidement, du même geste ganté. On aurait dit qu'ils avaient mis des gants à leur moral.

Introduits dans le petit salon, ils s'assirent sans un mot. Les trois aides présents, Lerne exorda un assez long discours en anglais, très mouvementé, illustré d'une mimique démonstrative, et singulièrement ému. À certain point, il joua la dégringolade en arrière d'une personne qui a glissé. Prenant alors les deux hommes par le bras, il les mena devant la porte centrale du château, en regard du parc. Nous les suivîmes. Là, il leur désigna le décrottoir en forme de serpe et renouvela sa comédie de culbute. À n'en pas douter, il expliquait que Doniphan s'était blessé en tombant à la renverse et que sa tête avait porté sur cette lame courbe.

Ça, par exemple, c'était de l'inédit !

On regagna le salon. Mon oncle pérorait en s'essuyant les yeux, et les trois Allemands entreprirent de renifler, pour indiquer un besoin de pleurer vaillamment réprimé. MM. Mac-Bell père et fils ne bougeaient pas d'un cil. Rien ne trahissait leur chagrin ou leur impatience.

Enfin Johann et Wilhelm, s'étant absentés sur un ordre de Lerne, amenèrent Doniphan, rasé de près, pommadé, une raie sur le côté, l'air d'un jeune lord très fashionable, bien que son costume de voyage, étriqué, tirât sur les boutons, et que son col trop étroit congestionnât sa grosse figure débonnaire. — Ses cheveux poissés au à peu près la cicatrice.

À la vue de son père et de son frère, l'œil du fou rayonna d'un bonheur intelligent, et son sourire vint éclairer d'affectueuse bonté ce facies : jusque là si apathique. Je le crus ramené à la raison. Mais il s'agenouilla aux pieds de ses parents et se mit à leur lécher les mains en aboyant des sons inarticulés. Son frère n'en put rien obtenir, que cela. Le père échoua de même. Après quoi MM. Mac-Bell se disposèrent à prendre congé de Lerne.

Mon oncle leur parla. Je compris qu'ils déclinaient quelque invitation d'hospitalité ou de lunch. L'autre n'insista point davantage, et tout le monde sortit.

Wilhelm chargea la malle de Doniphan sur le siège de la voiture.

— Nicolas, me dit Lerne, je reconduis ces messieurs jusqu'à leur wagon. Tu resteras ici avec Johann et Wilhelm. Karl et moi nous rentrerons à pied. Je te confie la maison ! lança-t-il d'un ton enjoué…

Et il me donna une franche poignée de main.

Mon oncle se gaussait-il de moi ? La belle souveraineté sous la férule de deux surveillants !

On monta dans le breack. Devant : Karl et la malle. Derrière : Lerne et l'aliéné faisant vis-à-vis aux Mac-Bell lucides.

La portière claquait déjà, lorsque Doniphan se dressa d'un jet, avec un visage d'épouvante, comme s'il entendait la Mort aiguiser sa faulx : — un long hurlement, reconnaissable entre tous, montait du laboratoire… Le fou en indiqua la direction et répondit à Nelly par un cri bestial, prolongé, dont l'horreur nous fit tous pâlir…, nous en attendions la fin à l'égal d'une délivrance.

Lerne, l'œil énergique et le verbe cassant, ordonna :

— *Vorwärtz ? Karl ! Vorwärtz !* — et, sans ménagements, d'une bourrade, il repoussa son élève sur la banquette.

La voiture s'ébranlait. Le fou, tapi contre son frère, le regardait d'un air égaré, sous le coup, semblait-il, d'un malheur incompréhensible.

L'effrayant Inconnu se rappelait à moi. Il rôdait aux alentours, de plus en plus proche ; cette fois, je l'avais senti me frôler.

Au loin, les hurlements redoublaient. Alors, dans le breack en marche, M. Mac-Bell père s'exclama :

— *Ho ! Nelly ! where is Nelly ?*

Et mon oncle répondit :

— *Alas ! Nell'is dead !*

— *Poor Nelly !* fit M. Mac-Bell.

Si cancre que je fusse, je savais assez d'anglais pour traduire ce dialogue de manuel élémentaire. Le mensonge de Lerne m'indigna : oser soutenir que Nelly était morte ! que cette voix n'était pas la sienne ! Quelle imposture ! — Ah ! pourquoi n'ai-je pas crié à ces gens flegmatiques : « Arrêtez ! vous êtes bafoués ! il y a ici Je ne sais quoi de terrible... » Oui, mais voilà : je ne savais quoi..., les Mac-Bell m'auraient pris pour un autre dément...

Cependant la rosse de louage trottinait vers le portail où Barbe se tenait, prête à le refermer. Doniphan s'était rassis. En face de lui, MM. Mac-Bell père et frère gardaient leur dignité compassée, mais, comme la voiture tournait dans la porte, je vis le dos paternel, subitement voûté, frémir plus que de raison aux cahots des pavés...

Les vantaux séniles et geigneux s'emboîtèrent.

Je suis sûr que M. Mac-Bell frère n'aura pas sangloté beaucoup plus tard.


Johann et Wilhelm s'en furent.

Allaient-ils me soulager de leur compagnie » Je les « filai » le long de la pâture jusqu'au laboratoire. Nelly continuait ses lamentations : ils voulaient probablement lui imposer silence. En effet, elle se tut dès l'entrée des aides dans la cour. Mais, à l'inverse de mes craintes, au lieu de remonter vers le château afin de m'y cantonner, mes drôles, ayant allumé des cigares, s'installèrent sans vergogne pour un ostensible farniente. Par une fenêtre ouverte de leur pavillon, je les apercevais, en manches de chemise, fumant à bouffées de steamer au tangage des rocking.

Quand je fus assuré de leurs intentions — sans me demander s'ils agissaient ainsi contre les vœux de Lerne ou bien selon sa tolérance, à mille lieues de penser qu'en pétunant à la fenêtre ouverte, ils exécutaient point par point ses instructions — je me rendis à la cabane aux outils.

Bientôt je piochais le sol autour de la vieille chaussure, je puis dire maintenant : autour du *pied*.

La pointe en haut, il s'érigeait au fond d'un entonnoir où les ongles de Doniphan se marquaient encore parmi d'autres attestations plus anciennes de grattage. Seulement, à considérer celles-ci, laissées par des pattes griffues et puissantes, le premier fouilleur avait été un chien de grande taille, apparemment Nelly, du temps qu'elle errait dans le parc en toute liberté.

Une jambe tenait à ce pied, enterrée superficielle ment. Je me raccrochai à la possibilité d'un débris anatomique, mais sans conviction.

Un torse velu suivait la jambe. Tout un cadavre, à peine vêtu, en fort mauvais état. On l'avait enseveli de biais ; la tête, plus bas que les pieds, restait encore enfouie. Ce fut d'une bêche vacillante que je débarrassai le menton, des favoris presque bleus, puis une moustache épaisse, enfin le masque…

Je savais à présent la destinée de tous les personnages groupés sur la photographie. Otto Klotz, à demi exhumé, le front dans la glèbe, gisait devant moi. Je l'idendifiai sans hésiter ; il était superflu de le dégager complètement ; au contraire, mieux valait recombler la fosse pour ne laisser nul témoignage de l'équipée…

Pourtant, tout d'un coup, je repris la pioche avec frénésie et recommençai de creuser à côté du trépassé. Là surgissait un os, arrondissant, comme un champignon vénéneux, son apophyse blanchie et déjà spongieuse… Est-ce que… la… d'autres sépultures ?… Oh !…

Je creusais. Je creusais… j'avais la fièvre. Des flocons éblouissants papillotaient devant mes yeux, et, Pentecôte de ma rétine affolée, il me parut qu'il neigeait des langues de feu…

Je creusais… je creusais… et je découvris tout un cimetière à fleur de sol ; mais, grâce à Dieu ! un cimetière d'animaux : les uns squelettes ; d'autres dans leur plume ou leur poil, secs ou nauséabonds ; cochons d'Inde, lapins, chiens, chèvres, entiers parfois, souvent réduits à de simples morceaux dont le reste avait nourri la meute ; une jambe de cheval — mon cher Biribi, c'était la tienne ! — ; et, sous une couche de terre fraîchement remuée, abats de boucherie empaquetés dans une peau bicolore : la dépouille de Pasiphaé…

Un relent fétide m'emplit la gorge. Épuisé, je m'appuyai sur ma pioche immonde, au milieu du charnier. La sueur dont je ruisselais me piqua les prunelles. Je soufflai.

Et dans ce temps-là, mes regards se posèrent au hasard sur un crâne de chat. Aussitôt je le ramassai. Une vraie tête de pipe ! c'est-

à-dire qu'un grand trou circulaire le décalottait… J'en pris un autre
— de lapin, si j'ai bon souvenir — : même singularité ; quatre, six,
quinze autres : tous les crânes évidaient leur boîte béante, avec
quelque diversité dans la disposition de l'ouverture. De-ci de-là,
des couvercles osseux jonchaient la clairière de leurs coupes vastes
ou minimes, profondes ou plates. On aurait dit que toutes ces bêtes
avaient été assommées à l'emporte-pièce, dans une hécatombe
exacte, un sacrifice raisonné…

Et soudain, une idée ! une idée atroce !

Je m'accroupis sur le mort, et j'achevai de lui débourber la tête.
Rien d'anormal par devant ; les cheveux ras. Mais par derrière, enveloppant l'occiput comme la cicatrice de Mac-Bell, d'une tempe à
l'autre, une horrible coupure exposait le crâne fendu…

Lerne avait tué Klotz !… Il l'avait supprimé, à cause d'Emma, de la
même façon qu'il biffait de la vie bestiaux et volailles quand il avait
épuisé en eux la force d'endurer ses expériences ! C'était le crime
chirurgical. Je me figurai le mystère percé de part en part.

« À mon sens, pensai-je, la folie de Mac-Bel] provient de ceci :
que Lerne l'a manqué, de ceci : que le malheureux a vu la mort
épouvantable s'approcher, fondre sur lui… Mais, au fait, pourquoi mon oncle l'a-t-il manqué ?… Sans doute, en plein travail funèbre — qu'il attaqua sans réfléchir, guidé par sa fureur aveugle et
l'amour aux yeux bandés — a-t-il vu clair subitement, et redouté
les représailles de la famille Mac—Bell… Klotz, lui, était orphelin
et célibataire, Emma l'affirme, — aussi le voilà !… Et c'est le même
sort qui m'attend ! qui l'attend peut-être, elle, si l'on nous trouve
ensemble !… Ah, fuir ! fuir à tout prix, elle et moi ! fuir, c'est la
seule chose raisonnable ! Justement l'occasion nous favorise. Se re-
présentera-t-elle jamais ? Il nous faut partir et gagner la station à
travers la forêt pour éviter Lerne et Karl en train de revenir par le
chemin droit. Mais le labyrinthe ?… Serait-il préférable d'utiliser
l'automobile et de leur passer sur le corps ? Je ne sais… nous verrons bien. Arriverai-je à temps ? Vite, pour Dieu, vite ! »

Je courais à perdre haleine, luttant de vitesse avec la Camarde rapide, légère, invisible ; je courais, deux fois tombé, deux fois relevé,
râlant la terreur d'en être distancé…

Le château ! — Pas de Lerne encore ; son feutre n était pas accroché à la patère habituelle dans le vestibule. J'avais gagné la première manche, La deuxième consistait à nous évader avant son retour.

L'escalier gravi, le palier franchi, la garde-robe traversée d'un bond, je fis irruption dans la chambre d'Emma.

— Partons ! bégayai-je. Viens, mon amie !… Viens donc ! Je t'expliquerai… On assassine à Fonval !… Qu as-tu ?… Quoi ?…

Elle restait figée devant mon tumulte, toute droite.

— Comme tu es blanche ! ne l'effraie pas…

Alors, mais seulement alors, je m'aperçus que la peur la possédait, et qu'avec des yeux terrifiés et une bouche exsangue, son pauvre visage de morte me faisait signe de me taire, et dénonçait l'imminence d'un grand péril, là, tout près… trop près pour qu'elle pût m'en avertir du geste ou de la voix, sans que l'ennemi à l'affût ne s'en vengeât sur elle.

Rien ne se passait pourtant… D'un coup d'œil j'embrassai la chambre paisible. Tout m'y sembla mystérieux ; l'air lui-même était un fluide hostile, une onde irrespirable où je naufrageais. Ce qui pouvait arriver derrière moi m'épouvantait. J'attendais une apparition de légende…

Et elle fut plus terrible que le jaillissement de Méphistophélès, celle de Lerne sorti bourgeoisement d'une armoire.

— Tu nous as fait attendre, Nicolas, dit-il.

J'étais atterré. Emma s'abattit, écumante et contournée, roulant sa crise de nerfs sous les meubles bousculés.

— *Jetzt !* s'écria le professeur.

Un froissement d'étoffes bruit dans la chambre voisine. J'entendis tomber des mannequins. Wilhelm et Johann se jetèrent sur moi.

Lié. Pris. Perdu.

Et l'affre des supplices me rendit lâche.

— Mon oncle ! suppliai-je, tuez-moi tout de suite ! je vous en conjure ! Pas de tourments ! Une balle de revolver, dites ! ou du poison ! Tout ce que vous voudrez, mon bon oncle, mais pas de tourments !…

Lerne ricanait en fouettant d'une serviette humide les joues d'Emma.

Je me sentais devenir fou. Qui sait si la raison de Mac-Bell n'avait pas sombré dans un moment analogue ?… Mac-Bell… Klotz… les bêtes… L'hallucination me fit éprouver une douleur coupante qui emboîtait mon crâne d'une tempe à l'autre…

Les aides me descendirent, Johann à la tête, Wilhelm aux pieds. — S'ils allaient tout simplement me mettre au secret dans une pièce verrouillée ? Un neveu, que diable ! ça ne s'égorge pas comme un poulet…

Ils prirent le chemin du laboratoire.

À travers une défaillance, toute ma vie, jour à jour, défila, le temps d'un battement de cœur.

Le professeur nous rejoignit. On dépassa le pavillon des Allemands ; nous cotoyâmes le mur de la cour ; Lerne ouvrit une porte charretière au rez-de-chaussée du pavillon de gauche, et je fus déposé, sous la salle aux appareils, dans une sorte de buanderie, nue autant qu'un sépulcre et pavée du haut en bas de carreaux blancs. Un rideau de grosse toile, suspendu à une tringle par des anneaux, la partageait en deux réduits d'égale dimension. L'atmosphère en était pharmaceutique. Il y faisait très clair. On avait dressé contre la muraille un petit lit de sangle que Lerne me signala en disant :

— Ta couverture est faite depuis longtemps, Nicolas…

Puis mon oncle donna des instructions en allemand. Les deux aides, m'ayant délié, me déshabillèrent. Inutile de résister.

Quelques minutes après, j'étais confortablement couché, les draps au menton et bordé serré. Johann me veillait, seul, à califourchon sur un escabeau, l'unique ornement de ce lieu dont j'interrogeai l'austérité.

Le rideau, tiré d'un côté, laissait voir une autre porte à deux battants, celle de la cour. En face de moi, dans la baie, je voyais s'étager mon ami le sapin…

Ma tristesse augmenta. J'avais la bouche mauvaise, comme si elle eût dégusté sa prochaine décomposition. Oh ! dire que tout à l'heure, la dégoûtante chimie préluderait peut-être !…

Johann jouait avec un revolver et m'ajustait à chaque instant, ravi de l'excellente farce. Je me retournai du côté de la muraille, et cela fut cause que je découvris une inscription gravée en lettres difformes au vernis du carrelage, à l'aide — c'est du moins ma pensée — d'un chaton de bague :

GOOD BYE FOR EVERMORE, DEAR FATHER. DONIPHAN.

Adieu pour toujours, cher père. Doniphan. — Malheureux ! On l'avait aussi couché sur ce lit… Klotz également… Et qui prouvait que mon oncle n'eût fait que ces deux victimes avant moi ?… Mais je m'en Souciais si peu, si peu…

Le jour baissa.

Il y avait des allées et venues précipitées au-dessus de nous. Le soir les fit ralentir, et cesser. Puis Karl, revenu de Grey-l'Abbaye, releva Johann de sa faction.

Presque aussitôt, Lerne me fit plonger dans un bain et m'ingurgita de force un breuvage amer. Je reconnus le sulfate de magnésie. Plus de doute : on allait me charcuter ; c'étaient là les prémices d'une opération : nul ne l'ignore plus en ce siècle de l'Appendicite. Ce serait pour le lendemain matin… Qu'allait-on essayer sur mon corps avant de l'achever ?…

Seul avec Karl.

J'avais faim. — Non loin de moi, la misérable basse-cour faisait son murmure : susurrement de paille remuée, caquets peureux, aboiements retenus. — Les bestiaux mugissaient,

La nuit.

Lerne entra, J'étais démesurément agité. Il me tâta le pouls.

— As-tu sommeil ? me demanda-t-il.

— Brute ! répondis-je.

— Bien. Je vais t'administrer un calmant.

Il me le présenta. Je le bus. Cela sentait le chloral.

Encore seul avec Karl.

Chants des crapauds. Lumières des étoiles. Aurore de la lune. Lever de son disque rougeoyant. Mystique Assomption de l'astre, d'astre en astre… Toute la beauté de la nuit… Une prière oubliée, une oraison de petit enfant, monta de ma détresse vers le paradis, ce mythe d'hier, à présent certitude. Comment avais-je pu douter de son existence ?…

Et la lune erra dans le firmament comme une auréole en quête d'un front.

Il y avait bel âge que mes paupières ne s'étaient closes sur des larmes…

Je m'assoupis en proie au délire. Un bourdonnement prenait des proportions de vacarme. (Il y a des bruissements quasi impercep-tibles qui semblent le tonnerre de cataclysmes très lointains)... On brassait de la paille. Cette basse-cour était assommante !... Le tau-reau beuglait. J'avais même l'illusion qu'il beuglait de plus en plus fort. Est-ce que, chaque soir, on le rentrait, lui et les vaches, dans une étable de cette ferme étrange ?... Bah !... Que de tintamarres, bon Dieu !

Ce fut en divaguant de la sorte que, sous l'influence du narcotique, irrémissiblement condamné à mort ou voué à la folie, je m'endor-mis d'un sommeil écrasant et artificiel qui dura jusqu'au matin.


Quelqu'un me toucha l'épaule.

Lerne, en blouse blanche, était debout près du lit.

Mon sentiment du coupe-gorge renaquit, instantané, limpide et complet.

— Quelle heure est-il ? Vais-je mourir ?... Ou bien votre besogne est-elle finie ?

— Patience, mon neveu ! rien n'est commencé.

— Qu'allez-vous faire de moi ? Est-ce que vous allez m'inoculer la peste ?... la tuberculose ?... le choléra ?... Dites, mon oncle ?... Non ? Alors quoi ?

— Allons, pas d'enfantillages ! dit-il.

Et s'étant effacé, il démasqua une table opératoire qui, juchant sur des tréteaux étroits une façon de claie en grillage, avait l'air d'un chevalet de question. L'attirail des instruments, l'appareil des bocaux luisaient au soleil levant. L'ouate hydrophile posait sur un guéridon sa nuée laineuse. Les deux sphères nickelées, au bout de leurs supports, bombaient des casques de scaphandre : un réchaud brûlait sous chacune d'elles.

Ma stupeur confinait à l'évanouissement.

À côté, derrière le rideau cette fois tendu et frissonnant, on s'af-fairait. Il vint de là une odeur pénétrante d'éther. Les secrets ! les secrets jusqu'à la fin !

— Qu'y a-t-il derrière ceci ? m'écriai-je.

Entre le mur et le rideau, Karl et Wilhelm passèrent, évacuant le cabinet ainsi aménagé dans l'autre moitié de la salle. Ils avaient mis des blouses blanches, eux aussi. — Ce n'était donc que les aides…

Mais Lerne avait saisi quelque chose, et je sentis sur ma nuque le froid de l'acier. Je poussai un cri.

— Imbécile ! dit mon oncle, c'est une tondeuse.

Il me coupa les cheveux, puis me rasa de près le cuir chevelu. À chaque toucher du rasoir, je croyais le fil dans ma chair.

Ensuite on me savonna de nouveau le crâne, on le rinça, et le professeur, au moyen d'un crayon gras et d'un compas d'épaisseur, couvrit ma calvitie de lignes cabbalistiques.

— Enlève ta chemise, me dit-il ; attention, ne brouille pas mes repères !… Étends-toi là-dessus maintenant.

Ils m'aidèrent à me hisser sur la table. On m'y attacha solidement, les bras sous la claie.

Où donc était Johann ?

Karl m'appliqua sans prévenir une espèce de muselière. Un effluve d'éther pénétra mes poumons. — Pourquoi pas du chloroforme ? pensai-je.

Lerne recommanda :

— Respire à fond, et régulièrement, c'est pour ton bien… Respire ! J'obéis.

Une seringue effilée aux doigts de mon oncle. Aïe ! Il m'en avait piqué, au cou. Je mâchonnai, la langue et les lèvres en plomb :

— Attendez ! je ne dors pas encore !… Qu'est-ce que ce… virus ?… la syphilis ?

— Morphine simplement, dit le professeur.

L'anesthésie me gagnait.

Une autre piqûre, à l'épaule, très vive.

— Je ne dors pas ! Attendez, pour Dieu !… Je ne dors pas !

— C'est ce que je voulais savoir, grogna mon bourreau.

Depuis quelques moments, une consolation adoucissait ma torture. Les préparatifs crâniens ne démontraient-ils pas qu'on allait m'occire sans plus tarder ?… Pourtant Mac-Bell avait survécu à la trépanation…

Je m'éloignais en moi-même. Des clochettes argentines tintinnabulèrent gaiement un chœur céleste, dont je ne me suis jamais souvenu malgré qu'il me parût inoubliable.

Nouvelle piqûre à l'épaule, à peu près insensible. Je voulus redire que je ne dormais pas : vains efforts ; mes paroles résonnaient sourdement, submergées, tout au fond d'une mer envahissante ; elles étaient déjà mortes, moi seul je les distinguais encore.

Les anneaux cliquetèrent le long de la tringle.

Et, sans souffrir, au seuil du Nirvâna postiche, voilà ce dont j'ai eu l'intuition : Lerne pratique de la tempe droite à la tempe gauche, par l'occiput, une longue incision, un scalpe inachevé, et il rabat tout le lambeau découpé devant la figure, la peau du front faisant charnière. D'en face, on doit me voir la tête sanglante et confuse que j'ai remarquée au singe...

— Au secours ! je ne dors pas !

Mais Les clochettes d'argent m'empêchent de percevoir mes appels. D'abord ils sont trop loin sous la mer, cet puis maintenant les clochettes sonnent à tout rompre, comme des bourdons carillonneraient, formidablement. Et c'est moi qui enfonce, à mon tour, dans l'océan d'éther...

Suis-je ou non ? Je suis... je suis un mort qui a conscience d'être mort... même plus...

Le néant.


# X. L'OPÉRATION CIRCÉENNE


Je rouvris les yeux sur des ténèbres hermétiques où régnait aussi, dans le désert des bruits, le silence des odeurs. Je voulus redire : « Ne commencez pas ! je suis encore éveillé ! » Mais aucune parole ne résonna ; délire de la nuit se prolongeait : il me sembla que le mugissement s'était rapproché, au point de l'entendre en moi-même... Impuissant à maîtriser l'émeute de mes sens, je me tins coi.

Et grandit alors cette assurance que la chose mystérieuse était consommée.

Peu à peu les ténèbres se dissipèrent. L'ataraxie prenait fin. À mesure que ma cécité se guérissait, des senteurs et des sons toujours plus nombreux faisaient comme une foule heureuse qui vient. Béatitude. Oh ! rester, rester ainsi !…

Mais cette agonie à rebours s'avançait malgré moi, et la vie me reprit.

Cependant les objets, distincts à présent, demeuraient difformes, sans relief, et bizarrement colorés. Ma vision embrassait un large espace, un champ plus vaste qu'auparavant ; — je me rappelai l'influence de certains anesthésiques sur la dilatation de la pupille, phénomène qui entraînait sans doute ces perturbations de la vue.

Je constatai néanmoins sans trop de difficulté qu'on m'avait enlevé de la table et couché par terre, de l'autre côté de la chambre ; et, en dépit de mon œil qui fonctionnait à la manière d'une lentille déformante, je parvins à reconnaître la situation.

Le rideau n'était plus tendu. Lerne et ses aides, groupés autour de la table opératoire, s'y livraient à certaine besogne que leur réunion me dissimulait, — probablement le nettoyage des outils. Par la porte grande ouverte, on découvrait le parc et, à vingt mètres à peine, un coin de pâturage où les vaches nous regardaient, ruminantes et beuglantes.

*Seulement*, j'aurais pu me croire transporté dans le tableau le plus révolutionnaire de l'école impressionniste. L'azur du ciel, sans perdre sa profondeur lucide, s'était mué en une belle teinte orangée ; la pâture, les arbres, au lieu de verts me semblaient rouges ; les boutons d'or de la prairie étoilaient de violettes un gazon vermillon. Tout avait changé de couleur, — sauf pourtant les choses noires et blanches. Les pantalons obscurs des quatre hommes s'obstinaient à rester comme devant ; de même leurs blouses. Mais ces blouses blanches étaient souillées de taches… vertes ! or, des flaques, vertes aussi, miroitaient sur le sol : et qu'est-ce que ce liquide pouvait être, sinon du sang ? et quoi d'étonnant à ce qu'il me parût vert, puisque la verdure me donnait une sensation de rouge ?… Il exhalait, ce liquide, un arome violent qui m'aurait chassé bien loin à si j'eusse été capable de bouger. Et pourtant son fumet n'était pas celui que j'avais coutume d'attribuer au sang… je ne l'avais *jamais* respiré…., non plus que tous… ces autres parfums… ; non plus que mes oreilles ne se souvenaient d'avoir accueilli des sonorités pareilles à celles-ci…

Et la fantasmagorie de persister, et l'aberration de mes sens de ne point se dissiper avec les vapeurs éthérées !

J'essayai de combattre l'engourdissement. Impossible.

On m'avait allongé sur une litière de paille... de la paille évidemment... mais de la paille *mauve* !...

Les opérateurs me tournaient toujours le dos, excepté Johann. De temps en temps, Lerne jetait dans une cuvette de l'ouate mouillée de sang vert...

Johann s'aperçut le premier de mon réveil, et il en fit part au professeur. Il y eut alors, à mon adresse, un mouvement de curiosité générale qui, désagrégeant l'assemblée, me permit de voir un homme tout nu lié à la table, les mains sous la claie, immobile et blanc, cireux, cadavérique, la moustache noire pâlissant encore sa pâleur, et la tête enveloppée d'un pansement moucheté de... enfin, d'éclaboussures vertes. Sa poitrine se soulevait en mesure ; il aspirait l'air à pleins poumons, les ailes du nez battant à chaque inhalation.

Cet homme — je fus quelque temps à l'accepter —, c'était moi.

Quand je fus certain que nulle glace ne me renvoyait ma propre image, — contrôle aisé, — Il me vint à l'esprit que Lerne avait dédoublé mon être, et que maintenant j'étais deux...

Ou plutôt ne rêvais-je pas ?

Non ; à coup sûr. Mais, jusqu'à présent, l'aventure ne dépassait point le bizarre : je n'étais ni mort ni fou, — et cette évidence me ragaillardit au suprême degré. (Que l'on proteste à volonté contre la certitude où j'étais d'avoir toute ma raison. L'avenir devait confirmer ce jugement téméraire).

L'opéré venait de hocher la tête. Wilhelm le détacha, et j'assistai au réveil défaillant de mon sosie. Ayant ouvert des yeux d'aveugle, il dodelina de la tête d'un air idiot, caressa les bords de la table, et s'assit. Il avait bien mauvaise mine. Je n'admettais pas que ma ressemblance pût manifester un tel abrutissement,

On coucha le malade dans le petit lit de sangle. Il se laissa dorloter. Mais bientôt des nausées douloureuses le firent panteler, me certifiant l'absence totale de communications entre lui et moi, puisque je ne souffrais nullement de ses incommodités, — si ce n'est mentalelement et par l'effet d'une compassion fort naturelle envers un gentleman aussi comparable à moi-même.

Hé mas !… comparable ?… n'était-ce là qu'une réplique de mon corps ? ou mon corps en personne ?… Bast ! absurde : je sentais, voyais, entendais, — fort mal, à vrai dire, — assez, toutefois, pour être convaincu de posséder un nez, des yeux et des oreilles : Je fis un effort, et des cordes me scièrent les membres : j'avais donc une chair, veule et gourde, mais une chair… Mon corps était ici et non là-bas !…

Le professeur annonça qu'on allait me délier.

Le réseau de chanvre se desserra. La hâte m'aiguillonnait. Je fus debout d'une secousse, et une impression complexe répandit la terreur dans mon âme et la fit chavirer. Dieu ! que j'étais lourd et petit !… Je voulus me regarder : il n'y avait rien au-dessous de ma tête. Et, comme je la courbais davantage avec beaucoup de peine, je vis, à la place de mes pieds, deux sabots fourchus terminant des jambes noires et cagneuses, couvertes d'un poil serré.

Un cri m'enfla la gorge… et ce fut le beuglement de Le la nuit qui éclata dans ma bouche, fit trépider la maison et se répercuta de loin en loin aux parois infranchissables des rochers.

— Tais-toi donc, JUPITER ! fit Lerne, tu fatigues ce pauvre Nicolas qui a besoin de repos !

Et il montrait mon corps en alarme, soulevé sur le lit.

Ainsi donc, j'étais le taureau noir ! Lerne, le détestable magicien, m'avait changé en bête !

Il se divertit grossièrement. Les trois malandrins, serviles, se tenaient les côtes, pouffaient ; et mes yeux bovins apprirent à pleurer.

— Eh bien ! — dit l'enchanteur, comme répondant à la débâcle de mes pensées — eh bien ou ! tu es Jupiter. Mais tu as le droit d'en demander plus. Voici ton état-civil. Tu naquis en Espagne dans une célèbre ganaderia, et tu sors de parents notoires dont la postérité mâle succombe glorieusement, l'épée au garrot, sur le sable des arènes. Je t'ai ravi aux banderilles des toréadors. Votre race convenant à mes desseins, je vous ai achetés très cher, toi et les vaches. Tu me coûtes deux mille pesetas, le transport non compris. Il y a cinq ans et deux mois que tu es né ; tu peux donc vivre encore autant, pas davantage… si nous te laissons mourir de vieillesse. Somme toute, je t'ai acquis pour me livrer sur ton organisme à quelques expériences... Nous n'en sommes qu'à à la première.

Mon spirituel parent fut pris d'un accès de fou rire. Quand il eut épanché le trop plein de sa bonne humeur :

— Ha ! ha ! Nicolas !... Cela va bien, eh ? Pas trop mal, je suis sûr. Ta curiosité, fils de la Femme, ton infernale curiosité doit te soutenir, et je gage que tu es moins fâché qu'intrigué, hein ?... Allons, je suis bon prince, et, puisque te voilà discret, mon cher élève, écoute l'enseignement dont tu restes avide. Ne t'avais-je pas prédit : « Le moment s'approche où tu sauras tout. » Nicolas, tu vas tout savoir. Aussi bien me déplairait-il de passer pour un diable, un thaumaturge ou un sorcier. Ni Belphégor, ni Moïse, ni Merlin : — Lerne tout court. Ma puissance ne vient pas de l'extérieur, elle est mienne, et je m'en flatte. C'est ma science. Tout au plus pourrait-on rectifier que c'est la science de l'humanité, que j'ai continuée à mon heure et dont je suis le pionnier le plus avancé, le détenteur principal... Mais n'ergotons pas. Les pansements te bouchent-ils les oreilles ? Peux-tu m'entendre ?

Je fis un signe de tête.

— Bien. Écoute donc, et ne roule pas tes prunelles : tout va s'expliquer ; sapristi, nous ne Sommes a dans le roman !...

Les aides fourbissaient et rangeaient les ustensiles. Mon corps endormi ronflait. Ayant traîné l'escabeau près de moi, Lerne s'assit à ma hauteur et discourut en ces termes :

— D'abord, mon cher neveu, tout à l'heure j'ai eu tort de t'appeler Jupiter. Au sens étroit des mots, je ne t'ai pas métamorphosé en taureau, et tu es toujours Nicolas Vermont, car le nom désigne surtout la personnalité, qui est l'âme et non le corps. Comme, d'une part, tu as gardé ton âme, et que, d'autre part, l'âme a pour siège le cerveau, il t'est facile d'induire, en présence de ces instruments de chirurgie, que j'ai tout bonnement échangé la cervelle de Jupiter avec la tienne et que la sienne habite maintenant ta guenille d'homme.

» C'est là, me diras-tu, Nicolas, une plaisanterie assez interlope... Tu ne devines, au travers, ni l'objet grandiose de mes études, ni l'enchaînement des idées qui les a conduites. De cet enchaînement dérive pourtant cette petite bouffonnerie renouvelée d'Ovide ; mais il se peut qu'elle ne t'indique rien, car je ne m'y suis livré que subsidiairement. Si tu veux, nous la définirons : une pochade d'atelier.

» Non, mon but ne m'apparaît point sous cette forme, — drôlatique et maligne, tu en conviendras, — mais puérile et sans conséquences sociales ou industrielles de nature à être exploitées.

» Mon but, c'est *l'interversion des personnalités humaines,* — que j'ai tenté d'obtenir, en premier lieu, par l'échange des cerveaux.

» Tu sais ma passion invétérée pour les fleurs. Je les ai toujours cultivées avec frénésie. Ma vie d'autrefois était absorbée par l'exercice de mon état, rompu, le dimanche, de cette récréation : une journée de jardinage. Or, le passe-temps influa sur la profession, la greffe sur la chirurgie, et, à l'hospice. je fus enclin à m'adonner particulièrement aux greffes animales. Je m y spécialisai et m'y passionnai, retrouvant à la clinique l'enthousiasme de la serre. — Au début, même, j'avais obscurément pressenti entre les greffes animale et végétale un point de contact, un trait d'union que mon travail logique a précisé voilà peu de temps… Nous y reviendrons.

» Quand je m'engouai de la greffe animale, cette branche de la chirurgie languissait. Disons-le : depuis les Hindous de l'antiquité, premiers greffeurs en date, elle était restée stationnaire.

» Mais peut-être en oublias-tu les principes ? Qu'à cela ne tienne ! Rapprends-les :

» Elle est basée, Nicolas, sur ce fait : que les tissus animaux jouissent chacun d'une vitalité personnelle, et que le corps d'un animal vivant n'est que le milieu propre à la vie de ces tissus, milieu dont ils peuvent. sortir en survivant plus ou moins longtemps.

§ Les ongles et les cheveux poussent après le décès, tu ne l'ignores pas. C'est qu'ils survivent.

§ Un mort de cinquante-quatre heures, et qui n'aurait pas laissé de descendante, remplit encore la principale condition pour y porter remède. — Malheureusement, d'autres facultés essentielles lui manquent. On dit, cependant, que les pendus…

» Mais je reprends la suite des exemples :

§ Dans certaines exigences d'humidité, d'oxygénation, de chaleur, on a gardé vivants : une queue de rat coupée, sept jours ; un doigt amputé, quatre heures. Au bout de ces périodes ils étaient morts, mais, durant sept jours et durant quatre heures, habilement recollés, ils auraient continué de vivre.

» C'est le procédé mis en œuvre par les Hindous, qui réintégraient ainsi les nez abattus à titre de châtiment, où — si l'on avait brûlé ces appendices — les remplaçaient par des nez en peau de fesse, prélevés, mon cher Nicolas. au derrière mème du supplicié.

» L'opération ainsi effectuée rentre dans le premier cas de greffe animale et consiste à transplanter une partie d'un individu sur lui-même.

» Le deuxième consiste à réunir deux animaux par deux plaies, qui se soudent. On peut alors trancher à l'un le fragment de sa personne attenant à la soudure et qui, dorénavant, vivra sur l'autre.

» Le troisième consiste à transplanter sans pédicule une partie d'un animal sur un autre, toujours de telle sorte qu'elle y conserve sa vie propre. — C'est le plus élégant des trois. C'est celui-là qui m'a séduit.

» L'opération en était réputée scabreuse pour bien des motifs, dont le principal est qu'une greffe prend d'autant moins volontiers que les deux sujets en présence s'éloignent davantage l'un de l'autre dans l'échelle de la parenté. La greffe prospère à merveille sur un même animal, moins bien de père à fils, et de plus en plus mal de frère à frère, de cousin à cousin, d'étranger à étranger, d'Allemand à Espagnol, de nègre à blanc, de l'homme à la femme, et de l'enfant au vieillard.

» À mon entrée en lice, l'échange dont ils agit échouait entre les familles zoologiques et, à plus forte raison, entre les ordres et les classes.

» Cependant quelques expériences faisaient exception, sur les-quelles j'ai appuyé les miennes, voulant accomplir le plus afin de mieux réussir le moins, et entre-greffer le poisson et l'oiseau avant de cuisiner la seule humanité — Je dis : quelques expériences :

§ Wiesmann s'était arraché du bras une plume de serin qu'il y avait transplantée un mois auparavant et qui laissa une petite blessure saignante.

§ Boronio avait greffé l'aile d'un serin et la queue d'un rat sur une crête de coq.

» C'était peu de chose. Mais la nature m'encourageait elle-même :

§ Les oiseaux se croisent sans vergogne et font des hybrides nombreux qui m'attestaient la fusion possible des espèces.

§ Et puis, si l'on s'écarte encore de l'homme, les végétaux ont une force plastique considérable.

» Tel est, réduit à sa plus simple expression, l'abrégé de la situation que je trouvai et sur quoi j'ai tablé.

» Je vins ici pour travailler plus à l'aise.

» Et presque aussitôt, je fis de belles opérations. Elles sont célèbres. L'une surtout. Tu te la rappelles assurément.

» Lipton, le roi des conserves, le milliardaire américain, n'avait plus qu'une oreille et désirait la paire. Un pauvre diable lui vendit l'une des siennes au prix de cinq mille dollars. Je pratiquai la petite cérémonie. L'oreille transportée n'est morte qu'avec Lipton, deux ans plus tard, — d'une indigestion.

» C'est alors, pendant que l'univers applaudissait à mon triomphe, — et juste à ce moment où l'amour survenu m'incitait à gagner de l'argent pour qu'Emma fût somptueuse, — c'est alors que j'eus ma grande idée, fruit de ce raisonnement :

» Si un milliardaire, mécontent de son physique, paie cinq mille dollars la satisfaction de l'embellir un peu, que ne donnerait-il pas afin d'en changer tout à fait *et d'acquérir à son mot — à sa cervelle — un corps nouveau,* un habit plein de grâce, de vigueur et de jeunesse, à la place d'une vieille défroque malingre et repoussante ? — D'un autre côté, combien je sais de gueux qui livreraient leur anatomie splendide contre quelques années de ripailles !

» Et, remarque-le, Nicolas, cet achat d'un corps juvénile ne devait pas seulement fournir des agréments de souplesse, de chaleur et d'endurance, mais aussi l'avantage énorme que, dans un jeune milieu, l'organe transféré se régénère et se rajeunit ! Oh, je ne suis pas le premier qui l'avance, et Paul Bert admettait déjà la possibilité de greffer un organe sur plusieurs corps consécutifs, à mesure que chacun de ceux-ci aurait vieilli. De sorte que, par une suite de rajeunissements, il prévoyait qu'on pût faire VIVRE INDÉFINIMENT, à l'intérieur de constitutions successives, un même estomac, un même cerveau. C'était déclarer QU'UNE PERSONNALITÉ PEUT VIVRE INDÉFINIMENT au moyen d'une série d'avatars, un voyage à travers différentes carcasses dépouillées à propos.

» La découverte à faire dépassait mes espérances. Je ne poursuivais pas seulement *le choix d'une tournure sympathique* : JE TENAIS LE SECRET DE L'IMMORTALITÉ.

» L'encéphale étant la résidence du « moi » — car tu sais que la moelle épinière n'est qu'une transmission et un centre de réflexes — il ne s'agissait plus que de pouvoir le greffer.

» Certes, de l'oreille au cerveau il y a loin. Pourtant cette différence n'est que la question des degrés qui séparent : 1° la substance cartilagineuse de la matière nerveuse, et 2° l'article accessoire de l'organe principal. La logique soutenait mon assurance, et la logique se fondait sur des antécédents fameux, officiellement vérifiés :

1° § Outre leurs greffes de muqueuse, de peau, d'ergots, etc…, en 1861, Philippeaux et Vulpian remplacent de la matière nerveuse dans un nerf optique.

§ En 1880, Gluck échange quelques centimètres du nerf sciatique, chez une poule, contre des nerfs de lapin.

§ En 1890, Thompson enlève quelques centimètres cubes de cerveau à des chiens et des chats, et introduit dans la cavité ainsi obtenue la même quantité de substance cérébrale recueillie sur des chiens et des chats *ou sur des espèces différentes.*

» Nous voilà passés du cartilage au nerf, et de l'oreille au fragment de cerveau. — Occupons - nous maintenant de la difficulté du second ordre :

2° § Les jardiniers greffent couramment des organismes tout entiers.

§ En plus des doigts, des queues et des pates, Philippeaux et Mantegazza ont greffé des organes assez importants : rates, estomacs, langues. Ils font d'une poule un coq, par fantaisie. On a même essayé la greffe du pancréas et de la thyroïde.

§ Orrel et Guthrie, en 1905, à New-York, croient pouvoir substituer les veines et les artères des animaux à celles de l'homme.

» Nous avons franchi la distance de l'accessoire au principal.

§ Enfin, Mantegazza prétendait avoir greffé des moëlles et des *cerveaux* de grenouille !…

» Ces observations me prouvèrent abondamment que mes projets étaient réalisables. Donc je les réaliserais.

» J'abordai mon labeur.

» Un obstacle m'arrêta : l'emploi du pédicule étant : impraticable, il arriva que le corps et le cerveau, une fois séparés, succombaient l'un ou l'autre, ou tous les deux, avant d'avoir été mis en contact avec leurs nouveaux compagnons.

» Mais ici encore les faits m'enhardissaient.

» En ce qui concerne le corps :

§ Un animal vit très bien avec un seul lobe cérébral. Tu as vu tournoyer un pigeon privé des trois quarts de son encéphale.

§ Souvent des canards décapités volent au loin, à des cent mètres du billot où leur chef demeure, tranché.

§ Une sauterelle a vécu sans tête pendant quinze jours. Quinze ! C'est une expérience avérée.

» En ce qui concerne l'organe, il y avait les constatations déjà citées.

» Cela me portait à penser que le cerveau et le corps, traités convenablement, devaient pouvoir vivre, chacun de son côté, les quelques minutes de séparation indispensables au travail.

» Quoi qu'il en fût, les lenteurs de la trépanation me provoquèrent, dans le principe, à échanger, non les cervelles, mais les têtes, sachant de Brown-Séquard qu'une tête de chien étant injectée de sang oxygéné avait survécu un quart d'heure à la décollation.

» De cette époque datent des êtres hétéroclites : un âne à tête de cheval, une chèvre à tête de cerf, que j'aurais aimé conserver parce que les bêtes qui les composaient s'éloignaient assez l'une de l'autre, tout en faisant partie de la même famille, — éloignement que je n'ai jamais pu augmenter par ce procédé. Hélas ! la nuit de ton arrivée, Wilhelm a laissé des portes ouvertes, et ces monstres, dignes du *docteur Moreau*, ont pris la clef des champs avec beaucoup d'autres sujets en observation. Tu peux te vanter d'être tombé à Fonval comme un épagneul dans un jeu de croquet…

» Je reprends. Mais, pour éviter de surmener l'attention d'un convalescent, je tairai, quant aux détails, l'abandon de cette première méthode, la trouvaille du trépan Lerne à scie circulaire extra-rapide, celle des globes garde-cerveaux ou méninges artificielles, celle de l'onguent à souder les nerfs, l'utilité reconnue de l'injection de morphine préconisée par Broca pour rétrécir les vaisseaux et perdre moins de sang, l'usage accepté de l'éther comme anesthésique, la manipulation des encéphales destinée à les accommoder rigoureusement aux crânes, etc, etc...

» Grâce à tout cela, j'intervertis les personnages d'un... (ah ! je ne trouve jamais ce nom-là !)... d'un... écureuil et d'un ramier, — ce n'était pas mal, — puis ceux d'une fauvette et d'une vipère, et ceux d'une carpe et d'un merle : sang chaud et sang froid, — c'était parfait. En regard de ces prodiges, mon but, la substitution humaine, devenait une amusette.

» Sur ce, Karl et Wilhelm s'offrirent à tenter l'épreuve convaincante. Ce fut épique. Otto Klotz m'avait quitté, hum ! Mac-Bell n'était pas sûr : j'opérai seul avec le secours de Johann et de machines auto-mattiques.

» Succès.

» Ah ! les braves gens !... Qui supposerait qu'on les a amputés de tout le corps ? Et cependant chacun, depuis ce jour, habite la maison charnelle de son ami. Regarde !

Il appela les aides, et, soulevant leurs cheveux, mit en lumière la cicatrice violacée. Les deux Allemands se sourirent, et je ne pus m'empêcher de les admirer. Lerne reprit :

— Ma fortune était donc faite, et, tout ensemble, j'assurais ma gloire, le bonheur d'Emma et son amour, qui est mon bien le plus inestimable, Nicolas !

» Mais, la découverte une fois certaine, il fallait l'appliquer.

» À la vérité, un point noir me chagrinait. Je veux parler de l'influence du moral sur le physique et vice versa. Au bout de quelques mois, mes opérés se modifiaient. Avais-je doué leur corps d'une mentalité plus fine que la première, celle-ci ruinait celui-là, et j'ai vu, entre autres, des porcs au Cerveau de chien devenir souffreteux, décharnés, et mourir très rapidement. Au contraire, les intellects plus épais que leurs prédécesseurs se laissent dominer par le corporel, et l'animal composite devient alors de plus bête en plus gras. C'est une règle inéluctable, Parfois aussi la chair impérative

refaçonne l'esprit selon ses instincts de matière brutale : un de mes loups, mon cher, instaura la cruauté dans la cervelle d'un mouton !
— Mais cet inconvénient ne devait-il pas chez mes clients futurs, — les hommes, — se ramener à d'insaisissables écarts de santé ou de caractère ? Cela était dérisoire et ne m'arrêta nullement.

» Insoucieux de laisser Mac-Bell auprès d'Emma, je l'expédiai en Écosse, et je cinglai vers l'Amérique, le pays des audaces, des milliards et de l'oreille recollée, qui me parut le meilleur terrain de culture. Il y a deux ans.

» Le lendemain du débarquement, je disposais de trente-cinq chenapans, résolus à dévêtir une architecture impeccable au profit de trente-cinq milliardaires généreux qu'il me fallait connaître, pressentir, endoctriner, convaincre.

» Échec.

» J'avais commencé par les plus affreux et les plus cacochymes.

» Les uns m'ont traité de fou et mis à la porte.

» D'autres se sont fâchés, et, me toisant d'un œil majestueux et louche, poitrinant d'un poussif et débile thorax, ou campés sur des jambes torses, ils s'étonnaient qu'on les pût trouver laids.

» Des moribonds étaient certains de guérir, plus certains que de ne pas défuncter sous l'éther.

» Il y en eut qui prirent peur : C'était tenter Dieu ! » Ils s'écartaient de moi comme du Diable, et certains m'auraient aspergé d'eau bénite… J'eus beau leur objecter que l'homme se modifie plus complètement au cours de sa vie qu'ils ne changeraient sous mon bistouri, et que la morale religieuse à fait du chemin depuis 1670 où fut excommunié ce Russe dont le crâne avait été rapiécé avec un os de chien… Rien n'y fit.

» Beaucoup sentencièrent aussi : « On sait ce qu'on a, on ne sait pas ce qu'on prend. »

» Le croirais-tu ? les femmes ont failli me sauver ! Elles aspiraient en foule à devenir des hommes. Par malheur, mes chenapans, — sauf deux ou trois, les plus intrépides, — refusèrent catégoriquement d'adopter le sexe féminin.

» En désespoir de cause, je faisais briller l'alléchante perspective de la vie indéfinie reprenant son élan à chaque nouvelle incorporation : — « La vie, m'ont répondu des septuagénaires, est déjà trop longue telle Dieu l'a bornée. Nous ne souhaitons plus rien, que périr. » — « Mais je vous rendrai tous les désirs en même temps que la jeunesse ! » — « Grand merci ! le sort de nos désirs est d'être inexaucés… »

» Parmi les adultes, je m'entendis souvent répliquer : « Le charme de l'expérience acquise vaut bien qu'on la préserve de tout amoindrissement, et qu'on ne risque point de la diminuer par la fougue novice et la témérité d'un sang adolescent. »

» Il se trouva néanmoins quelques émules de Faust pour signer le pacte de jouvence.

» Mais tous ces nababs pressentis m'opposèrent la même objection : le danger de l'opération, la déraison d'aventurer la vie dans la convoitise de la vie. Vois-tu, Nicolas, ne se laissent vraiment opérer sans arrière-pensée que les jeunes gens à l'article de la mort et conscients de leur état.

» Ayant compris la nécessité de supprimer le péril appréhendé, Je me sentis prêt à de nouvelles études, oh ! bien désillusionné ! sachant dès lors, en cas d'une seconde découverte, combien serait infime le nombre de mes clients, mais le sachant aussi très suffisant à établir ma fortune et mon bonheur. Seulement, ils étaient renvoyés aux calendes grecques.

» Je revins à Fonval, amer et taciturne, la rage au cœur. Emma et Doniphan ne pouvaient rencontrer plus implacable justicier. Je les ai surpris ; je me suis vengé. Tu as deviné, n'est-ce pas ? Hier, les deux Mac-Bell ont emmené le cerveau de Nelly, et l'âme de Doniphan loge dans le Saint-Bernard. Le même châtiment vous attendait tous deux pour une même faute. Salomon n'eût pas mieux jugé, ni Circé mieux exécuté.

» Or çà, mon neveu, j'ai travaillé, et, — malgré ton intrusion et la surveillance de tes actes à laquelle je me suis astreint, — dans quelques jours peut-être j'inaugurerai le transport des personnalités *sans intervention chirurgicale.*

» J'ai eu l'esprit, figure-toi, de ne pas délaisser la greffe végétale. J'en ai mené très loin tous les développements, et cette école, jointe à mes expérimentations zoologiques, constitue l'étude à peu près universelle de la greffe. C'est la combinaison de cette science avec d'autres sciences qui m'a dévoilé la solution probable. — On ne fait jamais assez de généralités, Nicolas ! Entichés de parcellements, férus d'infiniment petits toujours plus minuscules, nous avons la manie de l'analyse, et nous vivons l'œil rivé au microscope. Dans la moitié de nos investigations, il nous faudrait employer un autre engin, montreur d'ensembles, un instrument de synthèse optique, une lunette synoptique, ou si tu préfères : un mégaloscope.

» Je prévois une découverte colossale…

» Et dire que sans Emma, dédaigneux de finance, je n'en serais pas là, si haut ! L'amour a fait l'ambition qui fait la gloire !… À ce propos, mon neveu, tu as bien failli endosser les traits du professeur Frédéric Lerne : oui ! elle t'adorait d'une si belle ardeur, mon bonhomme, que j'ai songé à me travestir de ton aspect afin d'être aimé à ta place ! Cette revanche eût été la meilleure et piquante à souhait ! Mais j'ai encore besoin, pour quelque temps, de ma dégaine antique ; nous verrons plus tard à nous débarrasser de cette vieillerie… Tes dehors captivants ne sont-ils pas en réserve et à ma disposition ?

A ces mots sarcastiques, je pleurai de plus belle. Mon oncle poursuivit en affectant la commisération :

— Eh ! j'abuse de ta vaillance, mon cher malade ! Repose-toi. La satisfaction de ta curiosité te donnera, j'espère, un sommeil réparateur. — Ah ! j'oubliais : ne t'émeus pas de percevoir le monde extérieur autrement que naguère. Entre mille nouveautés, les choses doivent te sembler aussi plates que sur une photographie. C'est que, la plupart des objets, tu les regardes seulement d'un œil à la fois. Ainsi, pourrait-on dire en jouant sur les termes, beaucoup d'animaux ne sont que des doubles borgnes. Leur vue n'est pas stéréoscopique. Autres yeux, autres visions ; à nouveau tympan, nouveaux sons ; ainsi de suite. Ce n'est rien. Chez les hommes eux-mêmes, chacun a sa façon d'apprécier les choses. L'habitude nous enseigne, par exemple, qu'il faut appeler « rouge » certaine couleur, soit ! mais tel qui la nomme « rouge » en reçoit une impression de vert — cela est fréquent — et tel autre une impression de merdoie ou de turquin… Allons, bonsoir !

Non, ma curiosité n'était point satisfaite. Mais je m'en rendais compte sans pouvoir fixer les points que mon oncle n'avait pas élucidés, car un malheur exagéré m'accablait de tristesse, et l'opération circéenne me laissait comme imprégné d'éther, dont les vapeurs saturantes incommodaient en moi l'entendement de l'homme et le cœur du taureau.

## XI. DANS LE PÂTURAGE

Pendant les huit jours de ma convalescence au laboratoire, pansé, tenu au repos et nourri de quelques drogues, je subis l'alternance des grands chagrins : désespoirs suivis d'abattements.

Après chaque somnolence, je croyais avoir rêvé cette mésaventure. Or il importe de noter que les sensations de mes réveils me fortifiaient dans cette erreur aussitôt dissipée On sait, en effet, que les amputés souffrent beaucoup et rapportent leur souffrance à l'extrémité périphérique des nerfs coupés, c'est-à-dire au membre qu'ils n'ont plus et qu'ils se figurent ainsi avoir conservé. La jambe ou le bras enlevés leur fait mal. Si l'on réfléchit que j'étais amputé de tout le corps, on comprendra que j'aie souffert de toutes ses parties, de mes mains lointaines, de mes pieds humains, et que cette douleur me prouvât jusqu'à l'évidence la possession de ce dont j'étais dépouillé.

Ce phénomène alla s'amoindrissant et disparut.

Le chagrin s'en fut moins vite. Ceux qui ont amusé les autres avec le récit de semblables farces — Homère, Ovide, Apulée, Perrault — ne savaient pas quelles tragédies deviendraient leurs fictions, une fois réalisées. Quel drame, au fond, que l'*Âne* de Lucien ! Quel martyre pour moi que cette semaine de diète et d'inaction forcées ! Mort à l'humanité, j'attendais sans courage les supplices de la vivisection ou la vieillesse hâtive qui termineraient tout… avant cinq années !…

En dépit de ma tristesse, je guéris. Lerne l'ayant constaté, on me poussa dans le pâturage.

Europe, Athor et Io galopèrent au-devant moi. Si. honteux que j'en sois, la franchise me contraint à dire que je leur trouvai une grâce imprévue. Elles m'entourèrent aimablement et, quoi que fît mon âme pour le réprimer, un instinct souverain — propriété de ma maudite moëlle épinière, sans doute ! — m'infatua. Mais les génisses détalèrent, étonnées probablement de ne pas recevoir de réponse à quelque langage occulte, ou bien effrayées d'un pressentiment.

De longs jours ne devaient pas me suffire à les apprivoiser, — de longs jours et toute l'astuce des hommes déployée à cet effet. Une bonne ruade, à la fin, les asservit à mon règne. — L'incident donnerait matière à philosopher, et je me livrerais à coup sûr aux joies d'une dissertation, si de tels morceaux ne rompaient maladroitement le cours d'un récit, d'une digue superbe mais intempestive.

Sur le moment, dépité de l'accueil des trois dames cornues et ne souhaitant leur commerce que d'une ardeur valétudinaire et d'un élan trébuché, je me mis à brouter pacifiquement l'herbe du pré.

Là débute une période intéressante au premier chef : celle de mes observations sur mon nouvel état. Elles m'occupèrent tellement, que je parvins à considérer le corps du taureau comme un endroit de voyage, une station d'exil, certes, mais une station inexplorée et pleine de surprises, dont le hasard me tirerait peut-être. Car il suffit qu'un lieu ne soit pas déplaisant pour qu'on envisage le risque d'en être expulsé.

Tant que dura cette accommodation de mon esprit d'homme avec les organes de la bête, je fus réellement assez heureux.

C'est qu'en effet un monde tout neuf venait de se révéler à moi, brusquement, avec le goût des simples que je paissais. De même que mes yeux et mes oreilles et mon museau envoyaient à ma cervelle des visions, des auditions et des olfactions inédites, ma langue aux papilles étrangères devait me fournir des sensations gustatives fort originales. Les simples dégagent d'innombrables saveurs dont nos palais humains ne se doutent pas. La cuisine du gastronome ne saurait lui donner autant de plaisirs avec douze services que n'en prend le taureau dans un pied de prairie. Je ne pus me retenir de comparer le goût de mon fourrage avec celui de mes anciens aliments. Il y a plus de différence de la luzerne au trèfle que d'une sole frite au cuissot de chevreuil sauce chasseur. Tous les piments assaisonnent les plantes pour une bouche d'herbivore : le bouton d'or est un peu fade, le chardon un peu poivré ; mais rien ne vaut le foin odoriférant et multiple… Les pacages sont des festins constamment servis, où la faim perpétuelle attable, en gourmets, leurs hôtes.

L'eau de l'abreuvoir changeait de sapidité selon l'heure et le temps, acidulée tantôt, et tantôt salée ou sucrée, légère le matin, sirupeuse le soir. Je ne puis rendre le délice de s'en abreuver, et je crois que feu Les Olympiens, dans un testament vindicatif et goguenard, ne laissant aux hommes que le rire, ont légué à d'autres animaux ce rare privilège de goûter l'ambroisie aux herbes des pelouses et boire le nectar à toutes les fontaines.

Je naquis à la délectation de ruminer, et je compris le recueillement de graves dégustateurs qu'affectent les bœufs pendant l'activité de leurs quatre estomacs, tandis qu'avec les senteurs champêtres toute une symphonie pastorale emplit leurs naseaux.

À force d'expérimenter mes sens et d'éprouver mes facultés, je connus d'étranges impressions… Le meilleur souvenir que je garde est celui de mon museau, centre du tact, pierre de touche infaillible et subtile des bonnes et des mauvaises graines, avertisseur des ennemis, pilote et conseiller, sorte de conscience autoritaire et dogmatique, oracle concis par oui et par non, jamais en défaut, toujours obéi. Reste à savoir si le dieu Jupiter, ayant pris la forme d'un taureau en faveur de la princesse Europe, ne fut pas plus charmé de son museau que de tout ce rapt assez dégoûtant…

Ces observations, d'ailleurs, je fis sagement de les entreprendre sans tergiverser, car bientôt ma santé languissante me retira la quiétude nécessaire à leur clarté, ainsi que l'envie de les continuer. J'essuyai l'assaut de migraines, de rhumes, de maux de dents, — toute la séquelle des indispositions propres aux citadins du XXᵉ siècle. Je maigris. J'avais des idées noires. La cause en fut d'abord cette prédominance de l'âme sur le corps, signalée par mon oncle, et ensuite deux faits qui se produisirent et dont ma consomption s'aggrava sur-le-champ :

Après une éclipse, — motivée, présumai-je, par une maladie consécutive à sa grande frayeur, — Emma reparut. Sans émoi je la vis aux fenêtres de son appartement, puis à celles du rez-de-chaussée, puis au dehors. Elle sortait journellement au bras de la servante et faisait le tour du parc, évitant le laboratoire où Lerne et ses assesseurs travaillaient sans faiblir. Je m'étais attendu à des traits moins tirés, à des paupières moins rougies. Elle marchait lentement, blafarde, le regard fixe, promenant au soleil un teint de clair de lune et les yeux qu'on ouvre dans la nuit. Veuve pathétique, elle laissait paraître avec assez de noblesse la révolte de son amour en deuil et la ferveur de ses regrets. Ainsi, elle m'aimait toujours, et, ne me à voyant plus, me prêtait le sort qu'elle attribuait à Klotz, et non la destinée de Mac-Bell — que, du reste, elle avait méconnue ! — Dans son esprit, je ne pouvais être que mort ou fugitif. La vérité lui échappait !

Chaque jour plus pieusement, je suivais sa procession aussi longtemps que je le pouvais. Séparé d'elle par un fil de fer barbelé, je tentai des mimiques et des paroles. Mais Emma s'effarait du taureau, de ses pirouettes et de ses beuglements. Elle ne comprenait rien, — pas plus qu'à travers les menées de la chienne je n'avais compris Doniphan. — Parfois, quand l'intention d'un geste trop humain faisait chanceler ma pesanteur quadrupède, la jeune femme s'en amusait…

Et je me surpris à tituber afin de la voir sourire.

Ainsi l'amour, peu à peu, reconquit ses droits de tourmenteur.

Il ne pouvait revenir sans l'escorte de la jalousie. Et c'est elle qui, en second lieu, accéléra les progrès de à ma langueur.

C'est elle, mais flanquée d'un sentiment extraordinaire…

Il y avait, entre le pâturage et l'étang, ce pavillon hexagone, ce kiosque de plaisance : l'ex-géant Briarée. Lerne m'infligea le désagrément d'y loger mon ancien corps. Je vis les aides apporter un meuble sommaire, puis amener l'être… Et depuis cette journée, il était là, le front collé aux vitres, à me regarder stupidement.

Ses cheveux repoussaient, sa barbe croissait. Devenue balourde et mafflue, sa personne faisait éclater les habits. Son œil — cet œil en amande dont j'avais été si vaniteux — s'arrondissait bovinement. L'homme à cervelle de taureau prenait l'expression que j'avais remarquée en Doniphan, mais plus bestiale encore et moins bonasse. Mon pauvre corps avait gardé l'habitude de certains gestes familiers : un incorrigible tic lui faisait hausser les épaules de temps à autre, en sorte que la misérable créature semblait se moquer de moi aux vitrages du kiosque. Souvent il lui arriva de crier dans le crépuscule ; ma belle voix de baryton se déchirait en longues clameurs discordantes, en appels de gorille. Alors, au laboratoire, Mac-Bell hurlait avec son gosier de chien malade, et l'irrésistible besoin de me lamenter aussi faisait retentir la cuve de Fonval d'un trio monstrueux.

Emma s'aperçut que le kiosque était habité.

Ce jour-là, elle et Barbe longeaient la pâture. Je les avais, comme d'habitude, accompagnées jusqu'à certain petit bosquet traversé par le chemin, et je les attendais au débouché de ce tunnel, où des colombes roucoulaient.

On en sortit. Mais ce fut pour s'arrêter brusquement.

Emma s'était transfigurée. Elle avait pris cette expression animée que je lui connaissais : narines au vent, paupières battantes et de-mi-closes, et seins tumultueux. Elle serrait le bras de Barbe.

— Nicolas ! murmura-t-elle. Nicolas !…

— De quoi ? fit la servante.

— Là ! là !… tu ne vois donc rien !…

Et, cependant que parmi les fondaisons s'égrenait le rire étouffé des tourterelles, Emma désignait à Barbe l'être du kiosque, derrière sa croisée.

S'étant assurée qu'on ne la voyait pas du laboratoire, Emma fit quelques signaux, envoya des baisers… L'être avait d'excellentes raisons pour n'y rien entendre. Il écarquillait son œil rond, laissait pendre sa lèvre, et faisait de mon extérieur si regretté le type du parfait crétin.

— Fou ! dit Emma. Lui aussi ! Lerne me l'a rendu fou comme Mac-Bell !…

Alors la bonne fille sonate de tout son cœur, et je sentis la colère s'enfler en moi-même.

— Surtout, recommanda la servante, surtout n'allez pas vous avi-ser d'approcher du kiosque : on le voit de tous les côtés !

L'autre secoua ses belles boucles, sécha ses pleurs, et, couchée dans l'herbe, allongée sur le ventre à la manière des sphinges, la tête sur les mains, et la croupe exaspérée, elle contempla longtemps avec amour ce corps de jeune mâle dont elle avait tiré la joie du sien. L'abruti parut s'intéresser à cette pose bien plus qu'au manège pré-cédent.

Une telle scène dépassait les bornes du grotesque et de l'horrible.

Cette femme éprise de ma forme où je n'étais plus ! Cette femme, que j'adorais, amoureuse d'une bête ! Comment accepter cela d'une âme tranquille ?… Et je savais, par l'histoire de Mac-Bell, que les passions d'Emma ne reculaient pas devant la folie ! et que mon ancien corps, plus athlétique, devait ainsi lui plaire davantage !…

Ma colère éclata. Ce fut la première fois que je subis la domination de ma chair violente. Fou de rage, soufflant, renâclant, écumant, je parcourus la prairie en tous sens et labourai le sol, du sabot et de la corne, dans la furie de tuer n'importe qui…

De cet instant, la haine empoisonna mes rêveries, une haine féroce contre ce butor surnaturel, ce Minotaure godiche qui faisait de Brocéliande une Crète burlesque avec son labyrinthe de forêt !… J'exécrai ce corps que l'on m'avait volé, j'en étais jaloux, et, souvent, lorsque Jupiter-Moi et Moi-Jupiter nous nous regardions, en proie tous deux à la nostalgie de nos défroques désertées, la fureur m'empoignait de nouveau. Je chargeais à tort et à travers avec des mugissements de corrida, la queue dressée, le naseau fumant, le front bas, prêt au meurtre et le désirant comme on désire l'étreinte au printemps. Les vaches se garaient de leur mieux ; toutes les bêtes du jardin craignaient le taureau emporté ; un jour, Lerne, qui passait là, s'enfuit à toutes jambes.

La vie me pesa. J'avais épuisé tous les plaisirs de l'observation, et ma nouvelle demeure ne m'occasionnait plus que désagrément sur contrariété. Je ne cessai de dépérir. Le fourrage perdit son arome, la source fut insapide, et la compagnie des génisses devint odieuse, Par contre, de vieilles envies s'imposèrent, en lubies morbides : celle de manger de la viande et celle… de fumer !… Impayable, n'est-ce pas ? Mais d'autres considérations ne portaient guère à la risée. La ? crainte du laboratoire me faisait trembler toutes les fois qu'un aide s'approchait du pâturage, et la peur qu'on me ligotât pendant la nuit m'empêchait de dormir.

Ce n'est pas tout. Je nourris la conviction que je deviendrais fou dans mon crâne de ruminant. Les accès de colère insurmontable en seraient la cause. Ils se multipliaient. Et la conduite d'Emma n'était point pour les espacer.

En effet, la jolie promeneuse rôdait assidûment aux alentours du kiosque, et la convoitise se peignit chez le Minotaure. — En vérité, il avait l'air d'un homme complet, à ces moments-là ! tant la concupiscence nous égale aux brutes !… Emma regardait avec complaisance cette face cruelle dont pas un trait ne bougeait, où les yeux brasillaient sur des pommettes enflammées, cette face abjecte que j'avais déjà remarquée à de vrais hommes, en quelque débauche, et qui troublerait d'un frisson équivoque la vierge la plus sage… Se peut-il, une telle figure d'assassin cupide, qu'elle soit le visage de l'Amour ! et comment s'étonner que tant d'amantes ferment les yeux sous les baisers du Dieu ?

Emma, donc, regardait complaisamment cette vilaine physionomie, et ne voyait pas Lerne, à l'affût, rire sous cape de sa méprise.

Rire. Mais en philosophe, et pour ne pas pleurer. Mon oncle souffrait visiblement. Il semblait avoir compris qu'Emma ne l'aimerait jamais, et le professeur prenait mal son parti de la déception. Il vieillissait et se tuait de travail.

On avait installé, sur la terrasse du laboratoire et sur le toit du château, des machines dont le maniement l'intéressait beaucoup. Elles étaient surmontées d'antennes caractéristiques, et, comme des sonneries stridulaient perpétuellement au fond des deux habitations, ce fut mon avis qu'on les avait transformées en stations de télégraphie et de téléphonie sans fil.

Un matin, Lerne fit évoluer sur l'étang un batelet — un joujou de torpilleur. — Il le dirigeait de la berge à l'aide d'un appareil muni d'antennes lui aussi. Télémécanique. C'était certain : le professeur étudiait les communications à distance et sans intermédiaire solide. La nouvelle méthode pour intervertir les personnalités ?… Peut-être bien.

Je m'en désintéressais. L'heureuse issue de mes tribulations me paraissait maintenant un miracle 1 impossible ; je ne connaîtrais donc ni la découverte future, ni tous les secrets dont le passé de mon oncle et de ses compagnons demeurait obscure.

C'est pourtant avec la méditation de ces derniers mystères que je trompais l'insomnie anxieuse de mes nuits et mon désœuvrement diurne. Mais je ne trouvais rien. Il se peut, d'ailleurs, que mon esprit fût alourdi, car il ne sut retenir, parmi les faits quotidiens que je viens de narrer, quelques-uns d'entre eux à qui certaine confidence de Lerne donnait une signification capitale, et dont l'examen raisonné m'eût fait espérer la délivrance.

Aussi, vers la mi-septembre, fut-elle accomplie sans avoir été supputée, dans les entrefaites que voici :

Depuis quelque temps, l'accointance platonique du Minotaure et d'Emma s'était affirmée. Ils savouraient une ivresse grandissante à se contempler de loin.

Le monstre, accoutumé à mon corps, gesticulait. Sa pantomine était lascive et simiesque.

Pour Emma, que ces galanteries d'orang ne savaient rebuter, elle avait adopté la tactique de rester à l'abri dans le petit bosquet. Là, invisible pour tous, hormis pour cet affreux dadais qui parodiait mon rôle en pitre déplorable, elle pouvait en toute liberté pratiquer l'accouplement des regards, expédier ses baisers du bout rose de ses doigts blancs, comme d'une catapulte mignarde et fictive, et jurer sa flamme au moyen de mômeries et simagrées, ainsi que font les ballerines. Du moins je ne veux pas admettre qu'elle ait esquissé d'autres déclarations ni d'autres serments que ceux-là… Et cependant, est-ce qu'ils auraient suffi à déclencher le rut de la bête ?…

Oui. Cette vilenie arriva

Une après-midi, tandis que je m'efforçais d'apercevoir mon amie à travers les buissons d'où elle aguichait le faux Nicolas, un vacarme de vitres cassées explosa et dégringola. Le Minotaure, à bout de patience, avait traversé la fenêtre du kiosque. Sans le moindre souci de mon physique infortuné, il accourait, coupé, taillardé, meurtri, couvert de sang, et bramant à faire peur.

Il me sembla qu'Emma poussait une exclamation et cherchait à s'esquiver. Mais l'être avait déjà disparu dans le petit bois.

J'entendis alors, derrière moi, le bruit d'une course. Au fracas des carreaux brisés, Lerne et ses aides étaient sortis du laboratoire : ils avaient vu l'évasion et couraient au fatal bosquet. Malheureusement, les aides redoutaient ma proximité, et le détour qu'ils faisaient pour m'éviter, à l'extérieur du pâturage, les retarderait. Lerne, intrépide, avait coupé au court, franchi les fils de fer, et se hâtait au milieu de l'enclos, la redingote déchirée par les ronces artificielles. Hélas ! il était vieux et lent… Ils arriveraient tous après la Chose… Atroce ! Atroce !

Non ! Cela ne serait pas !

Je me lançai sur la frêle barrière, l'enfonçai, la rompit malgré les petits chevaux de frise qui me lacéraient la peau ; je trouai d'un saut le mur des feuillages…

Le tableau qui s'offrit valait qu'on l'admirât :

Le soleil, à travers la voûte des feuilles, tigrait de lumière le sous-bois. Sur le bord du chemin légèrement creux, je vis Emma étendue, pâle et crispée, dans le retroussis affriolant de ses dessous fanfreluchés. Elle geignait voluptueusement, et sa plainte rauque, féline, m'était trop familière pour que j'hésitasse un instant sur sa nature d'épilogue. Devant elle, debout et plus ahuri que jamais, l'être ignoble ne cachait pas le ridicule de sa virilité assouvie et inoffensive.

Je n'eus pas le loisir d'un plus long spectacle. Entre lui et moi fulgurèrent toutes les étoiles de minuit. De un tour de sang, j'étais ivre. La colère indomptable me jeta dans cet éblouissant rideau, les cornes en arrêt. Je frappai quelque chose qui tomba, je le foulai de mes quatre sabots, et, retourné sur ma victime, je la piétinai, piétinai, piétinai…

Soudain, la voix de mon oncle, haletante, cria : — Eh ! mon ami, tu te suicides !…

Ma démence s'évapora. Les étoiles s'éteignirent. Tout reparut :

La belle fille, sortie de son coma luxurieux, assise à terre, clignait des cils et ne comprenait rien. Les aides me guettaient, chacun derrière un arbre ; et Lerne, penché sur mon ancien corps inerte et disloqué, lui soulevait la tête où saignait un grand trou.

Et c'était moi — moi ! — qui avais commis la sottise sans nom de me détériorer moi-même !…

Le professeur, ayant palpé de toutes parts le blessé, formula son diagnostic :

— Un bras démis ; trois côtes rompues ; fracture de la clavicule et du tibia gauches : on en revient. Mais le coup de corne à la tête, c'est plus sérieux… Hum ! la cervelle est en capilotade. Il est fichu. Rien ne l'en tirera. Dans une demi-heure : *finita la comedia !*…

Je dus m'épauler contre un arbre pour ne point m'abattre. Ainsi, mon corps, ma patrie des patries, allait mourir ! C'était fini… A tout jamais banni de ma demeure anéantie, j'avais supprimé la première condition de ma délivrance. C'était fini… Lerne lui-même n'y pouvait rien, il l'avait confessé… Une demi-heure !… La cervelle en capilotade !… Mais… mais, cette cervelle… Il pouvait.

Il pouvait tout, au contraire !

Je m'approchai de lui. Ma suprême chance allait se jouer.

Mon oncle, tourné vers la jeune femme, lui parlait tristement :

— Fallait-il que tu le chérisses, pour l'aimer encore dans une pareille déchéance ! Ma pauvre Emma ! je suis donc bien peu aimable qu'on me préfère de telles ruines !

Emma pleurait dans ses mains.

— Faut-il qu'elle l'aime, — répéta Lerne en regardant tour à tour la pécheresse, l'agonisant et moi, — faut-il qu'elle l'aime !…

Depuis quelques instants, je me livrais à des façons d'entrechats et des manières de vocalises, destinés à traduire ma pensée. Mon oncle suivait la sienne. Sans remarquer autrement que son front orageux devait abriter quelque houleux conciliabule d'intérêts et passions en conflit, dominé par l'imminence d'une catastrophe qu'il pouvait conjurer, je redoublai mes objurgations.

— Oui, je conçois ton désir, Nicolas, fit mon oncle Tu rendrais volontiers ton cerveau à son enveloppe primitive, ce qui la sauverait puisque tu as mis hors d'état de servir celui de Jupiter… Eh bien, soit !

— Sauvez-le ! sauvez-le ! suppliait la maîtresse adultère qui n'avait saisi que ce terme-là. Sauvez-le ! je vous jure, Frédéric, je vous jure de ne plus le revoir Jamais !…

— Assez ! dit | Lerne. Il faudra l'aimer de toutes tes forces, au contraire. Je ne veux plus te chagriner. A quoi bon lutter contre son destin ?

Il appela les aides et leur signifia quelques ordres brefs. Karl et Wilhelm s'emparèrent du Minotaure, qui râlait. Johann était déjà parti en éclaireur, au pas de course.

— *Schnell ! Schnell !* disait le professeur, — et il ajouta : — Vite ! Nicolas, suis-nous :

J'obéis, partagé entre l'allégresse de recouvrer mon corps et la crainte qu'il ne mourût avant l'opération.

Elle réussit pleinement.

Toutefois, privé des soins préventifs à l'anesthésie, — que l'urgence ne permettait pas de nous donner, — je vécus sous l'éther un songe instructif mais douloureux.

Je rêvais. Lerne, histoire de badiner, au lieu de me restituer ma tournure, m'avait imposé celle d'Emma. Quel purgatoire que cette forme ravissante ! J'y regrettais le taureau. Mon âme s'y trouvait assaillie d'exigences nerveuses et d'impétueux instincts, qui la maîtrisaient. Un désir naturel, plus fort que la volonté, régentai mes actes, et je sentais que mon esprit masculin y résistait aussi mollement que possible. Certes, j'avais affaire à un tempérament exceptionnel dont l'amour était la maladie chronique, mais, tout de même, à considérer la conduite ordinaire des hommes et la puissance de Vénus chez tant de femmes, combien de vous, mes frères, si vous changiez de sexe en gardant vos cervelles, feraient d'honnêtes filles et non des gourgandines ?...

Il se peut, d'ailleurs, que l'éther soit mauvais professeur de gynécologie et que mon rêve m'ait abusé. Car ce n'était qu'un vain cauchemar. Il dura peut-être dent de scie ébréchée ou le tranchant d'un bistouri un quart de seconde, le temps d'éprouver quelque mal repassé.


Le crépuscule emplit d'une pénombre vermeille la buanderie. J'aperçois, en baissant les yeux, les pointes de ma moustache.

C'est la résurrection de Nicolas Vermont.

Et c'est aussi la fin de Jupiter. On dépèce, au fond de la salle, cette masse noire où j'ai séjourné. Dans la cour, les chiens en bagarre se disputent déjà les premiers morceaux que Johann leur a jetés...

Ma jambe cassée me fait souffrir... et la clavicule, donc !... Je suis rentré dans une armure de douleurs.

Lerne me veille. Il est joyeux. On le serait à moins. N'est-il pas en paix avec sa conscience ? N'a-t-il pas racheté ses torts envers moi ? Comment saurais-Je lui garder rancune ?... Il me semble même que je lui dois quelque reconnaissance...

Tant il est vrai de dire que rien ne simule un bienfait comme la réparation volontaire d'un méfait.

## XII. LERNE CHANGE DE BATTERIE

Sous la toison noire du taureau, je m'étais juré, si ma forme primitive m'était rendue jamais, de fuir aussitôt, avec ou sans Emma. Pourtant l'automne vieillissait et je n'avais pas quitté Fonval.

C'est qu'on m'y traitait à l'envers d'auparavant.

Tout d'abord, je disposais du temps à mon caprice. Le premier usage auquel j'employai cette liberté fut de me rendre au charnier de la clairière et d'y effacer toute trace de ma visite. Un dieu favorable n'avait pas voulu qu'on y vint pendant mon stage bucolique dans la prairie et que l'un des aides s'aperçût de la violation de sépulture. Ou l'on avait changé de cimetière ; ou mon oncle ne viviséquait plus que d'infimes bestioles dont la meute ne laissait rien ; ou les expériences *in animâ vili* étaient complètement abandonnées. (Entre parenthèses, je constatai, ce jour-là, un détail qui me soulagea le cœur d'un grand poids. J'avais appréhendé que l'âme du malheureux Klotz ne fût déportée en quelque bête soigneusement recluse. Mais sa dépouille — quoique magnifiquement évocatrice du poème baudelairien — me réfuta d'elle-même. Le cerveau du mort, au fond de la blessure, était sinué de nombreuses et profondes circonvolutions, encore visibles. Leur nombre et leur profondeur, en témoignant de son humanité, prouvaient un meurtre pur et simple, grâce au ciel !)

Donc je jouissais d'une large indépendance.

Et puis un Lerne affectueux et repentant s'était manifesté à mon chevet pendant mes journées de lit, — oh ! non pas le Lerne d'autrefois, le gai compagnon de ma tante Lidivine ! mais ce n'était plus, tout de ma tante Ludivine ! mais ce n'était plus, tout de même, l'hôte farouche et sanguinaire qui m'avait accueilli de l'air dont on expulse.

Quand il me vit sur pieds, mon oncle fit venir Emma et lui dit en ma présence que j'étais guéri d' une imbécillité passagère, et qu'elle eût à m'adorer :

— Pour moi, continua-t-il, je renonce à un exercice qui ne sied plus à mon âge. Emma, tu auras maintenant ta chambre à toi, près de la mienne : celle où tu gardes tes falbalas. Je vous demande seulement de ne pas me quitter. La brusque solitude augmenterait une peine que vous concevrez facilement et que vous pardonnerez de même tous les deux. Elle passera, cette peine ; le travail en aura bientôt raison... Ne t'émeus pas, ma fille, le plus gros profit de mon invention sera pour toi. Rien n'est changé quant à cela ; et Nicolas n'en sera pas moins couché sur l'acte d'association et sur mon testament, pour l'avoir été dans ton lit. — Aimez-vous en paix !

Ayant ainsi parlé, le professeur s'en fut à ses machines électriques.

Emma ne s'étonnait de rien. Confiante et naïve, elle avait accepté en battant des mains la tirade de mon oncle. — Moi, le sachant comédien, j'aurais pu me dire qu'il feignait la bonté pour me retenir chez lui, soit qu'il redoutât mes révélations, soit qu'il entretînt quelque nouveau projet. Mais les deux opérations circéennes m'avaient un peu troublé la mémoire et le raisonnement. « Pourquoi, me dis-je, pourquoi douter de cet homme qui m'a, de son plein gré, sorti de la plus sombre passe ? Il persévère dans la bonne voie ! Tout est pour le mieux. »


Une vie commença donc, aimable, immorale : une vie d'amour et de liberté par ici, et, par là, de travail et d'abnégation apparente. Nous étions discrets, chacun de notre côté : Emma et moi dans nos épanchements, et mon oncle dans ses regrets.

À l'aspect laborieux et familial du professeur, qui aurait pu croire à ses victimes ? au piège qu'il m'avait tendu ? à Klotz assassiné ? et à Nelly-Mac-Bell qui ne se lassait pas de hurler aux nuages ou aux astres cet affreux supplice que j'avais moi-même enduré ?

Car elle était toujours là ! et cela me confondait que Lerne perpétuât la punition d'une faute dont la gravité devait lui paraître bien atténuée, maintenant qu'Emma ne lui tenait plus au cœur.

Je résolus de confier ma surprise à mon oncle.

— Nicolas, me répondit-il, tu as mis le doigt sur mon plus grand souci. Mais comment faire ?.... Pour. rétablir en cette aventure l'ordre des choses, il est de toute nécessité que le corps de Mac-Bell revienne ici... Par quel stratagème décider son père à nous le renvoyer ?... Cherche. Aide-moi. Je te promets d'agir sans retard dès que l'un de nous aura trouvé.

Cette réponse avait dissous mes dernières préventions. Je ne me demandai pas pourquoi Lerne s'était métamorphosé ainsi, du tout au tout, et du jour au lendemain. Dans mon opinion, le professeur était enfin venu à résipiscence ; et, à défaut des autres vertus qui reparaîtraient sans doute une à une, sa droiture de jadis me sembla renaître, égale à cette science qui ne l'avait jamais abandonné, évidente comme elle.

Et la science de Lerne était presque illimitée. J'en acquérais chaque jour la conviction. Nous avions repris nos promenades, et il en profitait pour m'entretenir savamment de toutes les rencontres que nous faisions. Une feuille engendrait la botanique tout entière ; l'entomologie se développait à propos d'un cloporte ; une goutte de pluie lâchait sur mon admiration le déluge de la chimie ; et, quand nous arrimions à la lisière de la forêt, j'avais entendu, par la bouche de Lerne, tout un collège professer.

Mais c'est justement là, sur la frontière des bois et des champs, qu'il fallait le voir. Le dernier arbre dépassé, il s'arrêtait — inexorablement —, se hissait au faîte d'une borne, et dissertait de l'univers en face de la plaine et du ciel. Il les décrivait si ingénieusement, qu'à l'écouter, on croyait voir la nature s'expliquer et s'ouvrir jusqu'au fond de la terre et jusqu'au bout de l'infini. Ses paroles savaient aussi bien crevasser les collines, afin d'y mettre à nu les couches du terrain, que rapprocher, pour en mieux discourir, les planètes invisibles. Elles savaient analyser la vapeur des nuées comme trahir l'origine d'une bise, évoquer les paysages préhistoriques, et prophétiser de même l'avenir séculaire de la contrée. Il fouillait de l'esprit et des yeux l'immense panorama, depuis le chaume voisin jusqu'à ces horizons diffus que la distance peint en bleu. D'un mot, chaque chose était définie, dévoilée, mise dans la clarté d'un commentaire, et, comme il faisait de grands mouvements qui tournaient, pour désigner tour à tour telle rivière ou tel clocher, l'envergure de ses bras semblait se prolonger d'un rayon et décrire sur le pays le geste salutaire et lumineux des phares.

Le retour à Fonval s'accomplissait d'ordinaire moins scientifiquement. Mon oncle continuait en lui-même des spéculations qu'il estimait, je suppose, trop abstruses pour mon intelligence, et il fredonnait chemin faisant son refrain favori, qu'il tenait de ses aides à coup sûr : « Roum fil doum fil doum. »

Puis, aussitôt rentrés, il s'empressait de gagner le laboratoire ou la serre.

Nous alternions ces marches avec les tournées en automobile. Alors mon oncle enfourchait un autre dada. Il classait mon véhicule à son rang parmi les catégories animales, exposait les bêtes d'aujourd'hui, celles d'hier et celles de demain au milieu desquelles, à n'en pas douter, la voiture automobile prendrait place. Et la prédiction s'achevait dans un panégyrique attendri de ma 80-chevaux.

Il voulut apprendre à mener l'engin. C'était besogne facile. En trois leçons je le fis passer maître. Il me conduisait toujours, maintenant, et je ne m'en plaignais pas, mes yeux se fatiguant très vite d'une attention soutenue, depuis le double sectionnement et les deux soudures consécutives des nerfs optiques. Mon oreille gauche n'avait pas non pros recouvré toute la sensibilité désirable. Mais je n'osais pas m'en ouvrir à Lerne, de peur d'augmenter d'un remords le nombre » de ceux qu'il paraissait avoir.


C'est à la suite d'un de ces circuits sportifs qu'il m'arriva, en nettoyant ma voiture — il fallait bien le faire moi-même —, de trouver, entre le dossier et le coussin du siège de Lerne, un petit calepin qui avait glissé de sa poche. Je le serrai dans la mienne avec l'intention de le restituer.

Or, la curiosité me poussant, lorsque j'eus regagné ma chambre sans avoir pu rejoindre le professeur, j'examinai la trouvaille.

C'était un agenda bourré de notes et de figures rapides, esquissées au crayon. Cela ressemblait à l'histoire d'une étude au jour le jour, au journal d'un laboratoire. Les figures n'avaient aucune signification à mes yeux. Le texte, lui, se composait de termes allemands — surtout — et français, paraissant choisis au hasard de l'inspiration. L'ensemble ne me disait rien. Cependant, à la date de la veille, s'étalait un morceau de littérature moins chaotique, où je pensai reconnaître un résumé des pages antérieures : et l'acception de plusieurs vocables français, le sens qu'ils prenaient, une fois rapprochés, éveillèrent en moi, du même coup, l'incurable détective et un linguiste nouveau-né. Tels étaient ces substantifs, reliés entre eux par des mots tudesques :

*Transmission... pensée... électricité... cerveaux... piles...*

Au moyen d'un dictionnaire subtilisé dans la chambre de mon oncle, je déchiffrai le quasi-cryptogramme, où, par bonheur, les mêmes expressions revenaient fréquemment. En voici la traduction. Je la donne pour ce qu'elle vaut, inhabile que je suis à ces tâches, et talonné comme je l'étais par la nécessité de rendre le carnet au plus vite.

## CONCLUSIONS A LA DATE DU 30

But poursuivi : échange des personnalités sans échange des cerveaux.

*** 

Base des recherches : expériences anciennes ont prouvé que tout corps possède une âme. Car l'âme et la vie sont inséparables, et tous les organismes, entre leur naissance et leur mort, jouissent d'une âme plus ou moins développée, selon qu'ils sont eux-mêmes plus ou moins organisés. Ainsi, de l'homme à la mousse en passant par les polypes, chaque être vivant a son âme propre. (Est-ce que les plantes ne dorment pas, ne respirent pas, ne digèrent pas ? — pourquoi ne penseraient-elles pas ?)

Ceci démontre qu'il y a une âme là où il n'y a pas de cerveau.

Donc, l'âme et le cerveau sont indépendants l'un de l'autre.

Par conséquent les âmes doivent pouvoir s'échanger entre elles, sans qu'on intervertisse pour cela les cerveaux.

***

### EXPÉRIENCES DE TRANSMISSION

La pensée est l'électricité dont nos cerveaux sont les piles (ou les accumulateurs — je ne sais encore ; — mais ce qui est certain, c'est que la transmission du fluide mental s'opère d'une façon analogue à celle du fluide électrique).

L'expérience du 4 prouve que la pensée se transmet avec conducteurs.

Celle du 10, qu'elle se transmet sans conducteurs, sur les ondes de l'éther.

Les expériences qui ont suivi indiquent le point défectueux que je pose ici :

Une âme qui est expédiée dans un organisme à l'insu de ce dernier, comprime, pour ainsi dire, l'âme qui s'y trouve, sans pouvoir la chasser, et l'âme expédiée — l'âme en rupture de corps — est elle-même retenue à son organisme par une sorte de *pédicule mental* inexplicable, que rien, jusqu'à ce jour, n'a pu trancher.

Si les deux êtres sont consentants, la transmission réciproque échoue pour la même cause. La majeure partie des deux âmes s'installe bien dans l'organisme de sa partenaire, mais de fâcheux pédicule mental interdit à chacune d'elles de quitter complètement le corps dont elle voudrait se détacher.

Plus l'organisme destinataire est simple par rapport à l'organisme expéditeur, plus celui-ci peut faire entrer d'âme dans un réceptacle qui en contient si peu à l'avance, et plus *s'amincit* alors, pour ainsi dire, le pédicule qui retient l'esprit au corps expéditeur : — mais il existe toujours.

Le 20, je me suis introduit mentalement à l'intérieur de Johann.

Le 22, j'ai incarné un chat.

Le à un frêne.

L'accès a été de plus en plus facile l'invasion de plus en plus complète, mais le pédicule demeure.

J'ai pensé que l'expérience réussirait, sur un cadavre, parce que là, nul fluide n'encombrerait par anticipation le récipient à remplir. Je n'avais pas réfléchi que la mort est incompatible avec l'âme, cette compagne inséparable de la vie elle-même. Nous n'avons rien fait de bon, et la AT sensation est abominable.

*⁂*

Théoriquement, pour que le pédicule soit supprimé, que faudrait-il ? Un organisme destinataire qui n'ait point d'âme du tout (afin qu'on y puisse loger la sienne tout entière) et qui pourtant ne soit pas mort ; en d'autres termes : « un corps organisé qui n'ait jamais vécu ». C'est, l'impossible.

Donc, pratiquement, nos efforts doivent se porter sur la suppression du pédicule au moyen d'expédients détournés que je n'aperçois nullement…

\*\*\*

Ce n'est pas que les expériences de cette période n'aient donné de curieux résultats, puisque nous avons fait les constatations suivantes :

1° Le cerveau humain se décharge presque totalement dans une plante.

2° D'homme à homme, *avec consentement mutuel*, le passage des personnalités s'accomplit très complètement, à part la question du pédicule qui fait de ces âmes des espèces de sœurs, de mentalités siamoises…

3° D'homme à homme, *sans consentement mutuel*, le tassement de l'âme destinataire (sous la pression de l'autre) produit, malgré l'imperfection du procédé, un avatar partiel et momentané de l'individu expéditeur ; avatar fort intéressant, car il satisfait déjà quelques-uns de ces desiderata que je comblerai tous, si j'atteins le but poursuivi.

Il me paraît inaccessible.

Voilà donc où aboutissaient les études universelles que mon oncle m'avait si ardemment préconisées !

La théorie était déconcertante. J'aurais dû m'en ébahir. Il y avait là une tendance au spiritualisme bien curieuse chez un matérialiste pareil à Lerne, et la nouvelle doctrine se présentait sous un jour de fantasmagorie qui eût fait s'écarquiller nombre d'yeux derrière doctes besicles, érudits pince-nez, monocles péremptoires. Quant à moi, je n'y découvris pas sur-le-champ tous ces sujets d'admiration, étant quelque peu gâteux dans ce temps-là. Et je ne vis pas non plus que j'avais traduit à mon adresse un MANÉ THÉCEL PHARÈS franco-allemand. Mon attention se portait sur ces faits : que « l'être organisé n'ayant jamais vécu » n'existait pas, et que, d'un autre côté, le professeur doutait de pouvoir supprimer le pédicule. Donc il échouait. Après ses anciennes prouesses, je m'attendais de sa part à tous les miracles ; un seul pouvait m'étonner : son Impuissance.

Je partis à la recherche de mon oncle afin de lui remettre son carnet. Barbe, que je croisai, la poitrine en bedaine et la bedaine en bombonne, m'avertit qu'il se promenait dans le parc.

Je ne l'y rencontrai pas. Mais, au bord de l'étang, j'aperçus Karl et Wilhelm qui regardaient quelque chose sur l'eau. Ces deux maroufles m'inspiraient de l'aversion à cause de leurs cerveaux interchangés ; leur présence m'écartait d'habitude, mais, ce jour-là, le spectacle qui les tenait sur la berge m'y attira près d'eux.

Ce quelque chose, qu'ils regardaient, sautait hors de l'eau dans un éclaboussement de gouttelettes adamantines, et c'était une carpe. Elle bondissait en agitant ses nageoires qui battaient l'air comme des ailes. On aurait dit qu'elle tâchait à s'envoler...

La malheureuse ! elle s'y efforçait réellement ! J'avais devant moi ce poisson que Lerne avait doté d'une âme de merle. L'oiseau captif, en proie, dans sa chair écailleuse, aux vieilles aspirations de sa race, et las de sa diète d'azur, s'élançait vers le ciel impossible. À la fin, dans un élan plus désespéré, l'animal retomba sur la rive, les ouïes haletantes. Alors Wilhelm s'en saisit, et les aides s'éloignèrent avec leur pêche. Ils l'apostrophaient et s'en amusaient, comme de vieux gavroches malotrus ; ils sifflaient, contrefaisant par moquerie le chant du merle, puis, sous couleur de rire, un grand hennissement sortait de leur poitrine, et, sans le savoir, ils rendaient beaucoup mieux le son de la trompette chevaline que celui de la flûte ailée.

Je restais, songeur, à contempler l'étang, cette cage liquide où le monstre enchanté avait souffert la hantise de l'essor et le regret du nid... La nappe fluide, un instant démontée par sa fureur bondissante, n'aurait pas repris sa lourde platitude, qu'il serait déjà mort... Son martyre allait se terminer dans la poêle... Comment finirait celui des autres victimes : les bêtes échappées ? et Mac-Bell ?... Oh ! Mac-Bell !... Comment le délivrer...

Sur l'eau pacifiée, engourdie, la dernière ride s'élargissait en rond, et l'abîme du firmament se creusait à son miroir retrouvé. L'étoile du soir y brillait tout au fond, à des millions de lieues... mais il suffisait de le vouloir, pour s'imaginer au contraire qu'elle flottait à la surface. Et les feuilles de nénuphar diversement découpées — cercles, croissants et demi-disques —— semblaient des reflets de la lune à ses âges successifs et qui seraient demeurés là, pris dans cette eau gelée de sommeil.

« … Mac-Bell ! pensais-je encore. Mac-Bell !… que faire ?… »

A ce moment, retentit la clochette lointaine de la grand'porte.
— Quelqu'un à cette heure ! Une visite ? Il ne venait jamais personne !…

Je ralliai le château d'un pas pressé, me demandant pour la première fois ce qu'il adviendrait de Nicolas Vermont, si la justice opérait une descente à Fonval.

Caché derrière l'angle du château, j'aventurai un œil.

Lerne se tenait contre la porte et lisait un télégramme reçu à l'instant. Je sortis de mon retrait.

— Tenez, mon oncle, dis-je, voici un carnet. Il vous appartient, je pense… Vous l'aviez laissé dans l'automobile.

Mais un froufrou de jupes me fit tourner la tête.

Emma venait à nous, toute radieuse de ce soleil crépusculaire où ses cheveux semblaient puiser chaque soir une nouvelle provision de lueur rouge. Un fredon aux lèvres, comme on a quelque rose mordillée, elle venait, et sa démarche souple était presque une danse.

La clochette l'avait intriguée, elle aussi. Elle s'enquit du télégramme.

Le professeur ne répondait pas.

— Oh ! qu'est-ce qu'il y a ? fit-elle, qu'est-ce qu'il y a encore, mon Dieu ?…

— Est-ce donc si grave, mon oncle ? demandai-je à mon tour.

— Non, répondit Lerne. Doniphan est mort. Voilà tout.

— Le pauvre garçon ! — dit Emma. Puis, après un silence : — Mais ne vaut-il pas mieux être mort que fou ? En somme, c'est ce qui pouvait lui arriver de plus heureux… Allons, Nicolas, tu ne vas pas faire une tête pareille… Viens !

Elle s'empara de ma main et m'entraîna vers le château. Lerne partit de son côté.

J'étais prostré.

— Laisse-moi ! laisse-moi ! criai-je tout à coup. C'est trop horrible ! Doniphan !… le malheureux !… Tu ne sais pas, tu ne peux pas savoir… Mais laisse-moi donc !

Une crainte affolante m'était venue. Délivré d'Emma, je courus sur les traces de mon oncle, et je le rejoignis à l'entrée du laboratoire. Il causait avec Johann et lui montrait le télégramme. L'Allemand disparut dans la maison à la minute même où j'accostais le professeur.

— Mon oncle !... vous ne lui avez rien dit, n'est ce pas ?... rien... à Johann ?...

— Si. Pourquoi ?

— Ho ! Mais il le répétera aux autres ! Il annoncera la mort de Mac-Bell..., et Nelly le saura, mon oncle ! c'est sûr ! Ils lui diront... oh ! comprenez-moi donc enfin : l'âme de Doniphan apprendra qu'elle n'a plus de corps humain !... Il ne faut pas ! il ne faut pas !...

Mon oncle, avec un calme irritant, prononça :

— Aucun danger, Nicolas. J'en réponds.

— Aucun danger ? Qu'est-ce que vous en savez ? Ces hommes sont des chenapans ; ils diront tout, vous dis-je !... Laissez-moi conjurer... ce risque... le temps passe... laissez-moi entrer, je vous-en prie... s'il vous plaît ! passer, là... une seconde... je vous en supplie... Sacrebleu, je passerai !

Les leçons du taureau m'avaient profité. Je chargeai, le front en avant. Mon oncle s'aplatit dans l'herbe, estomaqué, et j'ouvris d'un coup de poing l'huis entrebâillé. L'honnête Johann, en vigie derrière lui, s'effondra, saignant du nez. Alors je pénétrai dans la cour, bien décidé à emmener la chienne, coûte que coûte, et à ne plus m'en séparer.

La meute s'enfourna dans les niches. — Nelly m'apparut tout de suite. On lui avait donné un chenil à part. Son grand corps famélique, pelé, minable, s'allongeait contre la grille.

J'appelai :

— Doniphan !

Elle ne remuait pas. — Les prunelles des chiens fulguraient au fond des cahutes sombres. Quelques-uns grondèrent.

— Doniphan !... Nelly !...

Rien.

J'eus l'intuition de la vérité : là aussi, la Mort avait fauché...

Oui. Nelly était froide et raide. Une chaîne entortillée autour de son cou paraissait l'avoir étranglée. J'allais m'en assurer, quand Lerne et Johann se montrèrent au seuil de la cour.

— Brigands ! m'écriai-je. Vous l'avez tuée !

— Non. Sur l'honneur ! Je le jure ! déclara mon ; oncle. On l'a trouvée, ce matin, exactement comme tu la vois.

— … Croyez-vous, alors, qu'elle l'ait fait exprès ? qu'elle se soit exécutée elle-même ? Oh ! l'horrible fin !

— Peut-être, dit Lerne. Cependant, il y a une autre solution, plus vraisemblable. C'est, selon moi, une convulsion suprême qui a tordu la chaîne…, ce corps était bien malade. Voilà plusieurs jours que l'hydrophobie s'est déclarée. Je ne te cache rien, Nicolas, je ne me disculpe en aucune façon, tu peux t'en rendre compte.

— Oh ! murmurai-je épouvanté : la rage !…

Lerne poursuivit tranquillement :

— Il se peut aussi qu'une autre cause de ce décès nous échappe. On a trouvé la chienne à huit heures du matin, encore chaude. La mort remontait à une 4 heure environ.

Le professeur consulta le télégramme.

» …et, ajouta-t-il, Mac-Bell a succombé à sept heures, juste au même instant.

— De quoi ? fis-je en suffoquant, de quoi est-il mort ?…

— De la rage aussi.

## XIII. EXPÉRIENCES ?... HALLUCINATIONS ?...

Emma, Lerne et moi, nous étions au petit salon, après déjeuner, quand le professeur eut un éblouissement.

Ce n'était pas le premier ; J'avais déjà remarqué dans la santé de mon oncle des troubles similaires. Mais celui-ci fut nettement caractérisé, j'en pus observer tous les détails, et des circonstances bizarres l'accompagnèrent. C'est pourquoi je parlerai surtout de lui. Un assistant non prévenu aurait attribué ces accidents au surmenage intellectuel. À la vérité, mon oncle fournissait une dose de travail excessive. Le laboratoire, la serre et le château ne lui suffisaient plus ; il leur avait annexé le parc. Maintenant, tout Fonval se hérissait de perches compliquées, de mâtures anormales, de sémaphores insolites ; et, quelques arbres gênant les expériences, une équipe de bûcherons fut mandée afin de les abattre. — La joie de voir la propriété rendue à la libre circulation me consola de cette coupe sacrilège. — À travers la cuve, immense atelier, on voyait le professeur aller et venir fiévreusement d'un bâtiment à l'autre, d'une machine à un dispositif, acharné à la suppression du fatal pédicule. Parfois cependant il faiblissait, sous le coup d'un de ces éblouissements très particuliers dont il s'agit. C'était toujours pendant qu'il réfléchissait profondément, les yeux fixés sur un objet quelconque et dans toute l'activité de la pensée, que l'attaque le faisait défaillir. Alors il pâlissait de plus en plus… jusqu'à ce que les couleurs lui revinssent aux joues, d'elles-mêmes et progressivement. Ces crises le laissaient veule et sans force. Elles lui retiraient sa belle confiance, et je l'entendis se plaindre à la suite de l'une d'elles, murmurant d'un ton découragé : « Je n'y arriverai jamais, jamais ! » Bien souvent j'avais été sur le point de lui en toucher deux mots. Je m'y déterminai ce jour-là.

Nous prenions le café. Lerne, assis dans un fauteuil en face de la fenêtre, tenait à la main sa tasse. On causait à propos interrompus qui, d'ailleurs, se raréfiaient. À défaut de sujet méritoire, la conversation languissait ; peu à peu elle cessa, comme un feu s'éteint faute de combustible.

La pendule sonna, et l'on vit passer les bûcherons se rendant à l'ouvrage, la cognée sur l'épaule. J'évoquai de pesants licteurs déguenillés allant perpétrer le supplice des arbres.

Lesquels périraient aujourd'hui d'entre mes vieux camarades ? Ce hêtre-ci ? Ce marronnier-là ?… Je les voyais de la fenêtre, chargés de tous les blonds de l'automne alezane, depuis le cuivre le plus foncé jusqu'à l'or le plus pâle, chacun faisant, parmi le bariolage de tous ces jaunes, sa tache d'ombre fauve ou bien de clarté rousse, — Les sapins noircissaient. Des feuilles tombaient à leur gré, car il n'y avait pas de brise. — Un peuplier colosse, à la cime chenue, dominait les frondaisons de sa flèche cathédrale. Je l'avais toujours connu ainsi : monumental, et sa contemplation remuait les souvenirs de mon enfance…

Une panique d'oiselets s'en échappa soudain ; deux corbeaux le quittèrent avec des croassements ; un écureuil sauta de branche en branche et se réfugia sur un noyer voisin. Quelque bête puante, grimpée dans l'arbre, les avait sans doute effarouchés. Je ne pus la distinguer ; d'ailleurs, un bouquet de buissons me cachait toute la partie basse du peuplier. Mais je fus péniblement surpris de voir celui-ci frémir du faîte au pied, s'ébranler d'une ou deux secousses, et balancer lentement ses rameaux. On eût dit qu'un vent s'était levé qui soufflait pour lui seul.

Je pensai aux bûcherons, sans me faire un concept fort précis du rôle qu'ils pouvaient jouer en cette histoire. « Est-ce que mon oncle, me dis-je, leur a commandé l'exécution du peuplier, ce patriache vénérable, ce roi de Fonval ? Ce serait trop fort ! » — Et là-dessus, voulant m'informer de la chose auprès de Lerne, je m'aperçus qu'il avait un éblouissement.

Immobilité, pâleur, fixité du regard, je vérifiai les signes distinctifs de son mal, et je parvins à déterminer ce qu'il lorgnait avec une persistance de somnambule. Or, ce qu'il lorgnait, c'était le peuplier, cet arbre animé dont l'apparence actuelle évoquait si effroyablement les dattiers de la serre, amoureux ou batailleurs... Je me souvins du carnet. N'y avait-il pas, entre l'absence de cet homme et la vie de cet arbre, quelque formidable correspondance ?...

Tout à coup le son d'une hache sur un tronc tonna sourdement. Le peuplier frissonna, se tordit..., et mon oncle fit un haut-le-corps : sa tasse lâchée se brisa contre le parquet, et, tandis que ses joues reprenaient leurs couleurs, il porta vivement la main à ses chevilles, comme si la hache avait frappé l'homme et l'arbre du même coup.

Cependant Lerne se remettait petit à petit. Je parus n'avoir rien remarqué, sinon la défaillance, et je lui dis qu'il devrait se soigner, que ces faiblesses répétées finiraient par le terrasser. « Connaissait-il au moins leur provenance ? »

Mon oncle fit signe que oui. Emma s'empressait autour de son fauteuil.

— Je sais, dit-il enfin,... palpitations... syncopes... cardiaque..., je me traite.

Cela, non ! le professeur ne se traitait pas. Il brûlait les étapes de la vie à la poursuite de sa chimère, sans plus préserver sa peau qu'une vieille nippe de corvée, bonne à remplacer dès la besogne finie.

Emma lui conseilla :

— Si vous sortiez ? l'air vous ferait du bien…

Il sortit. Nous le vîmes se diriger vers le peuplier en fumant sa pipe. Les coups de cognée redoublaient. L'arbre se pencha, il tombait… Sa chute fit le bruit d'un tremblement de terre. Mon oncle fut cravaché par les branches, — il n'avait pas fait un pas de côté.

À présent, diminué de son campanile naturel, Fonval s'aplatissait plus bas au fond du val, et je cherchai, dans le ciel dévasté, à repérer la place de l'arbre, — oubliée déjà, — et sa hauteur, — déjà légendaire.

Lerne s'en revint. Il ne se doutait même pas d'avoir commis une imprudence. Son étourderie donnait le frisson quand on pensait qu'il pouvait l'apporter dans les expériences les plus hasardées, par exemple ces transfusions d'âme dont parlait le calepin…

Était-ce à l'une de ces tentatives que je venais d'assister ? — J'y méditais avec une sorte d'appréhension, avec ce sentiment bizarre tant de fois ressenti à Fonval et qu'engendre une marche à tâtons dans une obscurité inconnue. — Entre la syncope de Lerne et l'agitation de l'arbre, y avait-il simple coïncidence ? ou bien si quelque lien mystérieux les unissait au moment du coup de hache ?… Certainement, l'arrivée des bûcherons au pied du peuplier aurait suffi à provoquer la fuite des oiseaux… Quant au frémissement, pourquoi l'élagueur ne l'aurait-il pas produit en montant de l'autre côté du tronc afin d'y assujettir la corde traditionnelle ?…

Une fois de plus, le carrefour des probabilités m'offrait, comme autant de voies, ses différentes solutions. Mais je n'avais pas l'esprit aux perspicacités : l'effet déprimant des opérations circéennes persistait, et le régime d'amour intensif, appliqué par ma maîtresse et favorisé par mon oncle, n'avait rien de tonique.

Or, la luxure étant pour moi la Bonne Drogue, je ne pouvais pas plus me priver d'Emma que le fumeur d'opium ou le morphinomane de sa pipe ou de sa seringue. (Que la délicieuse pécore me pardonne l'inconvenance d'une telle comparaison, en faveur de sa justesse). Même, je m'étais enhardi jusqu'à rejoindre souvent dans sa chambre l'inspiratrice de mes extases. Lerne, un soir, nous y avait surpris, et, le lendemain, il avait saisi cette occasion de nous redire les termes de de notre contrat : « Licence entière de vous aimer, sous condition de ne pas me fuir. Autrement, vous n'aurez rien de moi. » Et, ce disant, il s'adressait à Emma, car il savait l'argument irrésistible en ce qui la concernait.

C'est un sujet d'étonnement, qui me plonge en des gouffres de perplexité, que d'avoir accepté aussi bénévolement cette honteuse convention... Mais la femme surpasse l'enchanteur le plus sorcier : une œillade, un roulis des hanches, et nous voilà transformés dans notre personnalité la plus intime plus radicalement que ne le feraient baguettes magiques ou bistouris prestidigitateurs. Qu'est-ce que Lerne auprès d'Emma ?

Emma !... Je l'ai eue toutes les nuits, malgré la proximité du savant. Il respirait, là, de l'autre côté de cette cloison ; il pouvait nous entendre à sa fantaisie, nous voir au trou de la serrure... Dieu m'excuse ! j'y trouvais comme une excitation, un piment vicieux à nos cènes orgiaques !

Et pourtant, quel festin déjà ! meilleur de nuit en nuit !...

Emma, femme ingénue, amante ingénieuse, savait à l'infini varier les noces antiques, dont le fond est immuable, par des rites nouveaux qui les travestissaient jusque dans leur issue. Elle faisait toujours différemment les honneurs de son désir, non pas au moyen de ces arrangements classiques, numérotés, catalogués et d'ailleurs fastidieux, mais grâce à je ne sais quoi d'original, d'inouï, de charmant. Elle était multiple dans l'amour, et, d'elle-même, sans le vouloir, savante d'instinct, se faisait tour à tour la maîtresse tyrannique ou la proie docile. Son corps, il est vrai, son corps insidieux et récréatif, se prêtait admirablement aux caprices de ces diverses physionomies. Car, s'il devenait, dans l'action et par le geste naturels, celui d'une courtisane effrénée, soudain quelque grâce volontairement pudique, ou son immobilité, rendaient mon amie pareille à une très jeune fille déjà parfaite dans sa forme. Ah ! ce corps de vierge folle, aux étranges nudités impubères !...

J'ai assez insisté, il me semble, sur nos divertissements, pour enseigner quel prix je leur attribuais, et pour montrer que si je dus me résoudre à les interrompre, la raison d'agir ainsi devait être sans réplique.

Cette raison, je la distinguai dans l'avanie suivante, que j'aurais sans doute imputée à mon état nerveux sans la connaissance du carnet. Je l'aurais alors dénommée « une conséquence pathologique des opérations », et Lerne m'eût bafoué jusqu'au bout. — Heureusement, j'augurai sa tactique dès le premier assaut.

Un soir que je traversais comme d'habitude les appartements du rez-de-chaussée pour aller de ma chambre à celle d'Emma, j'entendis traîner un siège au-dessus de la salle à manger, chez mon oncle. À cette heure tardive il avait coutume de se tenir tranquille ; mais cet infime détail me laissa fort indifférent. Je poursuivis, sans étouffer le bruit de mes pas, une expédition autorisée et non clandestine.

Emma frisait pour la nuit sa dernière boucle. Il rôdait, parmi les aromes coquets de la chambre, cette odeur du papier roussi où l'on a mesuré la chaleur des fers, et qui mêle symboliquement le fumet du Diable au parfum des jolies filles court-vêtues.

À côté, tout bruit avait cessé. Par surcroît de précaution, je tirai le petit verrou intérieur qui fermait la porte de Lerne. Nous pouvions être sans crainte quant à une entrée impromptu de mon oncle, pas dangereuse à coup sûr, mais inopportune. À la serrure, aucune clarté, Jamais je n'avais pris autant de garanties.

Toute palpitante, Emma, soyeuse de mousselines et de chair plus encore, m'entraîna vers le lit.

Deux fortes lampes brûlaient sur la cheminée, car c'est un beau spectacle à ne point mépriser, celui des allégresses que l'on dispense ; et il convient de remercier la Nature, qui veut que chacun de nos sens prenne sa part des jeux éperdus, et qu'en cette seule occasion leur nombre soit de six.

Emma les impressionnait tous graduellement. Mes bonheurs s'allumaient aux siens et s'avivaient à leur flamme grandissante. Avec elle, la divine comédie formait une intrigue complète. Rien n'y manquait : prologue, péripéties, coups de théâtre, dénouement. Et c'était comme en les pièces excellentes, où les événements qu'on souhaite doivent toujours se produire mais de façon inopinée.

Emma voulut d'abord se laisser caresser…

Puis, jugeant que l'avant-propos avait assez duré, elle prit position d'héroïne et voulut, ce soir-là, comme tant d'autres, galoper certaine chevauchée nuptiale et fantaisiste.

Mais alors, comme elle courait à l'abime des satisfactions en Walkyrie experte, il se passa une chose surprenante et terrible.

Au lieu de monter la pente voluptueuse vers le paroxysme imploré, il me sembla au contraire que je la descendais, passant d'un plaisir à un plaisir moindre et glissant peu à peu à l'indifférence. Je me comportais toujours vaillamment, une ardeur croissante animait la fureur de mon corps, mais plus il jouait beau jeu, moins mon esprit en éprouvait de contentement… Ce pauvre résultat me rendit inquiet. Et voilà que cette inquiétude elle-même se rapetissa… Je voulus arrêter mon satané physique. Pfffttt ! bernique ! ma volonté diminuait au point d'être sans force. Je sentais mes facultés se réduire constamment, se tasser : et mon âme, devenue lilliputienne était impuissante à gouverner mes muscles comme à recevoir l'impression de leurs manœuvres. À peine pouvais-je me rendre compte des actions de mon corps, et retenir qu'il témoignait d'un entrain tout à fait exceptionnel, dont Emma se félicitait visiblement.

Dans l'espoir de couper court au phénomène, je condensai la puissance de mon autorité. Ce fut en vain. On aurait dit qu'une autre âme avait envahi la place de la mienne, dirigeant à sa guise ma conduite et savourant par mes nerfs le régal des délices impures. Cette personnalité avait refoulé mon propre « moi » dans un coin de mon cerveau ; un intrus me trompait avec ma maîtresse, elle-même abusée, à la faveur d'un infâme déguisement !…

Ces réflexions — microscopiques — agitaient mon âme — naine. Elle devint si menue à l'instant de l'apothéose du couple, que j'eus peur de la sentir disparaître.

Puis elle se développa, grandit, s'épanouit, et, progressivement, réoccupa son domaine. Mes idées reprirent leurs proportions. Je pus ressentir la grande fatigue heureuse, arrière-garde d'Éros, — et une crampe dans le mollet droit. À mon épaule, un contact s'alourdit en pression : la tête d'Emma s'y appuyait, et sa pâmoison inévitable écrasait sur ma poitrine la double douceur de sa gorge détendue.

J'achevai de me reposséder. C'était long. Mes yeux, même, n'avaient pas encore cligné : ils fixaient un point, et je m'aperçus que, durant ces minutes extravagantes, ils n'avaient pas cessé de regarder la serrure de Lerne. Maintenant encore ils ne pouvaient pas s'en détacher.

Ils le purent soudain. Je me dégageai de l'amante inutile et intempestive… Il y eut contre la porte de mon oncle, du côté de sa chambre, un craquement de chaise, le bruit de quelqu'un qui se lève d'un siège et s'éloigne sur la pointe des pieds… — Le trou de la serrure avait l'air d'une petite fenêtre obscure donnant à même sur le Mystère…

Emma soupirait :

— Tu n'as jamais été aussi à la hauteur, Nicolas, excepté une fois. Si on recommençait ?… Dis ?

Je m'enfuis sans répondre.

Maintenant je voyais clair. Le professeur ne m'avait-il pas confié : « J'ai songé à me travestir de ton aspect afin d'être aimé à ta place » ? Son empressement à sauver mon corps assommé, la méthode exposée dans le carnet, et l'histoire du peuplier, tout cela coordonné me faisait une religion. Les prétendus éblouissements avaient tout l'air d'expériences où Lerne, par une sorte d'hypnotisme, injectait son âme aux êtres fixés. L'œil au trou de la serrure, il avait transfusé son « moi » dans mon cerveau, usant du pouvoir que lui procurait sa découverte inachevée, pour pratiquer la substitution de personnes la plus invraisemblable !… — On me dira que cette qualité d'invraisemblance aurait dû me faire hésiter sur la valeur de mon raisonnement ; mais à Fonval, l'incohérence étant de règle, une explication avait d'autant plus de chances d'être la bonne qu'elle se rapprochait davantage de l'absurde !

Ah ! cet œil de Lerne au trou de la serrure ! Il me poursuivait, tout-puissant, pareil à celui de Jéhovah foudroyant Caïn du haut de son judas triangulaire !…

Bien que j'en plaisante à présent, j'avais aperçu le danger nouveau et je songeais uniquement à le conjurer. Après une assez longue délibération, je m'arrêtai au seul parti raisonnable que j'aurais dû mettre à exécution depuis longtemps : le départ. Le départ avec Emma bien entendu, car maintenant, pour rien au monde je ne l'aurais laissée à mon oncle, ayant recouvré avec l'anatomie des hommes leur toquade pour la femme.

Mais Emma n'était point de celles qu'on enlève contre leur gré. Consentirait-elle à quitter, du même coup, Lerne et la richesse promise ? Certainement non. La pauvre fille ne voyait pas, autour d'elle, se dérouler le conte bleu désagréablement modernisé ; les fastes à venir l'occupaient seulement ; elle était niaise et cupide.

Pour la décider à me suivre, il faudrait l'assurer qu'elle n'y perdrait pas un centime… Et Lerne seul pouvait le lui déclarer valablement.

C'était donc le consentement du professeur qu'il s'agissait d'obtenir !… Certes, il ne pouvait être question que d'un consentement arraché par la contrainte, mais l'intimidation ferait merveille en ceci. Je jouerais habilement du meurtre de Mac-Bell et de l'assassinat de Klotz, mon oncle effrayé parlerait à Emma selon mes vœux, et j'emmènerais mon amie…, quitte à priver M. Nicolas Vermont d'un héritage sans doute fort ébréché, et M^{lle} Bourdichet de magnificences d'ailleurs bien chimériques.

Mon plan fut bientôt dressé en détail.

## XIV. LA MORT ET LE MASQUE

Mais ce plan ne fut jamais exécuté.

Non que j'aie hésité à le mettre en action. J'y restai toujours déterminé ; et si quelque doute me vint sur l'existence du péril à éviter, ce fut déjà quand mes projets ne se trouvaient plus réalisables. Tant qu'ils le furent, au contraire, j'attendis avec impatience l'occasion de les accomplir, et même, je l'accorde, ma hâte d'en finir s'activait d'une frayeur sans cesse accrue…

Partout le danger se montrait à mes yeux hallucinés, d'autant plus perfide et mystérieux qu'il n'y avait souvent rien à craindre. — Emma passait les nuits dans ma chambre. Les trous de serrure, les fentes des portes, toutes les issues par où les rayons visuels du redoutable voyeur pouvaient s'infiltrer, furent aveuglés, Malgré la sécurité de l'endroit, Emma se plaignit de ma froideur, — je n'osais plus m'en distraire. Une fois que je l'essayais, son étrange pâmoison terminale fut provoquée plus tôt qu'à l'ordinaire ; je pense aujourd'hui que c'était à cause du jeûne préalable ; mais, sur le fait même, cette *absence* précipitée me fit supposer un nouveau malheur : N'était-ce pas en Emma que l'âme étrangère venait de passer à l'instant ?… Et l'horreur d'avoir assouvi le sadisme du vieux Lerne sous les espèces de ma compagne m'écarta définitivement de son accolade. — Je ne me hasardais plus à dévisager mon oncle en face. J'allais, vaincu de l'épouvante, baissant les yeux et fuyant ceux des autres, même ceux des portraits, dont le regard vous suit partout. Un rien me faisait sursauter. J'avais peur d'une bête quelconque à tête blanche, de la plante balancée au souffle de l'air, de cette voix que les oiseaux prêtent aux arbres…

Vous voyez bien qu'il était temps de partir et que j'y aspirais de toutes mes forces ! Mais j'avais résolu de choisir le moment où Lerne entendrait ma proposition d'une oreille accommodante, afin de n'utiliser la menace qu'en désespoir de cause. Et ce moment tardait. La Découverte ne voulait pas éclore. L'insuccès minait le professeur. Ses éblouissements — ou plutôt : ses expériences — multipliés, l'affaiblissaient rapidement. Et son caractère s'en ressentait.

Nos promenades seules avaient conservé la prérogative de le récréer ; il y chantait encore « Roum fil doum » en s'arrêtant chaque dix mètres pour énoncer quelque vérité scientifique. Mais l'automobile surtout enchantait l'enchanteur.

Donc, en dépit du mauvais résultat obtenu dans les mêmes conditions plusieurs mois auparavant, il fallait se résoudre à lui parler durant un circuit de ma 80-chevaux.

Et je l'aurais fait sans l'accident.


Il arriva dans les bois de Lourcq, trois kilomètres avant Grey, comme nous rentrions à Fonval d'une pointe en automobile vers Vouziers.

Nous montions une légère côte, grand train. L'oncle menait. Moi, je repassais le discours que j'allais prononcer, je m'en répétais pour la centième fois les périodes longuement préparées, et l'appréhension me séchait la langue. Depuis notre départ, j'avais retardé de moment en moment celui d'interpeller mon tyran sur le ton ferme qui l'intimiderait. Avant chaque village, avant chaque tournant, je m'étais prescrit : « C'est là que tu parleras ». Mais nous avions traversé toutes les bourgades et doublé tous les coudes, sans que j'eusse articulé une syllabe. Il me restait à peine dix minutes. Allons ! j'ouvrirais le feu au sommet de la côte. Dernier délai !…

Ma première phrase était prête à l'entrée de ma mémoire et elle attendait qu'on l'exprimât, quand la voiture fit une embardée formidable vers la droite, et se relança vers la gauche, virant sur les deux roues latérales… Nous allions verser !… J'empoignai le volant, bloquai tout ce que je pus, des pieds et des mains… L'automobile atténua petit à petit ses écarts, ralentit sa marche, et s'arrêta juste sur la hauteur.

Alors je regardai Lerne.

Il était penché hors de son baquet, la tête ballante et les yeux hagards derrière ses lunettes ; l'un de ses bras pendait. — Un éblouissement ! Nous l'avions échappé belle !… Mais, dans ce cas, c'étaient donc de vraies syncopes, ces éblouissements ? qu'avais-je encore inventé, moi, avec mes sottes idées !…

Cependant mon oncle ne se ranimait pas. L'ayant décoiffé de la casquette à conserves, je vis que sa figure glabre était d'une pâleur de cierge ; ses mains, dégantées, avaient aussi la teinte d'une cire. Je les pris et, fort ignorant de médecine, je les tapai vigoureusement, ainsi qu'on fait aux actrices pour les vapeurs de théâtre. |

L'applaudissement claqua dans le repos champêtre. Sonore et funéraire, il saluait la sortie du grand cabotin.

Frédéric Lerne avait cessé de vivre, en effet. Je l'appris de ses doigts refroidis, de ses joues plus livides, de son œil sans âme, de son cœur arrêté. L'affection cardiaque à laquelle je m'étais refusé de croire venait de le supprimer, selon la coutume de ces maladies : sans crier gare.

— La stupéfaction, et aussi l'énervement du casse-cou auquel j'avais échappé, me clouaient sur place… Ainsi, en une seconde, il ne restait de Lerne qu'une chère à vermine et qu'un nom pour l'oubli, — rien. Malgré ma haine de cet homme nuisible et mon soulagement de le savoir inoffensif, la prestesse de la Mort, escamotant d'une jonglerie cette monstrueuse intelligence, ne laissait ne pas que de m'épouvanter.

Comme un fantoche vidé de la main qui le vivifia, pantin prostré sur le rebord de la scène, Lerne, affalé, allongeait flasquement son bras vers le sol ; et la mort enfarinait davantage sa face de Pierrot funèbre,

Pourtant, à mesure que le génie évadé s'éloignait d'elle dans l'Inconnu, la dépouille de mon oncle me parut s'embellir. L'âme est si louangée par rapport à la chair, qu'on s'étonne de voir celle-ci se parer de l'abandon de celle-là. Je suivis aux traits de Lerne les progrès du phénomène. Le grand mystère illuminait son front d'une sérénité divine, comme si la vie était une nuée dont le passage révolu démasque on ne sait quel soleil. Et le visage prenant des tons de marbre blanc, le mannequin devenait statue.

Une larme brouilla ma vue. Je me découvris. Si mon oncle avait péri quinze ans plus tôt, en plein bonheur, en pleine sagesse, le Lerne d'autrefois n'eût pas été plus beau…

Mais je ne pouvais éterniser ma rêverie et ce tête-à-tête, sur une route fréquentée, avec un cadavre. Je l'étreignis donc sans enthousiasme, et l'assis à gauche Les courroies du porte-bagages l'attachèrent solidement à la carrosserie. Une fois ses mains regantées, sa face dissimulée sous la coiffure rabattue, les lunettes et le foulard, il sembla dormir.

Nous partîmes côte à côte.

Personne, à Grey, ne remarqua la raideur de mon voisin, et je pus le reconduire doucement à Fonval pénétré de vénération envers le savant défunt, et de pitié pour ce vieil amoureux qui avait tant souffert, J'oubliais les offenses devant la fin de l'offenseur. Il m'inspirait plus qu'un immense respect et, faut-il le dire ? une répugnance insurmontable, qui m'écartait de lui au plus profond de mon baquet.

Depuis notre rencontre au milieu du labyrinthe le matin de mon arrivée, je n'avais pas adressé la parole aux Allemands. — Je les allai quérir au laboratoire ayant laissé devant la porte du vestibule, sous la garde de la servante, l'automobile et son chauffeur sépulcral.

Les aides comprirent tout de suite, à mes gesticulations, qu'il était arrivé quelque chose d'extraordinaire, et me suivirent. Ils avaient cette mine soucieuse des coupables, qui prévoient néfaste le moindre événement. Lorsqu'ils furent certains de celui qui les frappait, les trois complices ne cachèrent pas leur désappointement ni leur anxiété. Ils engagèrent un colloque véhément. Johann se fit hautain, les deux autres devinrent obséquieux. — J'attendais leur bon plaisir. Enfin ils m'aidèrent à monter le professeur dans sa chambre et à le coucher sur son lit. Emma nous aperçut, cria, s'enfuit ; et, les Allemands partis sans plus de formes, Barbe et moi nous demeurâmes seuls avec mon oncle. La grosse servante pleura quelques larmes, en l'honneur, je suppose, de la mort envisagée comme entité, et non pour satisfaire aux mânes de son maître. Elle le considérait du haut de sa corpulence. Lerne changeait, le nez pincé, les ongles bleus.

Un silence.

— Il faudrait faire sa toilette, dis-je tout à coup.

— Laissez-moi la besogne, répondit Barbe, elle n'est pas régalante, et moi, ça me connaît.

Je tournai le dos à l'habillage mortuaire. Barbe possédait le savoir des commères villageoises, qui sont toutes un peu sages-femmes et un peu croque-morts. Elle m'annonça bientôt :

— C'est fait, et bien fait ! Rien n'y manque, à part l'eau bénite, et les décorations que je ne trouve pas…

Lerne était si blanc sur son lit tout blanc, qu'ils se mêlaient ensemble et prenaient l'air d'un sarcophage d'albâtre à l'effigie tombale, tous deux sculptés dans un même bloc. Mon oncle, soigneusement coiffé, avait une chemise à plis, cravatée de blanc. Les mains, si pâle ! se joignaient, passées dans un chapelet. Un crucifix s'étoilait au plastron. Les genoux et les pieds saillissaient sous les draps, semblables à des collines aiguës et neigeuses, très lointaines. Sur la table de nuit, derrière l'assiette sans eau bénite où gisait vainement, goupillon superflu, un rameau de buis sec, deux bougies se consumaient ; Barbe avait fait du meuble une espèce d'autel, et je lui reprochai vivement cette inconséquence. Elle riposta que c'était l'habitude, et, là-dessus, ferma les persiennes. Des ombres se creusèrent au visage du mort, anticipant l'avenir créant des marbrures prématurées.

— Ouvrez la fenêtre, dis-je, toute grande ! laissez entrer le jour, les chants des oiseaux et l'odeur du Jardin…

La servante m'obéit « bien que ce fût contraire à l'usage », puis, quand elle eût reçu de moi les instructions pour les démarches obligées, elle me quitta sur ma prière.


Du parc venait le puissant arome des feuilles mortes. Il est infiniment triste. On le respire comme on écoute une hymne de funérailles… Des corneilles passèrent en craillant comme elles craillent dans les édifices, et leur passage imitait la fuite énorme et prodigieuse d'une basilique… L'approche du soir assombrissait la journée.

J'inspectai la chambre, afin de regarder ailleurs que dans le lit. Au-dessus du secrétaire, un pastel, rappelant ma tante Lidivine, souriait. On a tort de les faire sourire, les portraits : ils sont destinés à voir trop de navrances, telle cette Lidivine de couleurs ayant souri de voir son époux forniquer avec une gaupe, et qui souriait encore devant ses restes déplorables... Le tableau datait de vingt ans, mais la poudre des pastels, qui ressemble à la poussière de l'âge, lui donnait un cachet plus ancien. Chaque jour, aussi bien, l'estompait davantage et semblait le vieillir de plusieurs. Il reculait donc fort loin dans le passé ma tante et ma jeunesse. Il me déplut.

Je tâchai de m'intéresser à d'autres objets, à la brune tombante, aux premières chauves-souris, aux bibelots de la chambre, aux bougies qui l'éclairaient mal, à regret, de lueurs dansantes...

Le vent qui s'éleva sut m'occuper un instant ; il faisait mugir à travers la feuillée un invisible torrent, et, à l'écouter dans l'âtre fendre la nuit en gémissant, on croyait entendre passer le Temps. D'une poussée plus forte il éteignit une bougie ; l'autre vacilla. Je fermai la fenêtre vivement. Rester sans lumière ne me séduisait pas.

Et soudain je fus sincère avec moi-même et ne cherchai plus à me duper : — j'avais besoin de regarder le mort, de surveiller son impuissance.

Alors j'allumai la lampe et je plaçai Lerne dans un flot de clarté.

Vraiment, il était beau. Très beau. Rien ne persistait de la physionomie farouche que j'avais retrouvée après quinze ans d'éloignement, rien... sauf, peut-être, une ironie errant sur la bouche, une ombre de rictus. Feu mon oncle avait-il encore une arrière-pensée ? Mort, il semblait toujours défier la Nature, lui qui, de son vivant, avait retouché le Grand Œuvre...

Et son ouvrage, à lui, m'apparut, avec les sublimes audaces et les hardiesses criminelles qui lui auraient valu le pilori comme le piédestal et, tout ensemble, la verge et la palme. Naguère je le savais digne des uns et j'aurais bien juré qu'il ne mériterait pas les autres ! Mais quelle aventure capitale, voilà près de cinq ans, l'avait fait devenir le mauvais châtelain meurtrier de ses hôtes ?...

Je me le demandais. Et, cependant, les fantômes de Klotz et de Mac-Bell semblèrent crier leur supplice au fond de la cheminée venteuse. La bourrasque, tournée en tempête, sifflait aux portes disjointes ; la flamme des bougies s'inquiéta ; un rideau, soulevé, retomba d'un geste découragé ; les cheveux de Lerne volèrent, blancs et légers. L'ouragan les éparpillait, ces cheveux, et il les retroussa longtemps, il les ébouriffa dans tous les sens...

Et tant que l'impondérable main de la rafale se joua parmi la chevelure, moi, figé de stupeur, je demeurai penché sur le lit, à regarder sans cesse paraître et disparaître sous les mèches argentées LA CICATRICE VIOLETTE encerclant d'une tempe à l'autre la tête de Lerne !...

L'effroyable demi-couronne, indice de l'opération circéenne | Mon oncle opéré ! Par qui ?...

OTTO KLOTZ, parbleu !

Le mystère s'illumina, Son dernier voile, un suaire, s'était déchiré. Tout s'expliquait ! Tout : la brusque métamorphose du professeur coïncidant avec la disparition de son aide principal, avec le voyage de Mac-Bell, avec l'éclipse même de Lerne ! Tout : les lettres rebutantes, l'écriture changée, ma non-reconnaissance, l'accent germanique, les manques de mémoire, et, par ailleurs, le caractère emporté de Klotz, sa témérité, sa passion pour Emma, et puis les travaux répréhensibles, les crimes sur Mac-Bell et sur moi ! Tout ! tout ! ! tout ! ! !...

En évoquant le récit de mon amie, Je pus reconstituer l'histoire d'un forfait inimaginable :

Quatre années avant mon retour à Fonval, Lerne et Otto Klotz reviennent de Nanthel où ils ont passé la journée. Lerne est probablement Joyeux. Il va retrouver ses études généreuses sur la greffe, dont le but, le seul but, est de soulager l'humanité. Mais Klotz, amoureux d'Emma, veut donner à ces recherches un autre objet, — de profanation et de lucre surtout : — l'échange des cerveaux. Sans doute même, cette idée (qu'il n'a pu creuser à Mannheim, faute d'argent), l'a-t-il déjà proposée à mon oncle, et cela sans résultat.

Cependant l'aide a son idée, — machiavélique. Avec le secours de ses trois compatriotes, prévenus à l'avance et cachés dans le fourré, il terrasse le professeur, le bâillonne, et enferme dans le laboratoire cet homme dont il convoite la richesse et l'indépendance, autrement dit : la personnalité.

Pourtant il veut profiter une dernière fois de cette vigueur physique dont il va se démunir, et il passe la nuit avec Emma.

Le lendemain, devant l'aurore, il rentre au laboratoire où Lerne, gardé à vue, l'attend. Ses trois affidés les endorment tous deux et pratiquent la greffe du cerveau de Klotz dans le crâne de mon oncle. Quant au cerveau de Lerne, on se contentera de le fourrer sous le front de Klotz, qui n'est plus qu'un cadavre, et l'on enterrera le tout, à la hâte, avec les débris anatomiques.

Voilà donc Otto Klotz derrière le masque. revêtu de l'apparence désirée, costumé en Lerne, maître de Fonval, d'Emma, des travaux, sorte de bernard-l'ermite abrité dans la coquille de l'être qu'il a tué.

Emma le voit sortir du laboratoire. Il réintègre le château, pâle et chancelant, bouleverse le train de vie habituel, et fait s'entrecroiser les routes du labyrinthe. Puis, certain de l'impunité, il commence dans son repaire inabordable ses terribles expériences.

Expériences inutiles, heureusement ! Le voleur de physique avait expiré trop tôt, sans avoir recueilli le fruit d'un larcin dont il était victime, puisque la maladie de cœur qui venait d'enlever l'esprit de Klotz appartenait en toute propriété au corps de Lerne. Ainsi le larron d'un logis se trouve châtié quand le toit s'écroule sur lui.

Je comprenais pourquoi ce visage avait repris la véritable physionomie de mon oncle ! l'âme de l'Allemand n'était plus là-derrière pour lui donner son expression !...

Klotz meurtrier de Lerne, et non pas Lerne assassin de Klotz !... Je n'en revenais pas. Voilà une confidence que le double personnage avait oublié de me faire !... Et, vexé d'avoir été sa dupe aussi longtemps, je me dis que, vivant seul avec lui, je me serais probablement aperçu de la supercherie, mais que la société de gens confiants au degré d'Emma, ou complices comme les aides, m'avait entraîné dans cette berne, à la suite de leur propre erreur ou de leur mensonge.

« Ah ! ma tante Lidivine ! pensai-je, vous avez raison de sourire avec vos lèvres de pastel. Votre Frédéric a succombé dans un odieux guet-apens depuis près de cinq ans, et l'esprit n'est pas le sien qui vient de quitter cette forme. Rien n'y demeure plus d'étranger, à part un cerveau désert, un globe charnel aussi banal que le foie. C'est donc bien votre excellent mari que nous veillons, si c'est l'autre qui vient de mourir et de payer sa dette... »

À cette idée, je sanglotai de tout mon cœur en face de l'étonnant décédé. Mais le rictus sardonique laissé lors de sa fuite par l'âme gredine, ainsi qu'une estampille, gênait encore mon expansion. Je l'effaça du bout du doigt, modelant à mon goût la bouche durcie, à peine malléable.

Au moment où je m'éloignais pour mieux juger de l'effet, on gratta doucement à la porte.

— C'est moi, Nicolas, moi... Emma.

L'innocente fille ! allais-je lui dire la vérité ? Comment prendrait-elle une pareille divagation de la Destinée ?... Je la connaissais. Mainte fois narguée, elle m'aurait reproché de la vouloir mystifier... Je me tus.

— Repose-toi, fit-elle à voix basse. Barbe va te remplacer.

— Non, non, merci ; laisse-moi.

Il me fallait poursuivre la veillée de mon oncle. Je l'avais inculpé de trop de méfaits, et j'aurais voulu demander pardon à sa mémoire et à celle de ma tante.

_ C'est pourquoi, malgré le bacchanal de l'orage, nous conversâmes toute la nuit, le mort, le pastel et mol.

Barbe étant venue à l'aube, je sortis dans le froid du matin qui apaise sur la peau le feu des veilles.

Le parc en automne exhalait une odeur fanée de cimetière. Le grand vent de la nuit avait cueilli toutes les feuilles, et mes pas bruissaient parmi leur couche épaisse ; on n'en voyait plus aux squelettes des arbres, qu'une ou deux par-ci par-là, encore ne savait-on pas si c'était des feuilles ou des moineaux. En quelques heures, le parc avait fait ses préparatifs d'hivernage.

Que devenait la merveilleuse serre, aux approches des gelées ?... Peut-être réussirais-je à m'y introduire, à la faveur de ce trépas qui avait désemparé les Allemands. J'obliquai de son côté. Mais ce que je vis de loin me fit accélérer la marche. La porte de la serre était ouverte, et une fumée s'en échappait, âcre et fuligineuse, qui s'élevait aussi par des trous de vitrail.

J'entrai.

La rotonde, l'aquarium et la troisième nef présentaient le spectacle de la destruction. On y avait tout saccagé, brisé, incendié, Des tas d'ordures s'amoncelaient au milieu des trois halls ; j'y retrouvai, mêlés, des plantes rompues avec des pots cassés, des morceaux de cristal et des corolles marines, des fleurs souillées contre des bêtes crevées : bref, trois immondes fumiers où le triple palais voyait la fin de ses merveilles agréables, émouvantes ou répulsives. Des chiffons, dans un coin, brûlaient encore ; dans un autre, sur un monticule de cendres, quelques branches — les plus compromettantes — finissaient de se consumer en braises grésillantes. Des os calcinés puaient à l'envi.

Assurément les aides s'étaient livrés à ce pillage pour anéantir tout vestige de leurs travaux, et l'orage seul m'avait empêché de les entendre. Mais ils n'avaient pas dû s'arrêter en si beau chemin...

Pour m'en assurer, je visitai le charnier de la falaise. Il n'y avait là, dans une fosse béante, que des ossements et des carcasses d'animaux quelconques, les uns sans crâne, les autres sans tête. Klotz n'y était plus. Nelly n'y était pas.

Le sac du laboratoire me fit li impression d'un chef-d'œuvre. Il démontrait l'aptitude innée à ce jeu, des hommes en général et de certaines nations en particulier. Je parcourus la maison à ma volonté, tous les vantaux claquant et battant au gré du vent. Dans la cour il ne restait que des bêtes vivantes n'ayant pas subi de traitement ; les autres, je ne les découvris que plus tard. Ici, donc, rien d'abîmé. — Les salles d'opération, par contre, renfermaient un chaos indescriptible de fioles brisées, dont les liqueurs mélangées inondaient le carrelage d'un lac pharmaceutique. Le massacre des livres, fiches et cahiers se dispersait à travers l'holocauste des appareils tordus. Enfin, la plupart des instruments de chirurgie avaient été dérobés. Les malandrins s'étaient enfuis avec le secret de l'opération cicéenne et l'attirail voulu pour la pratiquer. Leur pavillon, en effet, avec ses commodes et ses armoire vides, son mobilier sens dessus dessous, m'apprit le déménagement des trois compères.

Comme je quittais la maison ravagée, mon attention se porta sur un filet bleuâtre qui montait derrière l'aile gauche du bâtiment. Il provenait d'un amas de détritus à demi-carbonisés dont l'odeur cadavéreuse m'écœura. J'approchai néanmoins, et l'un de ces détritus, ayant remué, se détacha de la butte pestilentielle : c'était un misérable rat boiteux et grillé, qui, rendu fou, me sauta aux jambes. Sa tête, trépanée en rond, laissait voir à nu la cervelle sanguinolente.

Saisi d'horreur et de pitié, j'achevai sous mon talon la dernière victime des monstres.

## XV. LA BÊTE NOUVELLE

Sous l'influence de l'apathie la plus estimable en cette malencontre, M. le médecin de l'état-civil ne vérifia rien, n'examina rien. Je lui racontai les syncopes de feu mon oncle, l'assurance où il était lui-même de sa maladie de cœur, et M. le médecin de l'état-civil me délivra le permis d'inhumer.

— Le docteur Lerne est bien mort, dit-il, et notre mission d'aujourd'hui s'arrêtera, si vous le voulez, à ce contrôle. Quant au reste, il ne nous appartient pas d'entamer des investigations causales qui pourraient nous amener à contredire un maître aussi éminent et à le faire succomber autrement qu'il n'a voulu.

Les obsèques se firent à Grey-l'Abbaye, sans pompe ni assistance.

Après quoi, j'employai dix jours à débrouiller les affaires de cette duplicité inconcevable, amalgame sans second de l'assassin et de la victime : Klotz-Lerne.

Au cours de son existence phénoménale — quatre ans et demi, à peu près, — il n'avait formulé aucune disposition testamentaire. Ce me fut la preuve que, en on de ses pronostics funèbres, la mort l'avait surpris tout à fait à l'improviste ; car, dans le cas opposé, nul doute qu'il n'eût fait le superflu pour me déshériter. Je trouvai dans le secrétaire, au fond de la cache, le testament de mon oncle, tel que la lettre de jadis me l'avait annoncé. Il m'instituait légataire universel.

Mais Klotz-Lerne avait grevé le domaine d'hypothèques surabondantes, et contracté force dettes. Ma première pensée fut de plaider ; et puis l'absurdité du procès me frappa, et j'entrevis tous les bouleversements que pouvaient susciter dans l'ordre juridique une pareille substitution de personnes, ces faux d'un genre imprévu par le code, ces stellionats, cette captation d'héritage hors la nature et la loi. Il fallait se résigner à toutes les conséquences d'un dol étourdissant et n'en pas souffler mot, sous peine des pires insinuations.

Tout compte fait, d'ailleurs, accepter la succession me donnait encore du profit, et, vendu pour vendu, j'étais résolu d'avance à me débarrasser de Fonval, préjugeant qu'il ne serait plus pour moi qu'un nid à mauvais souvenirs,

Je compulsai toutes les paperasses. Celles du vrai Lerne confirmaient à chaque ligne son honnêteté médicale et la pureté de ses recherches sur la greffe. Celles de Klotz-Lerne, facilement reconnaissables aux altérations de l'écriture et souvent noircies de gothique allemande, firent l'objet d'une rafle méticuleuse, et furent incinérés comme témoignages irrécusables de plusieurs délits, où rien ne venait infirmer la participation d'un certain sieur Nicolas Vermont, présent à Fonval durant six mois. Sous l'empire du même souci, je fouillai le parc et les communs.

Cela fini, je cédai les animaux à des villageois, et Barbe reçut congé.

Puis j'appelai des auxiliaires. On bourra de grandes caisses avec des objets de famille, pendant qu'Emma faisait ses malles, partagée entre le dépit de sa chimère envolée et le plaisir de me suivre à Paris.

Dès la mort de Klotz-Lerne, pressé de retrouver le tumulte du monde et le confort de la richesse sans la transition des contraintes ménagères, j'avais écrit à l'un de mes amis, le priant de louer à mon usage un appartement plus spacieux que ma garçonnière et propre à loger un couple d'amoureux. Sa réponse nous charma. Il avait déniché l'asile avenue Victor-Hugo : un petit hôtel bâti comme sur mesures et meublé à souhait. Une domesticité recrutée par ses soins nous y attendait.

Tout fut prêt. J'expédiai les volumineux colis et les malles d'Emma. Un matin, maître Pallud, le notaire de Grey, eut avec moi une dernière entrevue au sujet de la vente des biens. — Emma ne tenait plus en place. — Nous fixâmes au soir même le départ en automobile, projetant de coucher à Nanthel pour être à Paris le lendemain.

Et l'heure vint de me séparer de Fonval à jamais.

Je parcourus le château sans meubles et le parc sans frondaisons.

Il paraissait que l'automne les eût dénudés tous les deux à la fois.

Par les pièces abandonnées, les vieux parfums rôdaient encore, chargés d'évocations et de mélancolie. Ah ! ce que les moisis et les renfermés ont parfois de charme !… — On voyait aux murailles la silhouette tenace des tableaux ou des miroirs décrochés, des bahuts ou des chiffonniers partis : endroits restés tout neufs dans le papier fané, ombres des choses magiquement léguées par elles au mur familier, taches vives, destinées à pâlir aussi, dorénavant, — tel le souvenir des absents. — D'être vides, certaines chambres semblaient rétrécies, et certaines autres plus vastes, sans raison manifeste. Je revis la demeure, des combles aux souterrains ; à la clarté d'une lucarne, aux lueurs d'un soupirail, j'explorai la mansarde et le caveau. Et je ne me lassais pas d'errer à travers ce décor de ma jeunesse, comme un vivant qui hanterait un lieu-fantôme… Ah ! ma jeunesse ! Elle seule habitait Fonval, je le sentais. Malgré leur importance, les drames récents pâlissaient devant elle ; les chambres de Doniphan et d'Emma n'étaient plus que la mienne et celle de ma tante… Avais-je raison de mettre Fonval aux enchères ?

Ce doute m'accompagna dans mes adieux au parc. La prairie redevint pelouse, et le pavillon du Minotaure me rappela seulement Briarée. Je fis le grand tour en suivant la falaise. Le ciel était si bas qu'on l'aurait dit un plafond d'ouate grise posé sur la crête circulaire A cette clarté d'intérieur qui est celle de l'hiver, les statues, dépouillées de leurs toges vertes, montraient leur béton ravagé par le temps et les pluies. Le nez camard ou le menton cassé, il y en avait qui s'effritaient. L'une, d'un geste bachique, tendait son bras mutilé dont la main, porteuse d'un cratère, ne tenait plus au coude que par son armature, un os de fer, affreux à regarder… Elles allaient continuer leurs poses dans la solitude… Quelque chose de sauvage commençait déjà, qu'on devinait à peine à de vagues indices. Un épervier affilait son bec sur la girouette du kiosque. Une fouine traversa le pâturage, à petits sauts tranquilles…

Ne pouvant me résoudre à partir, je rouvris le château ; puis je revins au parc. J'entendis mon passage sonner aux parquets des couloirs et bruire aux feuilles des allées. Le silence gagnait de moment en moment. J'éprouvais à le rompre une sorte de difficulté. Il sentait bien qu'il allait régner en maître, et, comme je m'arrêtais au milieu du domaine, il essaya sa toute-puissance.

Là, je rêvai longuement, centre humain de l'énorme cirque, et centre aussi d'une ronde de pensées. À mon appel étaient venues, en cyclone, les figures d'autrefois et d'hier, fantaisistes ou réelles, personnages du Conte ou de la Vérité ; elles tourbillonnaient autour de moi dans une cohue échevelée, et elles faisaient de la cuve un Mælström de souvenance où tournoyait tout le Passé.

Mais il fallait bien s'en aller et laisser Fonval au lierre et aux araignées.


Devant la remise, Emma, toute harnachée pour le voyage, montait la garde impatiemment. J'ouvris la porte. L'automobile était placé de guingois au fond du réduit. Je ne l'avais pas revu depuis l'accident et, même, je ne me souvenais pas de l'avoir garé. Les aides, par une obligeance tardive, l'avaient sans doute rentré tant bien que mal.

Au mépris de ma négligence, le moteur ronfla de bonne grâce dès le premier contact électrique. Je sortis alors la voiture jusqu'à l'esplanade en demi-lune et refermai sur tant de mémoires l'emblème du portail sanglotant. Finie l'histoire terrifiante de Klotz, grâce au ciel ! mais bien finies aussi mes jeunes années !... Je me figurai que l'action de garder Fonval aurait le pouvoir de les prolonger :

— Nous nous arrêterons à Grey, chez le notaire, dis-je à Emma ; je ne vends plus. Je loue seulement.

Nous étions partis. J'enfilai la route droite. Les murailles rocheuses s'abaissèrent. Emma babillait.

L'automobile ronronna d'abord allègrement. Toutefois je ne tardai pas à me repentir de l'avoir si peu soigné. Un à-coup le retint, suivi de plusieurs autres, et son allure ne fut bientôt qu'une suite d'élans brusques, ralentis aussitôt que projetés.

J'ai dit de cette voiture qu'elle était le modèle de l'automatisme, pédales et manettes réduites au minimum. Une telle machine présente un inconvénient : elle demande à être parfaitement réglée avant le démarrage, car, une fois en route, on n'a plus d'influence sur elle que pour en accélérer le régime ou le modérer, non pour le fortifier au moyen de dosages et de mises au point.

La perspective d'une halte me renfrogna.

Cependant la voiture poursuivait sa course saccadée et je ne pus

XV. LA BÊTE NOUVELLE

m'empêcher de rire. Cette manière d'avancer me rappelait burlesquement les promenades à pied que j'avais faites ici même en compagnie de Klotz-Lerne et la lenteur capricieuse de mon faux oncle, sans cesse arrêté, sans cesse reparti. Espérant une indisposition passagère du mécanisme, un excès d'huile par exemple, je laissai faire l'automobile, et tâchai de démêler, au bruit du moteur, laquelle de ses fonctions était défectueuse et causait de distance en distance ces inégalités de translation, plus marquées à chaque ralentissement. Il y en eut de si accentuées, en effet, que nous étions presque immobiles durant une seconde. Ma comparaison saugrenue s'en accusait davantage et cela me divertit : « Tout à fait comme cette canaille de professeur, me dis-je, c'est amusant ! »

— Qu'est-ce qu'il y a ? fit mon amie, tu n'as pas la mine rassurée…

— Moi »… A donc ?

Chose étrange : cette question m'avait impressionné. Je me serais supposé le visage le plus calme, au contraire ! De quel motif aurais-je argué pour n'être pas rassuré ? J'étais ennuyé, voilà tout ; je me demandais simplement quel organe souffrait dans ce « grand corps », ainsi que le professeur l'appelait, et, ne trouvant rien, sur le point de m'arrêter, je… enfin j'étais ennuyé, voilà tout. En vain j'écoutais, d'une oreille pourtant exercée, les détonations, les cliquetis, les heurts étouffés : aucun son caractéristique ne me révélait une maladie des bougies, des s soupapes ou des bielles.

— Je parie que c'est l'embrayage qui patine ! m'écriai-je. Et pourtant le moteur est bien régulier…

Emma dit alors :

— Nicolas, regarde donc ! Est-ce que ça doit bouger, ce machin-là ?

— Ha ! qu'est-ce que je disais ! Tu vois !

Elle avait désigné la pédale d'embrayage qui se mouvait d'ellemême tandis que les sursauts de la voiture concordaient avec ces déplacements. Voilà bien l'avarie !… — Pendant que mes regards étaient fixés sur la pédale, celle-ci demeura poussée à fond, et l'automobile, débrayé, stoppa. J'allais donc en descendre, lorsqu'il repartit brutalement. La pédale était revenue en arrière.

Une certaine inquiétude me tourmenta. Il est certain que rien n'est agaçant comme une voiture impotente, mais, quand même, je ne me souvenais pas d'avoir été aussi bizarrement affecté à propos d'une panne...

Tout à coup, la sirène se mit à vagir toute seule...

Je ressentis l'insurmontable besoin de prononcer n'importe quoi ; le mutisme doublait mes transes.

— C'est un détraquement général, déclarai-je en m'efforçant de parler sur un ton dégagé. Nous n'arriverons pas avant la nuit, ma pauvre Emma.

— Ne vaudrait-il pas mieux réparer tout de suite ?

— Non. Je préfère continuer... Quand on s'arrête... on ne sait jamais si on pourra se remettre en chemin... Il sera toujours temps... Peut-être cela va-t-il s'échauffer...

Mais la sirène couvrit d'une grande clameur ma voix hésitante. Et mes doigts, soudain, se crispèrent au volant, car cette clameur, ayant baissé, devint une note filée, continue, chantante, qui se rythmait, prenait des inflexions,... et je sentais venir dans cette cadence... un air... un air de marche... (Après tout, c'est peut-être moi qui ai voulu l'entendre !...) — Cet air s'approcha, se précisa, et, après quelques indécisions de chanteur qui tâte sa voix, l'automobile l'entonna résolument de son gosier de cuivre.

C'était « Roum fil doum fil doum. »

Aux accents de la chanson allemande, une horde de soupçons se rua dans mon trouble. J'eus l'intuition d'une monstruosité fantastique et mystérieuse, — encore ! La terreur m'empoigna. Je voulus couper les gaz, la manette résista ; débrayer, la pédale résista ; freiner, le levier résista. Une force supérieure les maintenait, inébranlables. Perdant la tramontane, je lâchai le volant et tirai à deux bras sur le frein diabolique, — même résultat. Seulement, la sirène fit entendre un glouglou de gargarisme, et se tut après avoir ricané de la sorte.

Mon amie s'esclaffa et dit :

— En voilà une drôle de trompette !

Moi, je n'avais pas envie de rire. Mes idées s'enchaînaient vertigineusement, et ma raison se refusait à sanctionner mon raisonnement.

Cet automobile métallique, d'où le bois, le caoutchouc, le cuir avaient été proscrits, dont nul fragment n'était de la matière autrefois vivante, n'était-ce pas « un corps organisé n'ayant jamais vécu » ? Ce mécanisme automatique, n'était-ce pas un corps doué de réflexes, mais vide complètement d'intelligence ? N'était-il pas, en définitive, selon la théorie du carnet, le seul réceptacle possible d'une âme totale ? ce réceptacle que le professeur avait, sans réfléchir, déclaré inexistant ?...

À l'instant de sa *prétendue* mort, Klotz-Lerne s'était sans doute livré sur la voiture à une expérience rappelant celle du peuplier ; mais, distrait depuis quelques semaines, peut-être, mortelle inconséquence ! n'avait-il pas prévu que son âme allait glisser tout entière dans ce récipient vide, et que, le pédicule rompu, sa forme humaine ne serait plus qu'un cadavre où les lois de sa découverte lui interdisaient de rentrer...

Ou bien, lassé de poursuivre la fortune insaisissable, Klotz-Lerne avait-il agi volontairement, et commis une espèce de suicide en échangeant la substance de mon oncle contre celle d'une machine ?...

Mais pourquoi n'aurait-il pas voulu, tout bonnement, devenir la bête nouvelle, prédite par lui dans une conjecture excentrique, l'animal de l'avenir, chef de la création, que le remplacement de ses organes devait faire immortel et perfectible à l'infini — d'après sa lunatique prophétie ?

Encore une fois, quelque judicieuse que fût cette discussion intérieure, je ne voulais pas en accepter les suites. Une ressemblance d'allure entre l'automobile et le professeur, une hallucination probable de l'ouïe et le grippage possible d'un levier ne pouvaient suffire à prouver cette énormité. Mon angoisse désirait un gage plus décisif.

Elle le posséda sans retard.

Nous arrivions à la lisière de la forêt, à cette limite où le défunt maniaque bornait sans rémission nos promenades. Je compris que j'allais être fixé, et, à tout hasard, je prévins Emma :

— Tiens-toi bien ; le corps en arrière !

Malgré nos précautions, un arrêt subit de l'automobile nous fit plonger dans une révérence.

— Qu'y a-t-il ? fit Emma.

— Rien. Reste tranquille…

À parler franchement, j'étais dans l'indécision. Que faire ? Descendre eût été périlleux. Sur le dos de Klotz| automobile, nous étions au moins hors de son atteinte, de et je ne me souciais pas d'être chargé par lui… Je tentai donc de le porter en avant. Comme tout à l'heure, aucune pièce n'obéit à mon vouloir. J'avais beau m'escrimer en tous sens, la rébellion ne cédait nulle part…

Nous étions dans cette fâcheuse position, quand, inopinément, je sentis le volant tourner malgré moi ; les leviers et les pédales s'agitèrent, et l'automobile, ayant pris du champ, fit demi-tour et commença de nous ramener vers Fonval. J'eus la chance de pouvoir le retourner, par surprise. Mais aussitôt remis dans la bonne direction, il manifesta la volonté formelle de ne plus avancer d'un tour de roues.

Emma s'aperçut enfin qu'il y avait quelque chose d'insolite et elle me pressa de mettre pied à terre afin d'arranger « la panne. »

Mais, depuis quelques instants, ma frayeur s'était changée en rage…

La sirène caqueta.

— Rira bien qui rira le dernier ! grommelai-je.

— Qu'est-ce qu'il y a donc ? qu'est-ce qu'il y a donc ? répétait ma compagne.

Sans l'écouter, je pris au porte-bagages une canne d'acier qui me servait d'arme défensive, et, à la profonde stupéfaction d'Emma, j'en frappai l'automobile rétif.

Alors ce fut épique. Sous la formidable volée, le véhicule pesant se démena comme une monture rogneuse : pointes, ruades, sauts de mouton, il mit tout en œuvre pour nous désarçonner.

— Cramponne-toi ! criai-je à mon amie.

Et je tapai de plus belle. Le moteur grognait, la sirène geignait de douleur ou rugissait de colère ; sur la tôle du capot les coups pleuvaient dru ; et la raclée faisait retentir les bois d'un vacarme fabuleux…

Soudain, poussant le barrit clair des éléphants, le mastodonte métallique bondit, exécuta deux ou trois lançades, et fonça en avant à une vitesse foudroyante, — emballé !

Je n'étais plus maître de la situation. L'affolement d'un monstre emporté commandait à la fortune. Nous volions presque ; la 80-chevaux filait avec une rapidité de chute ; l'air violent n'était plus respirable… Parfois un cri strident de la sirène… Nous traversâmes Grey-l'Abbaye au train de l'éclair. Des poules, des chiens sous les roues ; du sang sur mes lunettes. Nous allions si vite que les panonceaux de maître Pallud me donnèrent l'impression d'une traînée d'or… À la sortie du village, la route nationale nous fit la haie de ses platanes : puis la longue côte opposa-son versant à notre célérité. Là, donnant les signes d'une fatigue que je lui remarquais pour la première fois, l'automobile ralenti, se laissa diriger.

Je dus le cravacher souvent pour qu'il nous amenât jusqu'à Nanthel, où nous entrâmes sur le tard et sans autre anicroche. Au passage d'un caniveau, cependant, la bouche de cuivre jeta une exclamation de souffrance, et je vis que le cahot venait de briser an ressort de la roue élastique antérieure droite. Arrivé dans la cour de l'hôtel, je voulus adapter à la jante un ressort neuf et n'y réussis point ; mes tentatives arrachaient à la sirène de tels braillements que je dus renoncer à la réparation. Elle n'était pas urgente, du reste ; j'avais résolu de terminer le voyage en chemin de fer et d'embarquer aux messageries la machine récalcitrante, L'avenir déciderait de son sort. Pour la minute, je la remisai dans le garage, parmi les doubles phaétons, les tonneaux et les limousines, et je me retirai à la hâte, sachant que derrière moi luisaient d'un regard faux les yeux ronds de ses projecteurs.

À force de réfléchir aux tenants et aboutissants de ce phénomène incroyable, et tandis que je m'éloignais, une phrase d'un article scientifique, parcouru naguère et qui m'avait frappé, me revint à l'esprit. Et je ne fus pas légèrement ébahi de trouver dans ces mots comme une vague explication du prodige et la promesse de miracles aussi déconcertants :

« Il est possible d'imaginer qu'il existe un intermédiaire entre les êtres vivants et la matière inerte, de même qu'il existe des intermédiaires entre les animaux et les végétaux ».

L'hôtel présentait les dehors d'un luxueux confortable. — Un ascenseur m'enleva et l'on me conduisit à à notre chambre.

Ma partenaire m'y avait précédé. Cloîtrée depuis longtemps, elle regardait avec une sorte d'avidité la rue, le peuple en agitation, et les magasins dont s'allumaient les resplendissements. Emma ne pouvait. s'éloigner du spectacle de la vie, et, tout en s'habillant revenue sans cesse à la fenêtre, elle en écartait les rideaux fermés pour le revoir encore. Je crus discerner qu'elle était moins affable à mon endroit, et que le monde l'intéressait plus que ma personne. Mon étrange conduite en automobile n'avait pas été sans la surprendre, et, comme je m'étais décidé à ne lui fournir aucune explication, je ne doutais pas qu'elle me tint Pour un extravagant, mal guéri de sa démence.

Au diner par petites tables intimes, éclairées de candélabres dont la douce lueur était celle d'un boudoir Emma, entourée d'hommes en habit et de femmes décolletées, se montra d'une exubérance déplacée. Elle lorgnait ceux-ci, toisait celles-là, tantôt admiratrice et tantôt persifleuse, approuvant tout haut, se moquant avec ostentation, source de risées et d'émerveillements, ridicule et délicieuse. Elle aurait voulu jacasser avec toute l'assistance…

Je l'emmenai dès que je le pus. Mais son désir de rentrer dans le siècle était si ardent, qu'il nous fallut immédiatement gagner quelque lieu public.

Du théâtre et du casino, ce dernier seul était ouvert ; et l'on y goûtait ce soir-là les finales d'un championnat de luttes organisé à l'imitation de Paris.

La petite salle était bondée de calicots, d'étudiants et de voyous. Un nuage y flottait, mélange de tous les tabacs prolétaires et bas-bourgeois.

Emma se rengorgeait dans sa loge. Un flonflon crapuleux, issu d'un orchestre sans pudeur, la fit s'extasier. Et comme elle avait l'extase peu discrète, trois cents paires d'yeux lui firent face, attirées par les moulinets d'un éventail et les plumes d'un chapeau, qui battaient la mesure aussi courageusement. Emma sourit et passa la revue des trois cents paires d'yeux.

Les luttes l'enthousiasmèrent, et surtout les lutteurs. Ces bestiaux humains, dont la tête — beaucoup de mâchoire et pas de front — semble destinée au panier de son, excitaient en mon amie la plus regrettable frénésie,

Un colosse velu et tatoué remporta la victoire. Il vint saluer et, pour ce faire, inclina gauchement, au sommet d'un corps titanique, son chef de Myrmidon aux petits yeux porcins. Il était de la ville, et ses concitoyens lui firent une ovation. On lui décerna le titre de « Bastion de Nanthel et Champion des Ardennes ». Emma, soulevée, l'applaudissait et criait « bravo ! » si fort et avec une telle insistance, qu'elle provoqua scandaleusement l'hilarité de la salle. Le champion lui envoya un baiser. Je sentis mon visage s'embraser de honte.

Nous revînmes à l'hôtel en échangeant des propos amers, précurseurs d'une nuit chaste.

Chaste mais agitée. Notre appartement se trouvait au-dessus de la voûte d'entrée et de sortie où jusqu'au matin passèrent des automobiles, — ce qui me fit rêver de malheurs et d'absurdités.

Le réveil m'en apporta de vrais. J'étais seul dans le lit.

Hébété, je tâchai d'interpréter l'absence de mon amie par les mobiles domestiques les plus excusables ; mais sa place était froide et cela me dérouta.

Je sonnai le garçon. Il vint et me remit cette lettre que j'ai conservée et dont j'épingle à mon papier blanc le papier quadrillé, constellé de pâtés et de crachats de plume.

*Cher Nicola,*

*Pardon pour la paine mais il Fau mieux qu'on se quite. jé retrouver hier mon premier Aman, l'omme que je mé batu avec léoni, Alcide. C'est le bau ga qui a été vaincœur hier. Je retournavec car je lez dans la pau. Décidéman je ne pouvez quiter cette vi la que pour énormaiman d'argen comme lerne avez Promi. Épui je t'aurez randu maleureu Épui je laurez fécocut car voi tu, tu n'aété alaoteur que 2 foi, la foi que le taurot t'a fichu un cou de corne aprè, dan le petit boi, Épui la foi que l'a fichu le can auçito aprè, dan ma chambre, le Reste cest Pas ca. Je désir un vrai omme. Cest pas ta faute, auçi j'espert queça ne le fera pas de paine.*

*Adieu pour la vi*

Emma Bourdichet

Devant une signification catégorique à ce point, et libellée dans une langue presque aussi barbare que l'idiome procédurier, il n'y avait qu'à s'incliner. Aussi bien, les sentiments dont Emma faisait preuve n'étaient-ils pas ceux à mêmes qui m'avaient séduit en elle ? N'avais-je pas aimé, sur toute chose, cette grande soif d'amour, cause de sa beauté ensorcelante et raison de son infidélité ?

J'eus cette énergie et cette sagesse de remettre au lendemain le restant de mes on réflexions. Elles auraient pu m'entraîner à des faiblesses. Je m'enquis du premier train pour Paris et fis mander un mécanicien qui se chargeât de m'expédier ma 80-chevaux, ou, si l'on veut : Klotz-automobile

On m'annonça bientôt l'arrivée de l'homme. Nous nous rendîmes ensemble au garage.

La voiture avait disparu.

Rapprocher les deux défections, accuser Emma d'une ténébreuse complicité, on pense bien que je n'y manquai pas. Mais le directeur de l'hôtel, croyant au coup de main de hardis voleurs, s'en fut au poste de police. Il revint en disant qu'on avait trouvé, dans une ruelle du faubourg, un automobile portant le numéro 234-xy, et abandonné — suivant lui — par des escrocs, faute d'huile : le ré-servoir en était à sec.

« Parfait ! me dis-je. Klotz a voulu se sauver. Il a compté sans l'épuisement de l'huile, et le voilà paralysé !… »

Je gardai pour moi la version réelle de l'incident et recommandai au mécanicien de pousser la voiture jusqu'au wagon sans chercher à faire tourner le moteur.

— Promettez-le moi, insistai-je, c'est très important… Voici l'heure de mon train, il faut que je me sauve. Allez ! et surtout, ne remettez pas d'huile !

## XVI. L'ENCHANTEUR TRÉPASSE DÉFINITIVEMENT

Et maintenant me voilà dans cet hôtel de l'avenue Victor-Hugo, loué pour Emma. Et j'y suis seul avec mes étranges souvenirs, puisqu'elle a préféré sacrifier à M. Alcide sa beauté capiteuse et lu-crative… N'en parlons plus.

Février commence. Avec un clappement de drapeau qui flotte, le feu flambe derrière moi. Depuis ma rentrée à Paris, désœuvré, ne lisant rien, j'écris, chaque soir et chaque matin, sur cette table ronde, la relation de mes singulières aventures.

Sont-elles terminées ?…

L'automobile Klotz est là, dans la remise, dans un box que j'ai fait construire exprès pour lui. Malgré mes recommandations, le mécanicien de Nanthel a remis de l'huile, et nous avons eu, mon nouveau chauffeur et moi, toutes les peines du monde à conduire jusqu'ici la voiture humaine, car il nous a été impossible de tourner les robinets de purge afin d'en tarir les réservoirs. Elle a commencé par démolir sa remplaçante, une 20-chevaux dernier modèle… Qu'est-ce que je pouvais faire à ce maudit Klotz ? Le vendre ? exposer mes pareils à sa malignité ? — un crime. L'anéantir ? occire le professeur dans sa transformation finale ? — un meurtre. Je l'ai donc enfermé. Le box a de hautes cloisons de chêne, et la porte en est lourdement verrouillée.

Mais la bête nouvelle passa les nuits à beugler ses chromatiques menaçantes et douloureuses, et les voisins se plaignirent. Alors, en ma présence, je fis démonter la sirène délinquante. On enleva les vis et les boulons avec une difficulté extraordinaire, et on s'aperçut que l'engin s'était, pour ainsi dire, soudé à la voiture. Nous dûmes l'en arracher, ce dont la machine tout entière frémit. Une sorte de liquide jaune, sentant le pétrole, gicla de la blessure et coula goutte à goutte des pièces amputées. J'en ai conclu que le métal s'est organisé sous l'action de la vie infuse ; d'où mes efforts infructueux pour rajuster à la roue un ressort neuf, cette opération étant désormais une manière de greffe animale aussi impraticable que la transplantation d'une phalange de bois sur une main vivante.

Privé de son appareil vocal, mon détenu n'en continua pas moins son tapage nocturne pendant une semaine, lançant contre la porte le bélier de sa masse. Puis, brusquement, il s'est tu. Voici près d'un mois. Je pense que les réservoirs d'essence ou d'huile sont vides. Néanmoins, j'ai interdit à Louis, mon mécanicien, d'aller s'en rendre compte et d'entrer dans la cage de cet animal féroce.

Nous avons la paix maintenant, mais Klotz est toujours là. ......

Louis a endigué les considérations philosophiques prêtes à s'échapper de ma plume. Louis est venu précipitamment et m'a dit en ouvrant de grands yeux :

— Monsieur, Monsieur ! que Monsieur vienne voir la 80-che-vaux !...

Je n'en demandai pas davantage et sortis au plus vite.

Dans l'escalier, le domestique m'avoua qu'il s'était permis d'ouvrir la remise parce que, depuis quelque temps, il venait de là une mauvaise odeur. En effet, l'atmosphère même de la cour était nauséabonde. Louis s'exclama, presque admiratif :

— Monsieur parle si ça cocote ! — Et il m'introduisit dans le box.

La voiture présentait un aspect si bizarre que je me refusai d'abord à la reconnaître.

Affaissée en tas sur ses roues amollies, elle était déformée comme l'eût été un automobile de cire à moité fondu. Les leviers se penchaient, courbés comme des barres de caoutchouc. Les projecteurs, informes, avaient l'air dégonflés, et leurs lentilles, bleuâtres et gluantes ressemblaient à des taies sur des yeux morts. Je vis des taches suspectes qui rongeaient l'aluminium, et des trous corrodant le fer. L'acier, devenu poreux, s'effritait, et le cuivre avait pris une consistance spongieuse de champignon. Enfin, une lèpre rousse ou verdâtre marbrait la plupart des organes, et ce n'était ni la rouille ni le vert-de-gris. Par terre, l'ignoble fumier s'entourait d'une flaque sirupeuse et dégoûtante qui en sourdait, mordorée de louches irisations. D'étranges réactions chimiques faisaient de temps en temps bouillonner à lourdes bulles crépitantes cette chair métallique en putréfaction, et, à l'intérieur du mécanisme, il y avait d'intermittents borborygmes qui gargouillaient. Tout à coup, dans une chute flasque — ainsi qu'une bouse sur de la boue — le volant s'effondra, défonçant la plate-forme et, par contre-coup, le capot. Une bouillie sans nom s'y agita, et l'horrible puanteur de la décomposition organique me jeta en arrière. Mais j'avais eu le loisir d'apercevoir, au fond de l'ombre, le grouillement des vers cadavériques...

— Quelle sale fabrication ! déclara le mécanicien.

Je tentai de lui faire accroire que la trépidation dissocie parfois le métal et peut y donner lieu à de telles modifications moléculaires. Il ne parut pas ajouter crédit à mes assertions, et moi qui savais la vérité plus incroyable encore, j'étais forcé, pour la comprendre et l'accepter, de me la ressasser en lui donnant *in petto* la forme verbale, la précision des mots, où les choses viennent s'affirmer et s'expliquer, ainsi qu'un problème dans la concision des chiffres :

Klotz est mort. L'automobile est mort. Et elle sombre avec son auteur, la belle théorie d'un mécanisme animalisé, immortel par remplacement de fractions et perfectible à l'infini. Donner la vie, c'est à la fois donner la mort, qui en est la suivante implacable ; et organiser les corps inorganiques, c'est les vouer à la désorganisation plus ou moins prochaine,

Mais, contre ma prévision, l'être fantastique n'est pas décédé faute de pétrole, saigné à blanc. Non : les réservoirs étaient à demi pleins. C'est donc l'âme qui l'a tué, l'âme humaine, cette âme corruptrice qui usait si rapidement les constitutions d'animaux, plus saines que les nôtres, et qui eut vite raison de ce corps métallique et pur.

J'ai donné l'ordre de jeter l'immonde paquet d'ordures. L'égout sera la tombe de Klotz. Il est mort ! il est mort ! J'en suis débarrassé. Il est *mort sans rémission…* Il est MORT, enfin ! Son esprit est avec ceux des trépassés. Il ne saurait plus me nuire !

Ha ! ha ! ha ! mon vieil Otto… mobile ! MORT ! Sale bête !

Je devrais être heureux. Je ne le suis guère, — Oh ! ce n'est pas à cause d'Emma ! Certes, la péronnelle m'a fait de la « paine ». Mais cela se dissipera ; et admettre d'un chagrin qu'il soit consolable, c'est en être déjà consolé. — Mon grand malheur vient des souvenirs. Ce que j'ai vu et ressenti me harcèle : le fou, Nelly, l'opération, le Minotaure, Moi-Jupiter, et tant d'autres hideurs !… Je crains les prunelles qui me fixent, et je baisse les yeux devant le trou des serrures… Mon malheur vient de là. Mais je redoute aussi une perspective effroyable…

Si tout cela n'était pas fini ? Si la mort de Klotz ne dénouait pas mon histoire ?…

Lui m'est bien égal puisqu'il n'existe plus ; et quand même il viendrait me taquiner sous les traits de Lerne ou d'un auto fantôme, je saurais qu'il ne peut être qu'un rêve ou une hallucination de mes yeux débiles. Lui est mort ! et je m'en soucie peu, je le répète.

Ce sont les trois aides qui m'inquiètent. Où sont-ils ? Que font-ils ? Voilà les questions. Ils possèdent la formule circéenne et doivent s'en servir à leur propre bénéfice pour faire le trafic des personnalités… Malgré sa défaite, Klotz-Lerne avait rencontré plusieurs personnes disposées à subir sa chirurgie maléfique et à troquer leur âme contre celle d'autrui. Les trois Allemands grossissent, chaque jour, le nombre de ces misérables, envieux d'argent, ou de jeunesse, ou de santé. Il y a, de par le monde, insoupçonnés, des hommes et des femmes qui ne sont pas eux-mêmes…

Je ne suis plus assuré de rien… Les figures me semblent des masques. Peut-être aurais-je pu m'en apercevoir plus tôt, mais il est certaines gens dont la physionomie reflète une âme inverse de la leur. D'autres, vertueux et probes, dévoilent fugitivement des vices imprévus et des passions inopinées, effrayants comme un prodige. Ont-ils aujourd'hui leur âme d'hier ?

Parfois, dans les yeux de mon interlocuteur passe un éclair étranger, une idée qui n'est pas de lui ; il la rétractera tout à l'heure s'il l'a exprimée, et il s'étonnera le premier d'avoir pu la penser.

Je connais des personnages dont l'opinion varie du jour au lendemain. Et c'est bien illogique.

Enfin, souvent, quelque chose d'impérieux m'envahit, un ascendant brutal me refoule en moi-même, pour ainsi dire, et enjoint à mes nerfs et intime à mes muscles des actions répréhensibles ou des paroles regrettables, — le temps d'une gifle où d'un juron.

Je sais, je sais : chacun éprouve, depuis toujours, ces mouvements irréfléchis. *Mais la raison en est devenue pour moi obscure et mystérieuse.* On l'appelle fièvre, colère, étourderie, comme on nomme usages ou décorum, calcul, hypocrisie ou diplomatie la cause des révélations subites dont j'ai remarqué la fréquence chez mes semblables et qui ne seraient, dit-on, que des manquements à ces grandes choses ou des révoltes contre elles…

La science d'un enchanteur n'en serait-elle pas plutôt l'instigatrice ?

Évidemment, l'état cérébral où je suis m'épuise et demande qu'on le soigne. Or il est entretenu par l'obsession de ma sinistre villégiature à Fonval. C'est pourquoi, dès mon retour, ayant conçu nettement la nécessité d'en perdre la souvenance, je me suis mis à la retracer ; non pas, grands Dieux ! avec l'ambition d'écrire un livre, mais dans l'espoir que d'être sur le papier elle serait moins dans ma tête, et qu'il aurait suffi de la mettre dehors pour la chasser.

Il n'en est pas ainsi. Loin de là. Je viens au contraire de la revivre plus réellement à mesure que je l'ai racontée ; et je ne sais quelle puissance de sortilège m'a quelquefois obligé à mettre un mot, une phrase, contre mon intention.

J'ai manqué mon but. Il me faut m'efforcer d'oublier ce cauchemar, et supprimer jusqu'aux vétilles capables de m'y faire songer. Sous peu, différents objets seront anéantis… Il se pourrait qu'aux environs de Fonval, certains veaux naquissent trop intelligents : racheter Io, Europe, Athor, et les faire assommer. Vendre Fonval et tous les meubles. Vivre ! vivre par moi-même, avec une personnalité ridicule ou sotte, extravagante, n'importe ! mais originale, indépendante, sans conseil, et libre, ô Seigneur ! libre de souvenirs !

Ces abominations, je le jure, traversent mon cerveau pour la dernière fois. Je ne l'écris que pour l'attester plus solennellement.

Et toi, manuscrit félon ! toi qui perpétuerais des êtres et des faits quand désormais je leur refuse d'avoir existé, au feu, *le Docteur Lerne* ! Au feu ! au feu ! au feu !…

Mai 1906.
Mai 1907.

ISBN : 9782379760990

CPSIA information can be obtained
at www.ICGtesting.com
Printed in the USA
LVHW031333141019
634125LV00007B/3119/P